W0381835

L'ODYSSÉE VERTE

ŒUVRES DE PHILIP JOSÉ FARMER
DANS PRESSES POCKET

La saga des hommes-dieux :
1. Le faiseur d'univers
2. Les portes de la création
3. Cosmos privé
4. Les murs de la terre
5. Le monde Lavalite

Mémoires intimes de Lord Grandrith :
1. La jungle nue
2. Le seigneur des arbres

Un exorcisme :
1. Comme une bête
2. Gare à la bête
3. L'Homme qui trahit la vie

L'odyssée verte
Le masque vide
Le privé du cosmos
Le jeu de la création (Grand Temple de la S.-F.)

SCIENCE-FICTION
Collection dirigée par Jacques Goimard

PHILIP JOSÉ FARMER

L'ODYSSÉE VERTE

Traduit de l'américain par J.-P. PUGI

PRESSES POCKET

Titre original :
GREEN ODYSSEY

La loi du 11 mars 1957 n'autorisant, aux termes des alinéas 2 et 3 de l'article 41, d'une part, que les « copies ou reproductions strictement réservées à l'usage privé du copiste et non destinées à une utilisation collective » et, d'autre part, que les analyses et les courtes citations dans un but d'exemple et d'illustration, « toute représentation ou reproduction intégrale ou partielle, faite sans le consentement de l'auteur ou de ses ayants droit ou ayants cause est illicite » (alinéa 1er de l'article 40).

Cette représentation ou reproduction, par quelque procédé que ce soit, constituerait donc une contrefaçon sanctionnée par les articles 425 et suivants du Code pénal.

© *Presses Pocket et J.-P. Luigi, pour la traduction française.*

ISBN : 2-266-02764-6

I

Depuis deux ans, Alan Green vivait sans connaître l'espoir. Du jour où sa capsule de sauvetage s'était échouée sur ce monde inconnu, il s'était résigné et avait accepté le destin que lui imposaient cet accident et les probabilités. Les chances pour qu'un autre appareil vînt se poser sur cette planète au cours des cent prochaines années étaient de une contre un million. En conséquence, il eût été inutile de rester assis à attendre des secours. Il haïssait cette idée, mais il savait qu'il devrait passer le reste de sa vie en ce lieu et tenter de tirer tout le sang de ce navet de la taille d'une planète. Cependant, ce monde était exsangue et il lui semblait que c'était lui qui se vidait de son sang. En fait, peu après son naufrage, Green avait été réduit en esclavage.

Cependant, le Terrien venait brusquement de retrouver des raisons d'espérer.

Cet espoir l'envahit un mois après qu'il eut été nommé esclave-officier de bouche du duc de Tropat. Cela se produisit au cours d'un repas, alors qu'il se tenait derrière la duchesse et qu'il donnait des ordres à ceux qui la servaient.

C'était la duchesse Zuni qui l'avait, de façon peu subtile, convaincu de quitter les enclos de travail pour prendre cette position enviée, bien que dangereuse. Pourquoi dangereuse? Parce que la duchesse était extrêmement jalouse et possessive, et que le moindre manque d'attention de la part de Green pourrait valoir à ce dernier la perte d'un membre, ou encore de la vie. De savoir quel sort avaient connu ses deux prédécesseurs l'incitait à tenir compte de chacun des gestes de sa maîtresse, du moindre de ses désirs.

Ce matin fatidique, il se trouvait donc derrière la duchesse, qui était assise à l'extrémité de la longue table où elle prenait son petit déjeuner. Il tenait à la main son bâton de commandement : une petite baguette blanche terminée par une grosse sphère rouge. Il s'en servait pour donner par gestes des ordres aux esclaves qui servaient la nourriture, versaient le vin et la bière, chassaient les mouches, portaient le dieu lare et le posaient sur le trône divin, utilisaient d'étranges instruments pour émettre des sons ayant certains liens de parenté avec de la musique. Par instants, il se penchait vers la longue chevelure noire de la duchesse Zuni afin de lui murmurer des extraits de tel ou tel poème galant et louer sa beauté, regretter son inaccessibilité supposée, et évoquer la passion dévorante qu'il éprouvait pour elle. Zuni lui souriait, répondait par un remerciement (la formule la plus courte) ou encore se moquait de son accent étranger.

Le duc était assis à l'autre extrémité de la table. Il ignorait ces joutes galantes, exactement comme il ignorait l'existence de ce que l'on appelait le passage secret qui s'ouvrait à l'intérieur des murs du château : ce couloir que Green empruntait pour gagner les appartements de la duchesse. Les usages l'exigeaient, tout comme ils voulaient qu'elle fût excédée par Green ou irritée contre lui, et qu'elle l'accusât publiquement de lui faire des avances. Il y avait déjà de quoi faire de Green un homme inquiet, mais il n'avait pas à redouter que le duc. Il devait également prendre garde à Alzo.

Alzo était le chien de garde de la duchesse, un monstre rappelant un molosse, aux longs poils roux et or, rudes et ébouriffés. Ce chien faisait preuve envers Green d'une haine si tenace, que le Terrien n'avait pu trouver qu'une seule explication à sa conduite : il supposait que l'animal savait, peut-être à cause de son odeur corporelle, qu'il n'était pas originaire de cette planète. Chaque fois que Green se penchait vers la duchesse, ou effectuait un mouvement un peu brusque, Alzo lui grondait un avertissement depuis les profondeurs de sa gorge. Parfois, il se relevait et venait renifler les jambes de l'homme. Chaque fois que cela se produisait, Green était en sueur, car l'animal l'avait mordu à deux reprises (pour jouer, pourrait-on dire) et il avait profondément lacéré ses mollets. Comme si cela n'était pas déjà suffisamment désagréable, Green craignait que les autochtones pussent noter que ses blessures se cicatrisaient avec une rapidité anormale, presque en une nuit. Il avait été contraint de conserver les bandages couvrant ses jambes longtemps après qu'une nouvelle peau se fut formée.

Même à présent, cette créature répugnante reniflait son épiderme tremblant, dans l'espoir de le terroriser. A cet instant, le Terrien oublia la hache du bourreau, le chevalet, la roue ou autres formes de tortures infernales, et il prit la ferme résolution d'abattre cet animal. Il venait juste de faire ce vœu, lorsque les paroles de la duchesse lui firent totalement oublier ce monstre sanguinaire.

– Cher duc, dit Zuni en interrompant la conversation que son époux tenait avec un capitaine-marchand. Que signifient les bruits qui courent, au sujet de ces deux hommes qui seraient tombés du ciel dans un grand navire de fer?

Green frémit et retint sa respiration, alors qu'il attendait la réponse du duc.

Cet homme, petit et basané, aux multiples mentons et à la chevelure blanche, avec d'épais sourcils poivre et sel, fronça ces derniers.

– Des hommes? Des démons, plutôt! Des hommes pourraient-ils voler dans les cieux à l'intérieur d'un navire de métal? Ces deux créatures prétendaient venir des étoiles, et savez-vous ce que cela signifie? Rappelez-vous la prophétie d'Oixrotl : *Un démon viendra, et il prétendra être un ange.* Il est impossible de douter de la véritable nature de ces êtres! Simplement pour vous prouver leur subtilité satanique, ils prétendaient n'être ni des démons ni des anges, mais simplement des hommes! Voilà bien un raisonnement adroit et diabolique, auquel seuls les plus lucides ne se sont pas laissé prendre. Je suis heureux que le roi d'Estorya n'ait pas été abusé par leurs mensonges.

Zuni se pencha en avant avec excitation. Ses grands yeux bruns luisaient et sa bouche aux lèvres peintes en rouge était à la fois béante et humide.

– Oh, les a-t-il déjà brûlés? Quel dommage! J'aurais cru qu'il les ferait torturer un certain temps.

Miran, le capitaine-marchand, prit la parole :

– Pardonnez-moi, grande dame, mais le roi d'Estorya n'a rien fait de tel. La loi de son pays prévoit que tous les captifs suspectés d'être des démons sont gardés dans une geôle pendant deux ans. Nous savons tous qu'un démon ne peut conserver une apparence humaine plus de deux années. A la fin de cette période, il retrouve sa chair et sa forme originelles : une vision hideuse, blasphématoire et répugnante, qui ébranle l'âme.

Miran, qui était borgne, fit rouler son œil unique de façon

à ce que seul le blanc apparût, puis il effectua le signe de protection contre les démons : poing serré et index tendu. Jugkaxtr, le prêtre de la famille, plongea sous la table et s'accroupit pour prier, rassuré de savoir qu'aucun démon ne pourrait l'atteindre tant qu'il demeureraient agenouillé sous le bois trois fois bénit. Le duc avala d'un trait son verre de vin, apparemment pour apaiser sa nervosité, puis il éructa bruyamment.

Miran épongea la sueur de son visage avant d'ajouter :

– Naturellement, il ne m'a guère été possible d'apprendre les détails, car les négociants sont considérés avec tant de suspicion qu'ils osent à peine s'aventurer hors des limites du port ou du marché. Les Estoriens révèrent une divinité féminine... ridicule, n'est-ce pas?... et ils mangent du poisson. Ils nous haïssent, nous autres les Tropatiens, parce que nous adorons Zaxropatr, le Mâle des mâles, et également parce qu'ils dépendent de nous pour leur approvisionnement en poissons. Mais ils n'en restent pas muets pour autant. Ils sont au contraire extrêmement prolixes en notre présence, surtout lorsque nous leur offrons de partager gratuitement notre vin.

Green put finalement libérer sa respiration, en un soupir de soulagement. Qu'il se félicitait de ne jamais avoir révélé à ces gens qu'elle était sa véritable origine! Pour eux, il n'était tout simplement qu'un des nombreux esclaves originaires des lointaines contrées nordiques.

Miran s'éclaircit la voix, mit de l'ordre dans son turban violet et sa robe jaune, tira légèrement sur le gros anneau d'or qui pendait de son nez, et dit encore :

– Il m'a fallu un mois pour revenir d'Estorya, et il s'agit là d'une traversée à la rapidité plus qu'honorable. Mais je suis célèbre pour ma chance, bien que je préfère appeler cela de l'habileté à laquelle viennent s'ajouter les faveurs accordées par les dieux aux dévots authentiques. Je ne commets pas le péché d'orgueil, Ô, dieux! Je vous rends simplement hommage d'avoir souri face à mes entreprises et d'avoir trouvé agréables mes nombreux sacrifices!

Green baissa les yeux pour ne pas laisser voir leurs expressions de dégoût. Ce faisant, il vit la chaussure de Zuni marteler le sol avec impatience et il gémit intérieurement. Il savait qu'elle allait faire dévier la conversation vers un sujet bien plus intéressant à ses yeux : ses vêtements, sa digestion et/ou encore son teint. Et il était absolument impossible d'empêcher cela, car les usages voulaient que ce fût à la maîtresse de maison de choisir les sujets de discussion, au cours du petit déjeuner. S'il s'était seulement agi d'un déjeuner, ou d'un dîner! A ces occasions, les hommes avaient un contrôle absolu en la matière, en théorie tout au moins.

– Ces deux démons étaient très grands... comme Green, votre esclave, ajouta Miran. Et ils ne parlaient pas un seul mot d'estorien. Tout au moins le prétendaient-ils. Lorsque les soldats du roi Raussmig voulurent les capturer, ces créatures sortirent des replis de leurs étranges vêtements deux pistolets. Il leur suffisait de les braquer pour qu'ils provoquent silencieusement une mort certaine et atroce. De tous côtés, des soldats s'effondraient, privés de vie. Si ceux qui se laissèrent gagner par la panique furent nombreux, il y eut également des hommes pleins de bravoure qui ne se laissèrent pas intimider, et finalement les armes surnaturelles perdirent leur puissance. Les démons furent écrasés sous le nombre et jetés dans la Tour des Chats de prairie, dont aucun homme ou démon n'est encore parvenu à s'échapper. Et ils y resteront jusqu'à la Fête de l'Œil du Soleil, au cours de laquelle ils seront brûlés vifs...

Sous le plateau de la table s'élevèrent les incantations du prêtre, Jugkaxtr, qui bénissait toutes les personnes présentes dans la demeure, y compris les chiots nouvellement nés et les puces qu'ils abritaient. Il en profita également pour maudire tous ceux qui étaient possédés par des démons, même par les plus insignifiants d'entre eux. Irrité par le bruit, le duc lança un coup de pied sous la table. Jugkaxtr laissa échapper un cri aigu et rampa finalement hors de son abri. Il s'assit et se mit à ronger un os, en arborant une expression de devoir-envers-dieu-accompli, et de fidèle-serviteur-du-Tout-Puissant. Green aurait eu envie d'imiter le duc. En fait, il éprouvait fréquemment le désir de prendre à coups de pied tous les habitants de cette planète. Il lui était parfois difficile de garder à l'esprit qu'il devait faire preuve de compassion et de compréhension envers ces êtres, et que ses propres ancêtres avaient, autrefois, été aussi épouvantablement superstitieux, cruels, et sanguinaires.

Mais il existait une différence fondamentale entre lire un récit concernant de telles personnes et vivre véritablement parmi elles. Dans une histoire, ou une nouvelle romantique, il arrivait de trouver des descriptions fidèles et précises de leur saleté, de leur état maladif, et de leur esprit étroit, mais c'était uniquement en leur présence que la puanteur et la crasse pouvaient donner la nausée.

Green s'était redressé, mais le parfum puissant de Zuni s'élevait jusqu'à lui et s'accrochait lourdement à son corps, se frayant un chemin à l'intérieur de ses narines. L'extrait en question était un produit à la fois rare et coûteux que Miran avait ramené d'un de ses voyages, afin de l'offrir à la duchesse comme gage de son estime. Utilisé en infime quantité, ce parfum aurait pu efficacement évoquer la délicatesse féminine et une douce passion. Mais non! Zuni s'en aspergeait comme s'il s'était agi d'eau pure, dans l'espoir de masquer une puanteur due au fait qu'elle ne s'était pas lavée depuis plus d'un mois.

Dire qu'elle était si belle, pensait-il, et qu'elle sentait si mauvais. Tout au moins l'avait-il pensé au début. A présent, elle lui paraissait moins belle, car il savait à quel point elle pouvait être stupide, et il lui semblait que sa puanteur s'était amoindrie, pour la simple raison que son odorat s'était en partie accoutumé à son odeur. Il n'avait pas eu d'autre choix.

– J'ai l'intention de regagner Estorya avant la célébration de cette fête, déclara Miran. Je n'ai encore jamais eu l'occasion de voir l'Oeil du Soleil brûler des démons. Il s'agit d'une énorme lentille, comme vous le savez. J'aurai juste le temps de me rendre à Estorya et de revenir avant la saison des pluies. Je m'attends à faire des profits encore plus importants que la dernière fois, car j'ai établi des contacts avec des personnes bien plus influentes. Ô dieux, je ne commets pas le péché d'orgueil, mais je loue simplement les faveurs que vous accordez à votre humble serviteur : Miran le Négociant, du clan Effenycan!

– Je vous en prie, rapportez-moi encore de ce parfum, dit la duchesse. J'adore le collier de diamants que vous m'avez offert.

– Diamants, émeraudes, rubis! s'écria Miran en embrassant les mains de Zuni et en faisant rouler extatiquement son œil. Je vous le dis, les Estoriens sont plus riches qu'il ne serait possible de l'imaginer! Sur leurs marchés, les joyaux coulent à flots, comme les gouttes d'eau d'une cataracte! Ah, s'il était seulement possible de convaincre l'empereur d'armer une grande flotte et d'aller prendre d'assaut les murailles de leur cité!

– Il ne se souvient que trop du sort qu'a connu la flotte de son père, lorsque ce dernier a voulu tenter pareille aventure, grommela le duc. La tempête qui détruisit ses trente vaisseaux fut certainement provoquée par les prêtres de leur déesse Hooda. Mais j'estime malgré tout que cette expédition aurait put être menée à bien, si l'empereur avait tenu compte de la vision qu'il eut la veille du jour de leur départ. Le grand dieu Axoputqui lui apparut pour lui dire...

Ce fut alors le début d'une conversation qui traîna en longueur et qui ne retint pas l'attention de Green. Il était bien trop occupé à tenter d'élaborer un plan qui lui permettrait d'atteindre Estorya et le navire de fer des démons, qui était sans nul doute un vaisseau spatial. C'était son unique espoir. La saison des pluies ne tarderait guère et ensuite plus un seul vaisseau n'effectuerait la traversée avant au moins trois mois.

Il était naturellement possible de partir à pied, en espérant pouvoir ainsi atteindre Estorya. Mais c'était un parcours de plusieurs milliers de kilomètres au sein d'une contrée qui abritait des périls innombrables, et Green n'avait qu'une vague idée de l'emplacement de la cité... Non, obtenir l'accord de Miran représentait l'unique solution.

Mais comment...? Il ne pensait pas qu'il pourrait embarquer à son bord comme passager clandestin. Avant que les voiliers ne quittent le ports, ils étaient fouillés dans leurs moindres recoins, à la recherche d'esclaves ayant précisément les mêmes intentions que Green. Il regarda Miran, ce petit être gras et borgne, au ventre proéminent et au nez crochu, avec de multiples mentons et un gros anneau nasal d'or massif. Cet homme était malin, très malin, et il n'accepterait jamais de courir le risque d'irriter la duchesse en aidant son gigolo officiel à prendre le large. Non... il refuserait... à moins que Green pût lui offrir une chose dont la valeur était telle qu'il ne pourrait se permettre de laisser passer l'occasion. Miran se vantait d'être un homme d'affaire réaliste, mais Green avait trouvé un important point faible dans son crâne prétendument impénétrable : la Fissure de la Cupidité.

II

Le duc se leva, imité par le reste de l'assemblée. Jugkaxtr psalmodia la formule rituelle des séparations, puis il se rassit pour finir de ronger son os. Les autres sortirent de la salle. Green précédait Zuni, de façon à pouvoir la mettre en garde contre tout obstacle se trouvant sur son chemin et pour être aux premières loges en cas de tentative d'assassinat. Alors qu'il accomplissait ainsi son devoir, il fut saisi par la cheville et trébucha, la tête la première. Il parvint à amortir sa chute, car c'était un homme agile en dépit de ses 1 mètre 88 et de ses 86 kilos. Mais, lorsqu'il se releva, son visage était empourpré en raison des rires sonores et de sa rage contenue envers Alzo. L'animal venait de répéter son tour favori qui consistait à happer la jambe de Green et à le renverser. Le Terrien aurait voulu saisir la lance du garde le plus proche et empaler le molosse sur le champ, mais il savait qu'un tel acte signerait son arrêt de mort. Et si, jusqu'à ce jour, le fait de quitter cette maudite planète par la route qu'ouvrait la mort ne l'aurait pas ennuyé outre mesure, il ne pouvait à présent se permettre le moindre faux pas. Pas alors qu'il venait d'apprendre qu'un moyen d'évasion s'offrait à lui!

Aussi arbora-t-il à nouveau un sourire docile et repartit-il devant la duchesse, qui était, quant à elle, suivie par le reste du groupe. Lorsqu'ils arrivèrent au bas du large escalier de pierre conduisant aux étages supérieurs du château, Zuni s'adressa à Green et lui donna pour instructions de se rendre au marché et de faire l'achat des denrées nécessaires pour les repas du jour suivant. Elle ajouta que, pour sa part, elle regagnerait son lit et dormirait jusqu'à midi.

Green gémit dans les profondeurs de son être. Durant

combien de temps pourrait-il encore vivre ainsi? On lui demandait de passer la moitié de la nuit auprès de la duchesse, puis d'effectuer ses tâches officielles durant le jour. Si elle dormait suffisamment pour être fraîche et dispose, lorsqu'il allait lui rendre visite, il n'avait quant à lui aucune occasion de prendre de véritable repos. Même l'après-midi, lorsqu'il était libéré de ses fonctions au château, il devait regagner sa demeure de l'Enclos, où il lui fallait rester éveillé et accomplir ses devoirs conjugaux et familiaux. Amra, sa femme-esclave, ainsi que les six enfants de cette dernière, exigeaient beaucoup de lui. Ils étaient encore plus tyranniques que la duchesse, en admettant que cela pût être possible.

Combien de temps encore? Ô Dieu, combien de temps? Cette situation était intolérable. Même s'il n'avait pas appris l'existence de ce vaisseau spatial, il aurait malgré tout projeté de prendre la fuite. Une mort rapide, lors d'une tentative d'évasion, était préférable au trépas lent et douloureux que provoque l'épuisement.

Il fit une révérence au duc et à la duchesse, puis il suivit le turban violet et la robe jaune de Miran : dans la cour, sous la porte de l'épaisse muraille de pierre, sur le pont des larges douves, et finalement dans les étroites ruelles tortueuses de Quotz. Une fois dans la cité, le capitaine-marchand monta dans son pousse-pousse décoré d'argent et de gemmes. Deux membres du clan de Miran, appartenant à l'équipage de son voilier des plaines, *l'Oiseau de Fortune*, se tenaient entre les brancards. Ils partirent en courant au sein de la foule. Les gens s'écartaient au passage du pousse-pousse qui était précédé par deux autres hommes d'équipage. Ces derniers hurlaient le nom de leur capitaine et faisaient claquer leurs fouets au-dessus des têtes.

Après s'être assuré que nul membre du personnel du château ne se trouvait à proximité, Green courut derrière eux jusqu'au moment où il se trouva à la hauteur du véhicule. Miran cria à ses hommes de s'arrêter et s'adressa à Green, pour lui demander ce qu'il désirait.

– Que Votre Richesse me pardonne, mais un humble esclave peut-il adresser la parole à un capitaine-marchand sans encourir de réprimandes?

– Je présume que vous ne m'avez pas fait arrêter pour rien, mon brave, répondit Miran qui toisa Green de son œil unique, en partie dissimulé par les replis graisseux de son visage.

– Il s'agit d'une affaire d'argent.

– Ah, en dépit de ce fort accent étranger, votre voix sonne agréablement à mon oreille. Elle évoque pour moi la trompette d'or de Mennirox, mon dieu tutélaire. Parlez!

– En premier lieu, Votre Richesse doit faire serment, par Mennirox, de ne pas divulguer ma proposition, quelles que soient les circonstances.

– Est-elle financièrement intéressante? Pour moi, naturellement.

– C'est le cas.

Miran jeta un regard méfiant aux membres de son équipage qui attendaient patiemment entre les brancards, apparemment indifférents à ce qui se déroulait. Il avait le pouvoir de vie et de mort sur ces hommes, mais il ne leur faisait guère confiance.

– Sans doute serait-il préférable que je prenne le temps de réfléchir, avant de m'engager par un tel serment, dit-il. Pouvez-vous venir à la Maison de l'Egalité, à l'Heure du Verre de Vin? Et vous serait-il possible de me donner une vague idée de ce que vous avez à l'esprit?

– Je puis répondre affirmativement à ces deux questions. Ma proposition concerne le poisson séché qui constitue le frêt transporté aux Estoriens. Il y a également autre chose, mais je ne puis aborder ce sujet tant que je n'aurai pas obtenu l'assurance que mes paroles ne seront répétées à personne.

– En ce cas, c'est entendu. A l'heure convenue. Les poissons, hein? Je dois partir. Le temps est de l'argent, vous le savez. En route, les hommes, toutes voiles dehors. »

Green héla un pousse-pousse qui passait et s'y installa confortablement. En tant qu'esclave-officier de bouche de la maison ducale, il n'était pas à court d'argent. De plus, le duc et la duchesse se seraient sentis outragés s'il avait abaissé leur prestige en se déplaçant à pied dans les rues de la ville. Son véhicule avançait rapidement, lui aussi, car tout le monde reconnaissait sa livrée : tricorne blanc et écarlate, et chemise blanche sans manches ornée du blason ducal sur la poitrine... deux cercles concentriques, l'un rouge et l'autre vert, transpercés par une flèche noire.

La rue descendait toujours, car la ville avait été construite au pied des collines. Elle suivait des méandres tortueux, ce qui laissait à Green du temps pour réfléchir.

L'important, pensa-t-il, était de parvenir jusqu'aux deux hommes emprisonnés à Estorya avant leur exécution, car dans le cas contraire il devrait rester sur ce monde. Green n'avait pas la moindre notion de pilotage d'un vaisseau spatial. Il n'avait en effet été qu'un simple passager à bord de ce cargo qui avait inexplicablement explosé dans l'espace. Il avait été contraint d'abandonner l'épave dans une capsule de sauvetage automatique qui l'avait amené à la surface de cette planète. L'engin devait toujours se trouver là où il l'avait abandonné, là-haut dans les collines, pour autant qu'il pouvait le savoir. Après avoir erré pendant une semaine et avoir failli mourir d'inanition, il avait été trouvé par des paysans. Ces derniers l'avaient livré aux soldats d'une garnison proche, pensant qu'il devait s'agir d'un esclave en fuite et qu'ils toucheraient une récompense substantielle. Conduit dans la capitale, Quotz, Green avait faillit être libéré, car des recherches effectuées dans les archives n'avaient pas permis de retrouver son propriétaire. Cependant sa taille peu commune, ses cheveux blonds et son ignorance de la langue locale avaient convaincu ses geôliers qu'il devait venir d'un lointain pays nordique. En conséquence, s'il n'était pas un esclave, ce n'était qu'une erreur ou une omission.

Ils y remédièrent sans attendre. Devenu esclave, il avait travaillé six mois dans une carrière, avant de passer une année au port comme docker. Le hasard avait alors voulu que la duchesse le croisât dans les rues, et il avait été transféré au château.

Les ruelles étaient grouillantes d'autochtones, courtauds et basanés, ainsi que d'esclaves plus grands, au teint plus clair. Les premiers arboraient des turbans de diverses couleurs, symboles de leur statut et de leur profession, alors que les seconds portaient les tricornes de leur condition. Parfois un prêtre, avec son haut chapeau cônique, ses lunettes hexagonales et son bouc, passait dans un véhicule. Il y avait des chariots et des pousse-pousse tirés par des hommes ou par d'énormes chiens à la force peu commune. Les négociants se tenaient devant leurs échoppes et vantaient leurs marchandises d'une voix forte. Ils vendaient tissu, noix de *grixtr*, parchemin, couteaux, épées, casques, médicaments, livres (traitant de magie, de religion ou de voyages), épices, parfums, encre, tapis, boissons douceâtres, vins, bières, toniques, tableaux... en bref, tout ce qui composait leur civilisation. Des bouchers se tenaient devant des étals à ciel ouvert où étaient suspendues des dépouilles de gibier, de cerfs et de chiens. Les oiseliers vantaient les vertus de leurs captifs aux plumages multicolores et aux nombreux chants harmonieux.

Pour la millième fois, Green s'interrogea sur cette étrange planète où les seules créatures de taille importante étaient les hommes, les chiens, les chats de prairie, un petit cervidé et un cheval minuscule. En fait, ce monde souffrait d'une grande pénurie de variétés animales, à l'exception du nombre étonnamment élevé d'oiseaux. C'était l'absence de bœufs et de chevaux véritables, supposait-il, qui était à l'origine du système esclavagiste. Hommes et chiens devaient en effet effectuer la majeure partie du travail.

Il devait exister une explication rationnelle à cette situation, mais ces informations étaient à tel point impossible d'en prendre connaissance. Green, qui était d'un tempérament curieux, aurait aimé disposer du temps et des moyens nécessaires pour étudier la question, mais l'un et l'autre lui étaient refusés. Il ferait aussi bien de se contenter de faire son possible pour rester en vie et tenter de se tirer de sa fâcheuse situation le plus rapidement possible.

Il avait déjà suffisamment à faire, simplement pour se frayer un chemin dans les ruelles étroites et bondées de passants. Il lui fallait souvent brandir son bâton pour faire dégager le chemin. Cependant, dès qu'il fut à proximité du port, il eut moins de problèmes car les rues étaient bien plus larges.

Dans ce quartier, de grands chariots, tirés par des groupes d'esclaves, transportaient d'importants chargements tant vers les navires que vers les entrepôts. Il était indispensable que les voies d'accès soient spacieuses, car dans le cas contraire les passants auraient été écrasés entre les véhicules et les façades des bâtiments. C'était également dans la zone portuaire que se trouvait ce que l'on appelait l'Enclos, le lieu où vivaient les esclaves. Autrefois, il s'était réellement agi d'un enclos dans lequel hommes et femmes étaient parqués pour la nuit. Mais ses murs avaient été abattus et de nouvelles maisons avaient été construites à cet emplacement, sous le règne du duc précédent. La plus proche comparaison terrienne que Green pouvait trouver à l'Enclos actuel était un lotissement : il était composé de petites villas, rigoureusement identiques et disposées en rangées d'aspect militaire.

Durant un instant, il envisagea de s'arrêter pour rendre visite à Amra, mais il décida finalement de s'en abstenir. Sa femme lui ferait une de ses scènes habituelles et il devrait perdre un temps précieux pour tenter de la calmer, alors qu'il lui restait encore à se rendre au marché. S'il avait horreur des scènes de ménage, Amra était une tragédienne née. Elle aimait le drame, elle s'y vautrait presque, en quelque sorte.

Il détourna les yeux de l'Enclos et les porta sur l'autre côté de la rue, où s'élevaient les hauts murs des grands entrepôts. Des hommes de peine s'affairaient autour des bâtiments pendant que les grues, commandées par des séries de roues semblables à des cabestans de navire, soulevaient ou abaissaient de gros ballots. Ici, pensa-t-il, il aurait pu faire des affaires.

Introduire la machine à vapeur. Ce serait la plus grande révolution que cette planète avait jamais connue. Des automobiles pourraient remplacer les pousse-pousse. Les grues seraient actionnées par des machines. Les voiliers des plaines eux-mêmes pourraient être propulsés par la force de la vapeur. Peut-être même serait-il possibles d'installer une voie ferrée à travers le Xurdimur, et les locomotives rendraient-elles les vaisseaux inutiles.

Non, ce serait impossible. Les rails devraient être en fer, et ce dernier coûtait trop cher. De plus, les sauvages qui rôdaient dans les plaines les démonteraient et s'en serviraient pour se forger des armes.

En outre, chaque fois qu'il avait suggéré au duc une méthode nouvelle et plus efficace, quel que fût le domaine d'application, il s'était heurté au mur de pierre de la tradition et des coutumes. Aucune innovation ne pouvait être acceptée sans l'approbation des dieux, et leur volonté était interprétée par les prêtres. Or ces derniers se raccrochaient au *statu quo* avec autant de force qu'un bébé se retient au sein de sa mère et qu'un vieillard s'agrippe à ses biens.

Green aurait naturellement pu engager un combat contre la théocratie, mais il n'était pas convaincu que l'enjeu méritât qu'il devînt un martyr.

Derrière lui s'éleva une voix familière qui criait son nom :

– Alan! Alan!

Il voûta les épaules, comme une tortue qui rentre la tête dans sa carapace et, durant un bref instant, il eut le fol espoir de pouvoir ignorer ces hurlements. Mais, bien qu'appartenant à une femme, cette voix était puissante et pénétrante, et toutes les personnes présentes s'étaient déjà tournées vers son point d'origine, afin d'en voir la propriétaire. Il ne pourrait prétexter de ne pas l'avoir entendue.

Enfin, vas-y. Mais je t'avertis que la patience n'est pas la plus grande de mes vertus. Je te laisse une semaine pour te débarrasser de la duchesse, et ensuite je passerai personnellement à l'attaque!

– Ce ne sera pas nécessaire, lui affirma-t-il.

Il embrassa son épouse, puis les enfants, avant de prendre congé. Il se félicitait d'avoir obtenu d'Amra un tel délai. De toute façon, il serait perdu s'il ne parvenait pas à mettre à exécution son plan avant la fin de la semaine. Il lui faudrait alors quitter la ville et traverser à pied le Xurdimur, en dépit des meutes de chiens sauvages et de chats de prairie mangeurs d'hommes, des cannibales et de Dieu sait quoi d'autre pouvant encore errer dans les vertes prairies.

III

Fille d'une esclave nordique et d'un homme libre de Tropat – un charron –, Amra venait d'avoir cinq ans lorsque ses parents avaient été victimes d'une épidémie. Conduite aux Enclos, elle avait été élevée par sa tante et, lorsqu'elle avait eu quinze ans, sa beauté avait séduit le duc. Ce dernier l'avait installée dans son palais et c'était dans sa demeure qu'elle avait donné naissance à ses deux premiers enfants. A présent âgés de dix et onze ans, ils lui seraient bientôt enlevés pour être admis dans la maison ducale, où ils deviendraient des serviteurs affranchis et privilégiés.

Le duc avait épousé la duchesse actuelle plusieurs années après le début de sa liaison avec Amra, et la jalousie de son épouse l'avait contraint à se débarrasser de sa maîtresse. Amra avait dû regagner l'Enclos. Peut-être le duc n'avait-il pas été fâché outre-mesure de la voir partir, car vivre auprès d'elle était comme de se trouver au sein d'un ouragan, et c'était un homme qui appréciait énormément le calme et le silence.

Puis, conformément à la coutume, elle avait été recommandée par le duc à un prince en visite. Ce dernier avait même retardé son retour dans sa contrée d'origine pour la simple raison qu'il ne pouvait se résoudre à se séparer d'elle. Le duc avait même voulu la lui offrir, comme gage de son amitié, mais en cela il outrepassait ses droits. Car les esclaves en possédaient certains. Toute femme qui avait donné le jour à un enfant dont le père était un citoyen de Tropat ne pouvait être envoyée à l'étranger ou être vendue sans son consentement. Or Arma préférait rester à Quotz et le prince inconsolable avait dû regagner seul ses pénates, non sans lui avoir préalablement laissé un souvenir de son passage.

Le capitaine d'un navire l'avait ensuite achetée, mais la loi était à nouveau là pour la tirer d'embarras. Cet homme ne pouvait l'emmener hors de son pays sans son accord, et elle refusait encore de partir. Entre-temps, elle avait fait l'acquisition de divers commerces, car les esclaves étaient autorisés à posséder des biens personnels, et même d'autres esclaves, et elle savait que ses deux fils du duc lui seraient très utiles par la suite, lorsqu'ils vivraient auprès de leur père.

Le sculpteur du temple s'était servi d'elle comme modèle pour la grande statue de marbre de la déesse de la Fertilité. Il avait eu d'excellentes raisons à cela. Amra était une femme magnifique, grande, aux longs cheveux auburn, avec une peau sans défauts et de grands yeux brun-roux, une bouche aussi rouge et mûre qu'une prune, des seins auxquels ni des enfants ni des amants n'auraient pu trouver le moindre défaut, ainsi qu'une taille étonnamment fine si l'on tenait compte des courbes de con corps et de sa fécondité. Ses longues jambes auraient paru très belles même chez une Terrienne, et elles étaient encore plus exceptionnelles au sein d'une population de femmes peu favorisées par la nature.

Et il y avait en Amra plus que de la beauté. Il émanait d'elle quelque chose qui frappait les hommes dès le premier regard. Il arrivait à Green de voir en elle une des forces de la Nature, peut-être même un de ses principes.

Il lui arrivait même, parfois, d'être fier qu'elle l'eût choisi pour époux, qu'elle eût jeté son dévolu sur lui, alors qu'il n'était qu'un esclave nouvellement arrivé et qu'il ne connaissait que quelques mots de cette langue agglutinante très irrégulière. Mais il y avait d'autres instants où il sentait qu'il ne pouvait faire face et, ces derniers temps, il avait éprouvé cela bien trop fréquemment. De plus, il avait un pincement au cœur chaque fois qu'il voyait leur petite fille, parce qu'il l'aimait et redoutait le moment où il devrait l'abandonner. Quant à quitter Amra, il n'était pas certain de savoir ce qu'il éprouverait. Il était indéniable qu'elle lui faisait de l'effet, mais un coup de poing dans les gencives ou de l'alcool dans son sang auraient fait de même.

Il descendit du pousse-pousse et demanda au garçon de l'attendre. Puis il dit : « Salut, chérie », et embrassa son épouse. Il était heureux qu'elle fût une esclave, car ainsi elle ne portait pas un anneau dans le nez. Lorsqu'il embrassait la duchesse, il était toujours gêné par son anneau nasal. Elle refusait de l'ôter en sa présence, car cela l'eût placée à son niveau, alors qu'il ne devait jamais oublier sa condition d'esclave. Si, pour elle, il était parfaitement moral d'avoir un esclave pour amant, le fait de coucher avec un homme libre eût été inadmissible, et c'était une personne à la moralité irréprochable.

Amra répondit à son baiser avec passion, une passion dans laquelle entrait une part de reproche.

– N'essaye pas de me mentir, dit-elle. Tu n'avais pas l'intention de t'arrêter. Et embrasse les enfants! Qu'est-ce qui te prend, en as-tu assez de moi? Tu m'as dit que tu avais accepté l'offre de la duchesse uniquement parce que cela représentait pour toi une promotion, et que tu n'osais pas refuser, de peur qu'elle ne trouve une excuse pour te faire exécuter. Eh bien, je t'ai cru... en partie, tout au moins. Mais je commence à avoir de sérieux doutes, à présent que tu passes par ici sans même venir me voir. Qu'est-ce qui te prend? Es-tu un homme, oui ou non? As-tu peur de t'expliquer en face d'une femme? Ne secoue pas la tête. Tu n'es qu'un menteur! N'oublie pas d'embrasser Grizquetr, tu sais comme ce garçon est affectueux et comme il t'adore. Et, surtout, ne viens pas me dire que dans ton pays les hommes n'embrassent plus les garçons de son âge. Premièrement, tu n'es plus dans ton pays... quelle race étrange, insensible et sans amour doit y vivre... et, deuxièmement, même si tu y étais, tu devrais passer outre les coutumes de ton peuple et faire preuve d'un peu de tendresse envers ce garçon. Rentrons à la maison. Je te servirai un peu de cet excellent vin, ce Chalousma que j'ai sorti l'autre jour de la cave...

Il éclata de rire.

Par tous les dieux, Amra, je sais que deux jours se sont écoulés depuis notre dernière rencontre, mais n'essaye pas pour autant de condenser quarante-huit heures de conversation en dix minutes... surtout ce genre de conversation. Et cesse de me traîner plus bas que terre devant les enfants. Tu sais que c'est mauvais pour leur éducation. Ils pourraient copier ton attitude méprisante envers le chef de famille.

– Moi? Du mépris? Mais je baise le sol que tes pas ont foulé! Je ne cesse de leur répéter quel homme merveilleux tu es, bien qu'il soit plutôt difficile de les convaincre, lors de tes rares apparitions, lorsqu'ils ont la triste vérité sous les yeux. Cependant...

Il n'existait qu'une seule méthode pour la faire taire. Cela consistait à la dépasser dans les domaines du débit de paroles, de la puissance de la voix et des initiatives. C'était une entreprise fort difficile à mener à bien, surtout lorsqu'il se sentait très las et qu'elle refusait de coopérer et tentait de l'écraser. Le problème, c'était qu'Amra ne pouvait éprouver le moindre respect pour un homme qu'elle parvenait à réduire au silence, aussi lui était-il absolument indispensable de la dominer.

Il y parvint en la serrant très fort entre ses bras, ce qui fit pleurer le bébé qui se trouvait entre eux. Puis, pendant qu'Amra tentait de calmer la fillette, il entreprit le récit de ce qui s'était passé au palais.

Elle resta silencieuse, hormis par instants, lorsqu'elle posait une question lourde de sous-entendus et qu'elle insistait pour apprendre les détails... absolument tous les détails. Green lui expliqua des choses qu'il aurait passées sous silence devant les enfants... deux ans plus tôt. Mais de vivre au sein de la société extrêmement franche et sans inhibitions des esclaves l'avait libéré de toute entrave.

Ils entrèrent dans la maison d'Amra et traversèrent ses bureaux où travaillaient six de ses employés et secrétaires. Ils gagnèrent la salle à manger, puis la cuisine.

Elle sonna Inzax, une jolie petite blonde, et lui dit d'aller chercher un litre de Chalousma dans la cave. La tête d'un des employés apparut à la porte de la cuisine pour annoncer qu'un certain Mr Sheshyarventi, commissaire du bord d'un navire d'Andoonanarga, désirait la rencontrer pour la livraison de certains oiseaux rares qu'elle avait commandés sept mois plus tôt. Il refusait de s'entretenir avec des subalternes.

– Laissons-le faire le pied de grue un moment, dit-elle.

L'employé ravala sa salive et sa tête disparut.

Green prit Paxi, sa fille, et joua avec elle pendant qu'Amra servait le vin.

– Ça ne peut durer plus longtemps, déclara-t-elle. Je t'aime et je ne reçois pas l'attention à laquelle je suis accoutumée. Tu devrais trouver un prétexte pour rompre avec la duchesse. Je suis une femme pleine de vie à qui il faut beaucoup d'amour. J'ai besoin de toi, à la maison.

Green n'avait rien à perdre en lui répondant qu'il partageait son point de vue, étant donné qu'il avait l'intention de quitter le pays le plus rapidement possible.

– Tu as raison. Je lui ferai part de cette décision dès que j'aurai trouvé une excuse valable, dit-il avant de faire courir son doigt sur son cou, à l'emplacement où s'abattrait la hache du bourreau. Mais il serait préférable que ce soit une excuse valable.

Amra sembla rayonner de bonheur. Elle leva son verre et déclara :

– A la duchesse. Puissent les démons l'emporter!

– Tu devrais être plus prudente et ne pas dire des choses pareilles devant les enfants. Tu sais que s'ils répètent tes paroles et que la duchesse en ait vent, tu seras brûlée vive lors de la prochaine chasse aux sorcières.

– Pas mes enfants! se moqua-t-elle. Ils sont trop malins. Ils tiennent de leur mère. Ils savent quand ils doivent être discrets.

Green but son vin et se leva.

– Je dois partir.

– Rentreras-tu à la maison, ce soir? La duchesse ne peut te refuser une nuit par semaine?

– Pas une seule nuit. Et je ne pourrai pas passer ce soir. Je dois rencontrer Miran, le Négociant, à la Maison de l'Egalité. Les affaires, tu sais ce que c'est.

– Oh, je sais! Tu passes ton temps à faire des projets mirifiques, puis tu laisses tomber pour une raison ou une autre. Ce qui est grave, c'est que les années s'écoulent et que...

– Si cette vie continue, je serai mort dans six mois. Je suis *crevé*! J'ai besoin de dormir.

La colère d'Amra se métamorphosa instantanément en compassion.

– Mon pauvre amour, pourquoi ne pas oublier ce rendez-vous et dormir ici jusqu'au moment où il te faudra regagner le château? J'enverrai un messager annoncer à Miran que tu es souffrant.

– Non, c'est une occasion que je ne dois pas laisser passer.

– De quoi s'agit-il?

– En raison de la nature particulière de la transaction, le simple fait de te mettre au courant, ou d'en parler à qui que ce soit, ferait tout échouer.

– Qu'est-ce que ça peut bien être? demanda-t-elle, à nouveau en colère. Une histoire de femme, je parie!

– Ma principale préoccupation consiste, au contraire, à me tenir le plus éloigné possible de la gent féminine, pour ne pas m'attirer encore d'autres ennuis. Non, c'est seulement que Miran m'a fait jurer par tous ses dieux de garder le silence et que je ne puis, naturellement, manquer à mon serment.

– Je sais quelle est ton opinion au sujet de nos dieux.

– ALAN? GRAND DADAIS BLOND ET MEPRISABLE. ARRETE-TOI!

A contrecœur, Green donna l'ordre de faire demi-tour. Le garçon fit pivoter le pousse-pousse en souriant. Comme tout le monde, le long du port, il connaissait Amra et la nature de ses relations avec Green. Elle tenait sa fille d'un an dans ses bras, pelotonnée contre sa poitrine généreuse. Derrière elle venaient ses cinq autres enfants : ses deux fils du duc, sa fille d'un prince en visite, son fils du capitaine d'un voilier nordique et sa fille d'un sculteur du temple. Grandeur et décadence, puis une lente remontée mondaine, étaient personnifiées par les enfants qui l'entouraient. Ce tableau brossait une ébauche de la structure sociale de cette planète.

IV

Chaque cité et village de l'Empire possédait une Maison de l'Egalité entre les murs de laquelle les distinctions de tout genre étaient abandonnées. Green ignorait l'origine de cette institution, mais il reconnaissait son utilité en tant que soupape de sécurité qui permettait de libérer une partie de la lourde pression qui pesait sur toutes les classes sociales. Ici, des esclaves qui n'osaient ouvrir la bouche dans le monde extérieur pouvaient aborder leurs maîtres et les maudire librement, sans encourir de punition de la part des autorités. Naturellement, rien ne pouvait empêcher les maîtres en question de risposter, car les esclaves perdaient, eux aussi, tous leurs droits légaux en entrant. Dans ces Maisons, la violence n'était pas inconnue, bien qu'elle fût peu fréquente. Entre ces murs, répandre le sang n'était pas, en théorie, passible de punition. Mais tout meurtrier découvrait bientôt que, bien que n'étant pas inquiété par la police, il lui fallait compter avec les proches de sa victime. De nombreux différends trouvaient leur origine et leur épilogue en ces lieux.

Green prit congé dès la fin du repas du soir, en prétextant qu'il devait s'entretenir avec Miran afin de lui commander des épices d'Estorya. Il ajouta que le capitaine-marchand avait appris, lors de son dernier voyage, que des chasseurs estoriens étaient partis à la recherche d'oiseaux rares et magnifiques, les *getzlen*, et qu'il escomptait s'en procurer quelques-uns pour les revendre à son retour à Tropat. Le visage de Zuni s'illumina, car elle désirait une *getzlen* encore plus qu'une occasion d'ennuyer son époux. De bonne grâce, elle accorda à Green l'autorisation de s'absenter.

Intérieurement, Green exultait, bien qu'extérieurement il

arborât la grise mine qui était censée traduire sa tristesse de devoir quitter la duchesse. Il sortit de la salle à reculons, sans beaucoup de panache, car Alzo choisit cet instant pour refuser de s'écarter de son chemin. Green bascula en arrière et s'étala sur l'énorme molosse qui gronda avec colère, trembla d'une indignation hypocrite et dénuda ses crocs dans l'intention de déchiqueter le Terrien. Green ne tenta pas de se relever, car il n'avait pas la moindre intention d'offrir à Alzo une excuse pour l'égorger. Au lieu de cela, il montra ses dents à son tour et grogna. Les personnes présentes dans la salle éclatèrent de rire et le duc, qui se tenait les côtes alors que des larmes coulaient de ses yeux gobuleux, se leva et vint d'une démarche titubante vers le point où les deux antagonistes se fixaient, à quatre pattes. Il saisit le collier de force d'Alzo et tira l'animal de côté. Entre deux éclats de rire, il dit à Green de filer pendant qu'il pouvait retenir le molosse.

Green ravala sa colère, remercia le duc, puis obtempéra. Tout en faisant le serment de déchiqueter un jour l'animal de ses mains nues, le Terrien partit pour la Maison de l'Egalité. Toute la longue course en pousse-pousse jusqu'au temple lui fut nécessaire pour apaiser sa fureur.

La grande salle centrale, haute comme trois étages, était bondée de monde, ce soir-là. Des hommes en longs kilts de soirée et des femmes masquées se pressaient autour des tables de jeu, des bars et des scènes de défoulement. Une foule importante entourait la plate-forme sur laquelle deux marchands de blé échangeaient des coups de poings, afin de dissiper la tension provoquée par un différend d'ordre professionnel. Mais la plupart des gens s'étaient réunis pour assister à une rencontre opposant un homme à son épouse. La main gauche du mari avait été liée à son flanc et sa femme était armée d'un gourdin. Ainsi à égalité, ils avaient reçu l'autorisation de commencer la rencontre. Jusqu'alors, l'homme avait eu le dessous, ainsi que le prouvaient les caillots de sang visibles sur son crâne et les contusions de ses bras. S'il parvenait à arracher le gourdin de son épouse, il aurait le droit de faire d'elle ce qu'il voudrait. Mais, par contre, si elle parvenait à briser son bras non immobilisé, elle l'aurait à son entière merci.

Green s'écarta de la scène, car de telles rencontres barbares lui donnaient la nausée. Il chercha Miran et le trouva finalement à une table sur laquelle il jetait une paire de dés hexaédriques en face d'un autre capitaine. Cet homme portait le turban rouge et la robe noire du clan d'Auxcan. Il venait de perdre et régla à Miran soixante *iquogr,* une somme rondelette, même pour un prince-marchand.

Miran prit le bras de Green, chose qu'il n'aurait jamais faite à l'extérieur de la Maison de l'Egalité, puis il le conduisit vers un box fermé par des rideaux à l'intérieur duquel ils disposeraient de toute l'intimité qu'ils pouvaient souhaiter. Miran joua les consommations aux dés et Green perdit. Le capitaine commanda un grand pichet de Chalousma.

– J'exige ce qu'il y a de meilleur, pour les amis... surtout lorsque ce sont eux qui paient, déclara joyeusement Miran. Mais, plaisanteries mises à part, je suis avant toute chose venu traiter une affaire. Alors... faites-moi votre proposition sans plus attendre.

– Je dois tout d'abord obtenir votre serment solennel que vous ne répéterez à personne ce que vous entendrez dans ce box. Deuxièmement, que si vous repoussez mon idée, vous ne la mettrez pas à profit par la suite. Troisièmement, que si vous acceptez, vous ne tenterez pas plus tard de me tuer ou de vous débarrasser de moi, pour garder les profits pour vous seul.

Miran avait conservé un visage inexpressif, mais lorsqu'il entendit le mot « profits » ses traits se plissèrent en innombrables replis et rides, qui exprimaient tous de la joie.

Il plongea la main dans la grande bourse qu'il portait en bandoulière et en sortit une petite idole d'or de la divinité tutélaire du clan Effenycan. Il plaça alors sa main droite sur la tête hideuse de la figurine, leva la main gauche, et dit :

– Je jure par Zacelfucanquanr que je respecterai vos désirs en ce domaine. Que je sois frappé par la lèpre, les poux, les maladies honteuses et la foudre si je manque à ma parole.

Green était satisfait.

– Tout d'abord, je veux que vous preniez des dispositions pour que je sois à bord de votre voilier des plaines, lorsque vous partirez pour Estorya.

Miran avala une gorgée de vin de travers. Il se mit à tousser et à cracher, jusqu'au moment où Green lui assena une tape énergique dans le dos.

– Je ne vous demande pas de me donner un passage de retour. Maintenant, voici quelle est mon idée. Vous avez l'intention d'emporter un important chargement de poissons parce que la religion des Estoriens leur impose d'en manger à chaque repas, et qu'ils en consomment d'importantes quantités à chacune de leurs innombrables fêtes.

– Exact, parfaitement exact. Je n'ai encore jamais pu comprendre pourquoi il adorent une déesse-poisson. Ils vivent à plus de cinq mille miles de l'océan, et rien ne prouve qu'un seul d'entre eux se soit jamais rendu jusqu'à lui. Cependant, ils veulent du poisson de mer et refusent de goûter à ceux d'un lac tout proche de leur cité.

– Nombreux sont les mystères qui entourent le Xurdimur. Cependant, les besoins des peuples qui y vivent nous concernent. Bon, savez-vous que le *Livre des Dieux* des Estoriens accorde bien plus de pouvoir rituel aux poissons récemment tués et cuits qu'au poisson sec? Cependant, ils ont toujours dû se contenter du poisson fumé que les voiliers des plaines leur apportent. Que ne donneraient-ils pas pour du poisson de mer encore en vie?

Miran se frotta les paumes.

– En fait, cela ne peut donner lieu qu'à des conjectures...

Green expliqua alors les grandes lignes de son idée. Miran restait silencieux. Il était sidéré, non par le caractère audacieux ou original du projet, mais parce qu'il était si simple qu'il se demandait pourquoi nul ne l'avait encore fait, ni lui ni toute autre personne. Il en fit l'aveu à Green.

Ce dernier but une gorgée de vin avant de répondre.

– Je suppose que c'est la réflexion qui a dû venir à toutes les lèvres, lorsque la première roue ou le premier arc firent leur apparition. Il s'agissait de choses évidentes, mais auxquelles personne n'avait encore jamais pensé.

– Laissez-moi résumer, dit Miran. Il faudrait que j'achète un certain nombre de chariots, que je fasse doter ces derniers de bacs étanches, et que j'utilise ces véhicules pour ramener à Tropat des poissons de l'océan? Puis que je fasse charger ces bacs, ainsi que leur contenu, à bord de mon voilier des plaines dans des supports spécialement conçus à cet effet, ou peut-être dans des évidements pratiqués dans le pont? Si vous m'avez appris comment analyser l'eau de mer, c'est afin de vendre cette formule aux Estoriens, pour qu'ils puissent ensuite conserver ces poissons en vie dans leurs propres bassins?

– C'est exact.

– Hmmmmmm.

Miran fit courir son doigt potelé orné d'une bague sur son nez crochu et l'anneau d'or carré qui y pendait. Son unique œil bleu pâle fixait Green. L'autre était couvert par le carré de toile blanche qui dissimulait le vide laissé par la balle d'un mousquet.

– Nous ne disposons que de quatre semaines. Ensuite, il ne sera plus possible d'effectuer la traversée à la voile jusqu'à Estorya et d'être de retour avant les premières pluies. C'est un délai juste suffisant pour faire construire ces bacs, les transporter jusqu'au rivage, les charger de poissons et les ramener à Tropat. Entre-temps, il faudra faire modifier le pont de mon voilier. Mais si mes hommes travaillent nuit et jour, nous pourrons réussir.

– Naturellement, il s'agit d'une opération commerciale unique, qui ne pourra être répétée. Il sera impossible de conserver le monopole, après avoir effectué le premier voyage. Trop de personnes en parleront et les autres capitaines voudront imiter notre exemple.

– J'en suis parfaitement conscient. Ce n'est pas à un vieux Effenycan qu'on peut apprendre à gober les œufs. Mais... et si les poissons mouraient?

Green haussa les épaules et écarta les mains.

– C'est un risque à courir. Vous jouez une partie risquée, mais n'est-ce pas le cas pour tout voyage à travers le Xurdimur? Combien de voiliers des plaines regagnent leur port d'attache? Combien de capitaines peuvent se flatter d'avoir effectué, comme vous, quarante traversées réussies?

– Ils sont certes peu nombreux.

Miran s'affaissa sur son siège et se plongea dans la contemplation de son verre de vin. Son œil, dissimulé par des replis de graisse, semblait voir à travers. Le Terrien, quant à lui, feignait l'indifférence, bien que son cœur battît avec force et qu'il ne contrôlât le rythme de sa respiration qu'avec difficulté.

– Le prix demandé est élevé, déclara finalement Miran. Si le duc découvrait que j'ai accepté d'aider un esclave de valeur à s'échapper, je serais soumis aux tortures les plus raffinées, et le clan Effenycan perdrait tous ses droits. Il serait probablement condamné à l'exil dans ses collines natales, ou encore il devrait s'adonner à la piraterie. Et cela, en dépit des récits fascinants que vous avez pu entendre, n'est pas une occupation très lucrative.

– Vous réussirez une excellent opération à Estorya.

– C'est exact, mais je pense à la réaction de la duchesse, lorsqu'elle apprendra que vous avez quitté ce pays! Ow, ow, ow!

– Il n'existe aucune raison pour qu'on fasse le moindre rapprochement entre votre départ et ma disparition. Une douzaine de voiliers des plaines quittent le port chaque jour. De plus, elle supposera que je suis parti dans la direction opposée, vers les collines et l'océan. Ou dans les collines elles-mêmes, là où se réfugient la plupart des esclaves en fuite.

– Oui, mais il me faudra revenir à Tropat. Et les membres de mon clan, bien que notoirement discrets lorsqu'ils sont sobres, sont avant tout, il m'en coûtent de l'avouer, des ivrognes invétérés. Je suis certain que l'un d'eux parlera dans les tavernes.

– Je me teindrai les cheveux en noir et les couperai court, comme les membre de la tribu des *Tzatlam*, et je m'engagerai dans votre équipage.

– Vous oubliez qu'il faut pour cela appartenir à mon clan.

– Hummm. Eh bien, que diriez-vous du processus d'adoption par le sang?

– Et après? Il n'est possible d'adopter ainsi que des personnes ayant accompli un acte exceptionnel qui bénéficie à tout le clan. Attendez? Savez-vous jouer d'un instrument de musique?

Green se hâta de mentir.

– Oh, je suis un excellet harpiste. Lorsque je joue, je parviendrais à apprivoiser un chat de prairie au point qu'il viendrait se coucher à mes pieds et qu'il me lècherait les orteils par pure tendresse.

– Magnifique! Bien que je doute que ce soit par tendresse, étant donné qu'il est bien connu que les chats de prairie considèrent les orteils humains comme des morceaux de choix et qu'ils les dévorent toujours en premier, avant même les yeux. Ecoutez-moi bien. Voici ce que vous devrez faire durant ces quatre semaines car, que tout se passe bien ou que tout se passe mal, nous hisserons les voiles la Semaine du Chêne, le Jour du Ciel, à l'Heure de l'Alouette. C'est le moment le plus propice...

V

Il semblait à Green que le temps avait rétrogradé à la vitesse inférieure : pour lui, les trois semaines suivantes s'écoulèrent avec une extrême lenteur. C'était pourtant le phénomène inverse qui aurait dû se produire, tant cette période fut pleine de projets et de complots. Il lui fallait constamment apporter ses conseils à Miran, afin de résoudre les nombreux problèmes posés par la construction des bacs à poissons. Il devait également rendre la duchesse heureuse, une tâche de plus en plus difficile étant donné qu'il nc pouvait feindre de penser à elle alors qu'il réfléchissait à son plan, pour en trouver les nombreuses failles, puis étudiait tout aussi anxieusement les méthodes qui permettraient d'y remédier. Cependant, il avait parfaitement conscience qu'il ne devait sous aucun prétexte lui déplaire ou se rendre ennuyeux à ses yeux. Etre jeté dans un cahot ruinerait irrémédiablement tous ses projets.

Mais le plus grave, c'était qu'Amra commençait à nourrir des soupçons.

– Tu essayes de me dissimuler quelque chose, lui dit-elle. Mais tu devrais savoir que c'est parfaitement inutile. Lorsqu'un homme veut me tromper, je le sens. Il y a quelque chose dans sa voix, son regard, sa façon de faire l'amour... bien que dans ce dernier domaine je n'aie plus guère l'occasion de pouvoir constater quoi que ce soit. Qu'est-ce que tu complotes?

– Je t'assure que c'est simplement de la fatigue, répondit-il sèchement. La seule chose que je désire, c'est du silence et de la tranquilité : un peu de repos et de calme, de temps en temps.

– Inutile de vouloir me faire croire que c'est tout.

Elle inclina latéralement la tête pour lui jeter un regard oblique et inquisiteur. Même avec cette attitude grotesque, elle parvenait à lui paraître belle à ravir.

– Tu n'as pas l'intention de t'enfuir, n'est-ce pas? demanda-t-elle brusquement.

Il pâlit durant une seconde. Maudite soit cette femme!

– Ne sois pas ridicule, lui répondit-il en faisant son possible pour empêcher sa voix de se fêler. Je ne connais que trop le châtiment réservé à ceux qui sont repris. De plus, qu'est-ce qui pourrait m'inciter à partir? Tu es la femme la plus désirable que j'aie jamais connue. (C'était la pure vérité.) Bien que tu ne sois pas toujours très facile à vivre. (Un euphémisme de taille.) Sans toi, je n'aurais aucun lieu où aller sur ce monde. (Exact, mais il n'avait pas l'intention de passer le reste de sa vie sur cette planète barbare.) Et il serait impensable que j'envisage de t'abandonner. (Impossible à avouer, certes, mais pas impensable. Il ne pourrait l'emmener avec lui pour la simple raison que, même si elle acceptait de partir, elle ne parviendrait jamais s'habituer aux us et coutumes de la Terre. Elle aurait été profondément malheureuse. De toute façon, elle ne serait jamais partie sans ses enfants et aurait exigé de les emmener avec eux, ruinant ainsi tous ses projets d'évasion. Il aurait en effet été plus discret de louer les services d'une fanfare et de sortir de la cité à midi, pour gagner le voilier des plaines précédé par les cuivres.)

Cependant, Green était torturé par sa conscience. S'il lui était déjà douloureux de quitter Amra, il souffrait mille tourments à l'idée d'abandonner Paxi, sa fille. Des jours durant, il avait envisagé la possibilité de l'emmener avec lui, mais il avait finalement renoncé à cette idée. Tenter de la soustraire à la surveillance attentive et jalouse d'Amra eût représenté une entreprise pratiquement irréalisable. Plus que tout, la fillette aurait besoin de la présence de sa mère et rien ne pouvait justifier le fait d'exposer l'enfant aux risques du voyage, qui étaient fort nombreux. Amra serait doublement éprouvée. Le perdre lui serait déjà suffisamment pénible, mais perdre également Paxi... Non, il ne pouvait lui faire une chose pareille.

A la fin de cette conversation, Amra semblait avoir apparemment perdu ses soupçons. Tout au moins ne devait-elle plus aborder ce sujet. Il en fut heureux, car il était impossible de dissimuler totalement les rapports existant entre lui et les agissements mystérieux de Miran le Négociant. Toute la ville savait déjà que quelque chose se tramait. Beaucoup d'argent devait être en jeu derrière cette caravane de chariots qui se rendait vers le rivage. Mais quelle était la signification de toutes ces manœuvres? Ni Miran, ni Green, n'avaient laissé filtrer la moindre information, et alors que le duc et la duchesse auraient pu user de leur autorité pour obtenir des renseignements de leur esclave, le duc s'en abstint. Miran avait promis de lui donner un pourcentage sur les bénéfices, à condition qu'il le laissât agir à sa guise, sans poser la moindre question. Le duc s'estimait satisfait. Il avait l'intention d'employer sa commission pour augmenter sa collection d'oiseaux de cristal. Sa volière fantastique miroitait dans dix vastes pièces du château : lumineuses, silencieuses et grotesquement belles, c'étaient les œuvres des verriers de la fabuleuse cité de Metzva Moosh, loin, loin au-delà de la mer d'herbe du Xurdimur.

Green était présent, lorsque le duc en parla à Miran.

– Maintenant, capitaine, vous devez comprendre exactement ce que je désire, l'avertit le duc en levant un doigt pour mettre l'accent sur le caractère sérieux de ses paroles.

Ses yeux, habituellement enfoncés dans des replis de graisse, s'étaient élargis pour révéler de grands globes oculaires, bruns et animés. Sa passion pour ce passe-temps les faisait briller. Rien! un excellent Chalousma, sa femme, la torture d'un hérétique ou d'un esclave fugitif, rien ne pouvait le faire frissonner et rayonner de joie comme la pensée d'une figurine à la facture magnifique et délicate des verriers de Metzva Moosh.

– J'en voudrais deux ou trois, mais pas plus, car je ne pourrais me le permettre. Tous de Izan Yushwa, le plus grand des verriers. J'apprécie tout particulièrement ses œuvres façonnées d'après l'oiseau-de-terreur...

– Cependant, lors de mon dernier séjour à Estorya, j'ai entendu des bruits selon lesquels Izan Yushwa se mourait, fit remarquer Miran.

– Magnifique! Magnifique! s'exclama le duc. Voilà qui donnera encore plus de valeur à tout ce qu'il a créé ces derniers temps! S'il est déjà décédé, il est probable que les Estoriens, qui contrôlent les exportations des mooshans, vont faire monter les prix de tous ce qui lui est attribué. Cela signifie que les offres seront élevées, au cours de la fête, et que vous devrez surenchérir sur tous les acheteurs éventuels. Par tous les moyens. Payez n'importe quel prix, car je dois absolument posséder une des œuvres qu'il a créées pendant les derniers jours de sa vie!

Green savait que le duc accordait à ces pièces une valeur particulière, en raison de la croyance selon laquelle une partie de l'âme de l'artiste entrait à sa mort dans ses dernières créations. On appelait ces œuvres les « Pièces-âmes » et on leur accordait une valeur dix fois supérieure aux autres, même si leur conception et leur exécution étaient inférieures à celles des œuvres précédentes.

– Mais vous ne m'avez rien donné pour acquérir ces oiseaux, fit remarquer Miran.

– Vous n'aurez qu'à avancer la somme, achetez-les vous-même, et lorsque vous reviendrez je réunirai de quoi vous rembourser.

Cela ne sembla guère enchanter Miran, mais Green savait que le marchand envisageait déjà de compter au duc le double de son prix d'achat. Quant à Green, s'il comprenait que les gens eussent des passe-temps, il était empli de dégoût à la pensée que les impôts seraient encore augmentés, afin de permettre au duc de compléter sa collection.

La duchesse, ennuyée comme de coutume par la conversation de son époux, déclara brusquement :

– Chéri, que diriez-vous d'une partie de chasse, la semaine prochaine? Je me sens nerveuse, ces derniers temps. Je ne parviens plus à m'endormir le soir. Sans doute suis-je restée trop longtemps cloîtrée dans cette sinistre demeure. Ma digestion est paresseuse, et j'estime qu'un peu d'exercice et de grand air me feraient le plus grand bien.

Elle se lança alors dans une description détaillée de ses troubles gasto-intestinaux. Le Terrien, qui croyait s'être accoutumé aux fréquentes conversations de ce peuple sur de tels sujets, ne put s'empêcher de pâlir.

Lorsqu'elle avait suggéré cette partie de chasse, le duc n'avait pas vraiment gémi mais ses yeux s'étaient levés vers le ciel, en une supplication adressée aux dieux. S'il avait apprécié la chasse dans sa jeunesse, il avait rapidement pris du poids après l'âge de trente ans et menait une vie sédentaire, comme la plupart des hommes appartenant aux classes supérieures. En fait, ce peuple croyait que l'excès de graisse prolongeait la vie. De plus, ventre proéminent et double menton étaient les symboles de l'aristocratie et de l'aisance. Malheureusement, cela était inévitablement accompagné par une baisse de vigueur qui, ajoutée aux unions avec des femmes dans la fleur de l'âge, avait donné naissance à une autre institution : l'esclave masculin, compagnon de la jeune épouse des hommes riches.

Ce fut vers Green que le duc porta son regard.

– Pourquoi ne pas le laisser conduire la chasse? suggéra-t-il avec espoir. J'ai encore tant d'affaires urgentes à régler.

– Par exemple rester assis sur votre gros coussin et contempler vos oiseaux de cristal? rétorqua-t-elle. Non!

– Très bien, dit-il avec résignation. Dans les enclos de labeur se trouve un esclave qui doit être exécuté pour avoir frappé un contremaître. Il fera un excellent gibier. Mais j'estime que nous devrions lui accorder deux semaines, pour qu'il puisse se refaire des poumons et des jambes. Autrement, ce ne serait pas très sportif.

La duchesse se renfrogna.

– Non, je m'ennuie. Je ne puis supporter cette inaction plus longtemps.

Elle lança un regard à Green qui sentit les muscles de son estomac se contracter. De toute évidence, elle avait noté son manque d'intérêt pour sa personne. Cette chasse était en partie destinée à lui rappeler qu'il pourrait connaître un sort semblable, s'il ne se reprenait pas et ne devenait pas un peu plus divertissant.

Ce n'était pas cette perspective qui le bouleversait, mais plutôt de savoir que c'était précisément à la fin de la semaine suivante que le voilier des plaines de Miran quitterait Quotz et qu'il devrait monter à son bord. Or, il se trouverait à la tête d'un groupe de chasseurs, dans les collines.

Green adressa à Miran un regard suppliant, mais les épaules du marchand se soulevèrent sous sa robe jaune, comme pour dire : « Qu'y puis-je? »

Il avait parfaitement raison. Miran ne pouvait demander de participer lui aussi à cette chasse, et donner ainsi à Green une chance de monter à bord à leur retour. Le départ de l'*Oiseau de Fortune* ne pourrait être retardé d'un seul jour. Le capitaine ne pouvait se permettre de courir le risque d'être surpris par les pluies au cœur des immenses plaines.

VI

Durant toute la journée suivante, Green fut bien trop absorbé par les préparatifs de la partie de chasse pour avoir le temps de ressentir de l'abattement. Mais lorsque la nuit tomba, il sembla se replier sur lui-même. Pourrait-il feindre d'être souffrant, lui aussi, et rester au château lorsque les chasseurs se mettraient en route?

Non, car on supposerait immédiatement qu'il était possédé par un démon et il serait expédié sans autre forme de procès au temple d'Apoquoz, le dieu des Guérisons. Une fois là, il serait gardé sous les verrous jusqu'au moment où il aurait prouvé qu'il était à nouveau en bonne santé. L'inconvénient qui était lié à tout séjour au temple d'Apoquoz, c'était qu'on y mourait presque inévitablement. Si la personne souffrante n'était pas victime de sa propre maladie, elle était terrassée par celle d'un autre patient.

Green ne redoutait guère les nombreuses maladies auxquelles il aurait été exposé dans ce temple. Comme tous les hommes de souche terrienne, il possédait dans son corps des entités protoplasmiques chirurgicalement implantées qui analysaient automatiquement tout micro-organisme et/ou virus envahisseur et fabriquaient aussitôt des anticorps chargés de les combattre. Cet implant vivait dans un espace aménagé grâce à l'ablation de l'appendice. Lorsqu'il œuvrait pour remplir sa mission, il réclamait de la nourriture et irradiait une chaleur qui rappelait à son hôte sa présence rassurante. Une augmentation de l'appétit et une très légère fièvre indiquaient qu'il était occupé à détruire les microbes et, qu'en quelques heures, il repousserait de l'organisme tous ses pensionnaires indésirables. Durant les deux années que Green avait déjà passées sur cette planète, l'implant protoplasmique avait dû passer à l'action à plus de quarante reprises. Sans ce symbiote, Green avait calculé qu'il aurait rendu l'âme à chacune de ces occasions.

Cependant, cela ne lui serait d'aucune utilité. S'il jouait au malade, il serait enfermé et ne pourrait embarquer à bord du voilier des plaines, et s'il accompagnait les chasseurs il raterait également le départ.

Ne lui serait-il pas possible de disparaître la veille de la chasse, de se dissimuler à bord du voilier, pendant que les gens du château le rechercheraient vainement?

Les chances de succès étaient minces. La première chose qui viendrait à l'esprit de Zuni serait d'ordonner la fermeture du coupe-vent et de faire fouiller tous les voiliers des plaines, à la recherche du fugitif. Miran pourrait le dissimuler dans sa cabine, où il serait sans doute en sécurité, mais la fouille retarderait certainement le départ au point de le rendre inutile. Il serait alors impossible d'effectuer l'aller-retour avant les pluies, et tous les projets de Green seraient réduits à néant.

En ce cas, pourquoi ne pas disparaître plusieurs jours plus tôt, afin de permettre à Miran de pouvoir recharger son frêt? Il irait voir le capitaine le lendemain. S'il parvenait à convaincre Miran, Green quitterait le château quatre nuits plus tard, ce qui laisserait trois jours au voilier des plaines pour être déchargé et rechargé. Heureusement, les bacs pourraient rester en place. Même le dernier des imbéciles comprendrait que le fuyard ne pouvait pas se dissimuler au fond d'une cuve, avec les poissons.

Profondément soulagé de savoir qu'il existait au moins une solution, bien qu'elle fût dangereuse, Green se détendit. Il était assis sur un banc du chemin de ronde, au sommet d'une des murailles du château. Le ciel était magnifique, avec des étoiles plus grosses que toutes celles qu'on pouvait voir depuis la Terre. La grande Lune et la petite étaient présentes au firmament. La plus importante venait d'apparaître au-dessus de l'horizon est, et l'autre avait dépassé le zénith. Leur clarté, qui venait s'ajouter à celle des étoiles, atténuait l'obscurité et la laideur de la ville qui s'étendait sous lui, la nimbant d'un halo de romantisme et de charme. La majeure partie de la cité de Quotz restait obscure, car il n'existait pas d'éclairage public et les volets avaient été clos, par protection contre les voleurs, les vampires et les démons. Parfois, l'éclat des torches des serviteurs d'un noble ou d'un bourgeois suivait les défilés obscurs des ruelles encaissées, entre les murs vertigineux des demeures en surplomb.

Derrière la ville se trouvait l'amphithéâtre formé par les collines, qui s'incurvaient vers le nord, et par la grande muraille de brique érigée pour rallonger ce coupe-vent naturel. Une large ouverture avait été laissée, afin que les voiliers des plaines, voiles ferlées, pussent être halés à l'extérieur ou à l'intérieur du port. Au-delà commençait brusquement l'immense plaine, comme si la main d'un paysagiste titanesque avait écrasé les collines et décidé qu'à partir de ce point le sol serait uniforme.

A l'ouest s'étendait la bande de terrain incroyablement régulière de la grande prairie du Xurdimur. Elle avait quinze mille kilomètres de longueur et était aussi plane que le plateau d'une table. Sa monotonie n'était rompue, çà et là, que par de petites forêts, quelques ruines de cités, des trous d'eau, des tentes de nomades, des hardes d'animaux sauvages, des bandes de chats de prairie et des meutes de chiens, ainsi que par les « îles errantes », mystérieuses et sans nul doute imaginaires, ces énormes blocs de roche et de terre qui, selon la légende, glissaient à leur gré sur les plaines. Que le plus grand péril pour la navigation fût un fruit de l'imagination de ce peuple était bien conforme à cette planète, pensa-t-il.

Le Xurdimur était un phénomène fabuleux et absolument unique. On ne pouvait rien trouver de comparable sur les nombreuses planètes découvertes par les Terriens. Il se demanda comment cette plaine pouvait conserver une telle platitude, alors qu'elle recevait constamment le produit de l'érosion des collines et des monts qui se dressaient sur son pourtour. Les pluies, elles aussi, auraient dû l'éroder irrégulièrement. Naturellement, l'herbe qui poussait sur toute cette plaine avait des racines longues et extrêmement résistantes. Et si ce qu'il avait entendu dire était exact, une masse de racines inextricablement emmêlées assurait la tenue du sol sous la végétation.

Il restait encore un élément dont il fallait tenir compte : les vents qui soufflaient d'un bout à l'autre du Xurdimur et qui propulsaient les voiliers des plaines. Pour qu'il y ait du vent, il faut des écarts de pression atmosphérique, eux-mêmes engendrés par des différences de température. Bien que le Xurdimur fût cerné de montagnes sur tout son pourtour, il n'existait pas une seule éminence importante sur ses quinze mille kilomètres, aucun accident de terrain qui aurait pu redonner du mouvement aux courants aériens. Tout au moins le semblait-il à ses connaissances limitées en météorologie, bien qu'il se demandât comment les vents qui balayaient les mers de la Terre parvenaient à souffler sur tant de milliers de lieues, uniquement en raison de leur lancée initiale. Recevaient-ils de nouvelles impulsions en cours de route? Il l'ignorait.

Ce qu'il savait, par contre, c'était que le Xurdimur n'aurait pas dû exister. Cependant, la présence d'êtres humains sur ce monde était tout aussi sidérante, tout aussi impensable. Les Homo Sapiens étaient disséminés dans toute la galaxie. Partout où s'étaient rendus les Terriens, ils avaient découvert qu'environ une planète habitable sur quatre était peuplée par des êtres appartenant à la même espèce qu'eux. La preuve se trouvait non seulement dans une simple ressemblance physique entre Terriens et Extra-terrestres, mais également dans la capacité de procréer. Qu'il s'agisse de Terriens, de Siriens, d'Aldébariens ou de Végans, cela n'avait pas la moindre importance. Les hommes de toutes ces planètes pouvaient avoir des enfants avec les femmes de tous les autres mondes.

Naturellement, maintes théories avaient été élaborées pour expliquer ce fait troublant. Toutes avaient pour base la même supposition : les Homo Sapiens avaient autrefois, dans un passé extrêmement lointain, vu le jour quelque part, sur une planète inconnue, avant de se disséminer dans toute la galaxie à partir de ce point de l'espace. Puis, pour une raison inconnue, ils avaient par la suite perdu le secret du voyage spatial et chaque colonie s'était retrouvée isolée et avait régressé à l'état sauvage, avant de reprendre la lente ascension qui la conduirait vers la civilisation et la redécouverte des vaisseaux spatiaux. Pourquoi? Nul ne le savait. Il n'était possible de faire que des suppositions.

Il existait cependant un problème d'ordre sémantique. Si les hommes avaient une origine commune, il était logique de supposer qu'on aurait dû retrouver des traces de leur langue originelle, que les linguistes auraient dû pouvoir décomposer le développement du langage et s'en servir pour relier une planète à une autre. Mais non. Chaque monde avait sa propre tour de Babel, ses dix milles langages. Si les scientifiques terriens pouvaient remonter jusqu'à une langue proto-indo-européenne à partir du russe et de l'anglais, du suédois et du lithuanien, du perse et de l'hindoustani, ils n'avaient jamais trouvé sur aucune autre planète une seule langue pouvant être rattachée au langage aryen.

Les pensées de Green vagabondèrent alors vers les deux terriens qui étaient actuellement emprisonnés dans la cité d'Estorya. Il espérait qu'ils n'étaient pas l'objet de trop mauvais traitements. Ils pouvaient être soumis en cet instant même à d'horribles tortures, si les prêtres avaient décidé de tenter à nouveau de découvrir s'ils étaient des démons ou des hommes.

La simple pensée de ces tortures l'incita à s'asseoir un peu plus droit et à étirer ses bras et ses jambes. On attendait de lui qu'il allât rejoindre la duchesse dans une heure. Pour ce faire, il se rendrait à l'extrémité nord du chemin de ronde et franchirait une porte qui s'ouvrait dans le mur de la tour, passage dont l'existence était censée être secrète. Puis il gravirait un étroit escalier qui suivait un couloir entre les murs, et pourrait ainsi atteindre les appartements de la duchesse. Une fois à l'intérieur, une dame de compagnie le conduirait en présence de Zuni, puis elle les épierait afin de pouvoir aller faire un peu plus tard un rapport détaillé au duc. Zuni et Green n'étaient pas supposés le savoir, et ils feindraient de croire que cette femme était une confidente de toute confiance.

Lorsque Green entendrait tinter la grande cloche du Temple du Dieu du Temps, Grooza, il se lèverait de ce banc et irait accomplir ce qu'il considérait à présent être une tâche ennuyeuse. Si seulement cette femme avait été capable de parler d'autre chose que de sa digestion ou de son teint, ou encore de répéter les commérages insipides du palais, cette situation aurait même eu certains côtés agréables. Mais non, la duchesse ne cessait de bavarder pour ne rien dire, alors que Green avait de plus en plus sommeil, sans pour autant oser s'endormir, de crainte de l'offenser irrémédiablement. Et cela...

VII

La petite lune venait d'atteindre la ligne d'horizon, à l'est, et la grosse approchait du zénith, lorsque Green s'éveilla et se leva d'un bond, moite de terreur. Il s'était endormi et avait fait attendre la duchesse.

– Mon Dieu, que va-t-elle dire? se demanda-t-il à haute voix. Quelle explication vais-je bien pouvoir lui donner?

– Inutile de chercher des excuses, déclara près de lui une voix irritée.

Il sursauta et pivota sur lui-même, pour constater que Zuni se tenait derrière lui. Elle avait enfilé un manteau, mais son visage formait une tache livide sous le capuchon et sa bouche était béante. Ses dents blanches lancèrent des reflets lumineux alors qu'elle commençait par l'accuser de ne plus l'aimer, d'être las de son corps et d'aimer une autre femme, sans doute une esclave, une catin incapable, fainéante et écervelée, à la beauté superficielle. Si la situation n'avait pas été aussi grave, Green aurait souri en entendant la duchesse faire son auto-portrait.

Il tenta d'interrompre le flot de paroles, mais il n'y parvint pas. Elle lui cria de se taire et, lorsqu'il porta ses doigts à ses lèvres pour murmurer : « chuuuut! », elle réagit en haussant encore le ton de sa voix.

– Vous savez que vous ne devez pas quitter vos appartements après la tombée de la nuit, hormis lorsque le duc est présent, lui rappela-t-il en la prenant par l'épaule et en tentant de la guider le long du chemin de ronde, en direction de la porte secrète. Si les gardes vous surprennent ici, vous aurez des ennuis, de graves ennuis. Venez!

Malheureusement, le mal était déjà fait. Les gardes avaient

noté leur présence. Des torches apparurent au bas des marches, sous le chemin de ronde, et des casques et des cuirasses de métal luirent dans la nuit. Green tenta de lui faire presser le pas, car il leur serait encore possible de gagner la porte secrète à temps. D'un geste brusque, elle repoussa son bras et cria : « Ôte tes sales pattes de mon corps, maudit esclave nordique! La duchesse de Tropat refuse de se laisser toucher par un vulgaire animal!

– Malédiction, gronda-t-il en la poussant. Stupide *Kizmaiaz*! En avant! On voit bien que ce n'est pas vous qui serez torturée, s'ils nous découvrent ensemble!

Zuni s'écarta brusquement. Son visage se déforma et sa bouche répéta silencieusement un mot.

– *Kismaiaz*! parvint-elle finalement à hoqueter. *Kizmaiaz* toi-même!

Soudain, elle se mit à hurler. Avant qu'il ne fût possible à Green de coller sa main sur la bouche de cette femme, elle se précipita devant lui, en direction de l'escalier. Ce fut alors qu'il se libéra de sa paralysie et se mit à courir, non derrière elle, car il savait que ce serait inutile, mais en direction de la porte secrète. Le sort en était jeté. Il aurait été absolument inutile de tenter d'expliquer quoi que ce fût aux gardes. La situation entrait maintenant dans une phase conventionnelle. Zuni expliquerait aux gardes que Green avait pénétré dans sa chambre (comment? elle l'ignorait, et il faudrait le « découvrir » par la suite), et qu'il l'avait entraînée sur le chemin de ronde, sans doute dans l'intention de la violer. La raison pour laquelle il avait choisi de lui faire subir les derniers outrages en un lieu où tous pourraient le surprendre, au lieu de se contenter de l'intimité de la chambre, resterait à jamais un mystère. Et les gardes, tout en sachant parfaitement ce qui s'était véritablement passé, feindraient de la croire et s'empareraient de lui, puis le jetteraient sur la paille humide d'un cachot. Le plus sidérant, c'était qu'en quelques jours tous les habitants de la ville, y compris Zuni, finiraient par croire que c'était la vérité. Lorsqu'il serait exécuté, il ferait l'objet de la réprobation générale et les esclaves seraient soumis à des brimades, étant eux aussi rendus responsables de son acte inqualifiable.

Mais Green n'avait pas la moindre intention de se laisser capturer. En prenant la fuite, il reconnaissait sa culpabilité, mais cela ne faisait désormais plus la moindre différence.

Il s'engouffra dans la porte secrète, puis ferma et verrouilla le battant derrière lui, avant de gravir quatre à quatre les marches menant aux appartements de la duchesse. Les gardes seraient contraints d'effectuer un long détour et il disposerait au moins de deux minutes pendant qu'ils déverrouilleraient les portes des deux vestibules de ses appartements, expliqueraient la situation aux autres gardes qui se trouvaient devant ces portes, et commenceraient à le chercher. Quant à Green, s'il courait comme un lièvre, il s'efforçait d'avoir autant de ruse qu'un renard. Il avait su dès le début qu'il risquerait à tout moment de se trouver en fâcheuse posture, et il avait depuis longtemps élaboré en détail divers plans d'action. A présent qu'il devait faire un choix, il jeta son dévolu sur celui qui convenait le mieux à la situation et le mit en pratique.

Il s'agissait d'un étroit escalier à vis dans lequel il était impossible à deux personnes de monter côte à côte. Il gravissait si rapidement les marches que le mouvement hélicoïdal lui donna le tournis. Il titubait et avait des difficultés à rester debout, lorsqu'il atteignit le sommet. Cependant, il ne prit pas le temps de reprendre sa respiration ou de recouvrer son équilibre, et il tira le levier qui ferait pivoter la porte vers l'extérieur. Green se rua vers l'ouverture. Dieu merci, personne ne l'attendait. Il s'immobilisa un instant, tendit l'oreille pour s'assurer que nul ne se trouvait dans la pièce suivante, puis pressa une bosse parmi bien d'autres, au sein d'un motif de protubérances de bronze. Ce bouton commandait le mécanisme de la porte secrète. Le panneau pivota silencieusement en arrière et le battant disparut finalement dans le reste du mur, devenant totalement invisible. Green, fit alors pivoter le bouton, afin que cette porte ne pût plus être ouverte depuis l'autre côté. En dépit de sa hâte, il prit le temps d'adresser des remerciements sincères aux architectes qui avaient conçu ce sytème, afin que les propriétaires du château eussent un lieu où se réfugier en cas d'invasion ou de révolte. Sans ce passage « secret », il n'aurait pu échapper aux gardes.

Echapper? En fait, il n'avait fait que retarder sa capture inévitable. Mais il avait la ferme intention de fuir aussi longtemps qu'il le pourrait, puis de se battre jusqu'au moment où ses adversaires seraient contraints de le tuer.

En premier lieu, il lui fallait se procurer une arme. Mais Green connaissait si bien les appartements de Zuni qu'il savait exactement où trouver ce qu'il désirait. Il traversa deux vastes pièces, avançant facilement en dépit de la faible clarté qu'offraient quelques bougies et lampes à huile. Au mur de la troisième salle était suspendu un sabre fait du meilleur acier disponible et façonné par les plus grands forgerons de ce monde, les armuriers du Talamasko lointain et presque légendaire. La lame était un présent du père de Zuni, qui l'avait offerte à l'occasion de son mariage avec le duc. La duchesse devrait remettre cette arme à son fils aîné, lorsque ce dernier aurait l'âge de porter une épée. La poignée possédait une garde sur laquelle était gravé : *Plutôt la mort que le déshonneur.* Il fixa l'arme et son fourreau à un anneau de sa large ceinture de cuir, puis il se rendit auprès d'une magnifique coiffeuse et sortit une dague d'un de ses tiroirs. Il la glissa dans sa ceinture, de même qu'un gros pistolet à silex dont la crosse était incrustée d'or et d'ivoire. Il l'avait chargé avec de la poudre et une balle de fer trouvés dans une case du tiroir, et avait placé des munitions dans un sac qu'il suspendit à son tour à sa ceinture. Ainsi paré, il sortit sur le balcon afin d'avoir une rapide vision d'ensemble de la situation.

Trois étages plus bas se trouvait le chemin de ronde qu'il avait fui quelques minutes plus tôt. Il était à présent occupé par de nombreux soldats et par Zuni, qui relevaient le regard vers lui. Dès que le visage de Green apparut dans la clarté des lunes et l'éclat des torches, un cri s'éleva. Plusieurs hommes levèrent leurs mousquets à long canon, mais Zuni lança un ordre pour les empêcher de tirer. Elle le voulait vivant. Le Terrien fut parcouru de frissons glacés en entendant le ton vindicatif de sa voix et en se représentant mentalement les tortures raffinées qu'elle envisageait sans doute de lui faire infliger. Il avait été contraint d'assister à trop de séances de torture et d'exécutions publiques pour ne pas savoir avec précision ce qu'elle lui réservait. Brusquement pris de rage face à sa perfidie et sa cruauté, une colère peut-être épicée par le dégoût qu'il éprouvait envers lui-même pour avoir fait l'amour avec cette créature méprisable, il braqua son pistolet sur elle. Il y eut un déclic, lorsque le chien frappa le silex; une étincelle; le sifflement de la poudre qui brûlait dans le bassinet; une forte détonation et un nuage noir. Lorsque la fumée se dissipa, il put voir toutes les personnes présentes, y compris la duchesse, courir se mettre à couvert. Il l'avait naturellement ratée, car un esclave ne s'entraînait pas au tir au pistolet. Cependant, même avec un bon entraînement, il n'aurait sans doute pas pu atteindre sa cible, tant ces armes étaient imprécises.

Pendant que Green rechargeait son pistolet, il entendit un cri juste au-dessus de lui. Il releva les yeux vers le balcon supérieur et vit se pencher le visage du duc, rond et livide sous le clair de lune. Le Terrien dirigea son arme déchargée vers le duc qui poussa un cri de frayeur et bondit en arrière, dans ses appartements. Green éclata de rire et se dit que, même s'il était tué, il aurait au moins la satisfaction de savoir qu'il avait humilié cet homme, qui se vantait toujours de sa bravoure au combat. Naturellement, son acte contraindrait le duc à le faire abattre immédiatement, afin d'empêcher cet esclave de se vanter de l'avoir terrorisé.

Il eut un sourire ironique. Que se passerait-il, lorsque les soldats recevraient les ordres du duc, qui seraient en contradiction formelle avec ceux de la duchesse? Ces pauvres militaires ne sauraient quoi faire. Les ordres du duc passeraient naturellement avant ceux de son épouse, mais cette dernière serait furieuse et trouverait ensuite le moyen de punir ceux qui réussiraient à abattre l'esclave.

Ce fut à cet instant qu'il perdit son sourire et pâlit de frayeur. Il venait d'entendre un puissant aboiement. Il ne s'était pas élevé derrière la porte de l'appartement, mais à l'intérieur!

Il lâcha un juron et pivota sur lui-même, juste à temps pour voir l'énorme chien bondir vers sa gorge. Les crocs blancs et les yeux verts du molosse luisaient sous la clarté lunaire.

En dépit de sa panique, Green prit conscience qu'il avait oublié l'existence d'une petite porte s'ouvrant dans la plus grande le passage qui permettait à Alzo d'entrer et de sortir à son gré des appartements de sa maîtresse. Et si l'énorme chien pouvait emprunter ce passage, rien n'empêcherait les soldats d'en faire autant!

Instinctivement, il braqua le pistolet et pressa la détente. Le coup ne partit pas, car il n'y avait pas de poudre dans le bassinet, mais le canon pénétra dans la gueule béante d'Alzo et fit dévier ce dernier de sa trajectoire vers la cible qu'il s'était fixé : la gorge de Green. Même ainsi, l'homme fut renversé en arrière par l'impact et il sentit les crocs acérés se refermer sur son poignet. Les mâchoires du chien pouvaient sans peine broyer un bras et, bien qu'il ne ressentît aucune douleur, il eut des nausées à la pensée du moignon sanglant qu'il verrait dès qu'Alzo s'écarterait de lui. Cependant, bien que son bras perdît du sang par de larges entailles, il n'était pas blessé gravement. Le chien avait été distrait par le canon qui s'enfonçait dans sa gorge, le suffoquant, ce qui l'avait empêché dans l'instant de penser à autre chose qu'à s'en défaire.

Le pistolet tomba sur le balcon avec un bruit métallique, mais Alzo secouait toujours la tête, sans se rendre compte qu'il était parvenu à se débarrasser de l'arme qui l'étranglait. La charge du molosse avait projeté Green contre la balustrade et il entreprit de se relever. En grogant avec autant de férocité que le chien, il s'arcbouta contre l'angle formé par le sol et la rambarde, puis il se lança en avant. Le chien choisit lui aussi cet instant pour bondir. Ils se heurtèrent, tête contre tête, et le crâne de Green pénétra dans la gueule béante de l'animal, qu'il renversa pour la simple raison qu'il avait pris plus d'élan. Si les larges mâchoires entamèrent le cuir chevelu du Terrien, elles se refermèrent sur le vide et l'animal chut de côté, en grondant toujours. Green saisit alors la longue queue du molosse, roula sur lui-même pour échapper aux crocs qui allaient se refermer sur ses chevilles, et tira sur l'appendice caudal de la bête afin qu'elle se détournât de lui. Puis il se releva sur un genou et repoussa le chien tout en continuant de serrer sa queue de ses deux mains. Finalement, il se releva d'un bond. Frénétiquement, le molosse se tordit sur lui-même pour happer les doigts qui le tenaient prisonnier, mais il ne parvint à mordre que son propre flanc. Hurlant d'angoisse, il tenta de se dégager. Green, dans un ultime effort, souleva la queue qu'il tenait. Le corps du molosse dut naturellement suivre le mouvement. L'homme pivota, se pencha en avant, et utilisa son dos voûté comme point d'appui pour projeter Alzo par-dessus sa tête.

VIII

Le grondement terrifiant d'Alzo se métamorphosa soudain en un hurlement aigu de désespoir, alors que le chien passait par-dessus la balustrade et se retrouvait dans le vide, au-dessus du chemin de ronde. Green se pencha à l'extérieur pour assister à sa chute, sans se sentir le moins du monde désolé pour l'animal. Il exultait. Il avait toujours haï ce molosse et rêvé de vivre un tel instant.

Le hurlement d'Alzo s'interrompit brusquement lorsqu'il heurta le parapet bordant le chemin de ronde, avant de rebondir vers l'extérieur et de disparaître dans les profondeurs. La force de Green était plus grande qu'il ne l'avait supposé, car il avait simplement eu l'intention de faire basculer les soixante-dix kilos de la bête par-dessus la balustrade.

Mais il n'eut pas le temps de savourer son triomphe. Si le chien avait pu pénétrer par la petite porte, les soldats pourraient faire de même. Il se précipita dans le vestibule, s'attendant à y trouver une douzaine d'hommes. Mais la pièce était déserte. Pourquoi ? Il ne put trouver qu'une seule explication. Les soldats avaient eu peur. Ils savaient que s'il s'était débarrassé du chien il pourrait à loisir les assommer d'un bon coup sur la tête, au fur et à mesure qu'ils s'avanceraient à quatre pattes, absolument sans défense.

La porte fut ébranlée par un choc violent. Ils avaient donc choisi la solution qui était la plus sage, faute d'être la plus courageuse. Ils utilisaient un bélier. Green décida de recharger son pistolet et renversa la poudre lorsqu'il tenta de remplir le bassinet, en raison du tremblement de ses mains. Il parvint à charger l'arme et tira. Un profond cratère apparut dans le battant de bois, mais la balle rebondit car les planches de la porte étaient épaisses, par protection contre de telles armes.

Les coups cessèrent et il entendit le son mat produit par le bélier qui tombait sur le sol, dans le cadre d'un repli stratégique effectué en hâte. Il sourit. Tant qu'ils continuaient d'obéir aux ordres de la duchesse (pas encore annulés par ceux du duc), ils hésiteraient à affronter les balles d'un pistolet uniquement armés de leurs épées. Et, en entendant son coup de feu, ils avaient sans nul doute complètement oublié que la balle ne pourrait traverser le panneau de bois.

– Voilà ce que j'appelle vivre! déclara Green à haute voix, surpris de constater que sa voix tremblait autant que ses jambes.

Le fait de crier en dépit de sa peur lui procurait cependant une joie intense et il savait qu'il appréciait les deux. Bien que la mort l'attendît de l'autre côté de la porte, peut-être aimait-il véritablement cet instant pour la simple raison qu'il s'était trop longtemps contenu et que la violence était une excellente méthode thérapeutique pour se libérer de son ressentiment et de sa colère. Mais, quelle que fût la raison, il savait qu'il vivait un des instants les plus important de sa vie et que, s'il survivait, il pourrait ensuite y penser avec plaisir et fierté. Et c'était bien la chose la plus étrange, étant donné que dans le cadre de sa civilisation d'origine les jeunes apprenaient à abhorrer la violence. Fort heureusement, ils n'étaient pas conditionnés contre elle au point que le simple fait d'y penser pût les paralyser. Dans son cerveau, aucun circuit n'avait été programmé pour se bloquer devant de tels actes. Il rejetait tout simplement ce concept, philosophiquement parlant. Par chance, les Terriens possédaient eux aussi un instinct de conservation, plus ancien et plus profond. Et s'il était vrai qu'un homme ne pouvait se passer d'une philosophie de l'esprit, pas plus qu'il ne pouvait se passer de pain, pour l'instant Green en faisait abstraction. Le souffle d'exaltation qui emplissait actuellement son corps et le rendait si sensible au fait que vivre était merveilleux, alors que la mort frappait à sa porte n'engendrait aucune réflexion ou méditation profonde.

Green roula tous les tapis entre cette pièce et le balcon, car il lui faudrait un sol très stable s'il lui était nécessaire de courir jusqu'au balcon et de sauter suffisamment loin pour éviter le chemin de ronde et retomber au-delà, dans les douves. Il devrait tout calculer et réussir au premier essai, comme lors d'un saut en parachute, car dans le cas contraire il se briserait les os sur les dalles du chemin de ronde.

Il n'avait pas l'intention de tenter un tel saut, s'il pouvait l'éviter. Mais il se préparait une voie de sortie, au cas où les autres méthodes échoueraient.

Il courut à nouveau jusqu'au bureau et en tira un gros sac de poudre qui pesait plus de deux kilos. Il l'ouvrit, glissa à l'intérieur l'extrémité d'une mèche, et referma le sac. Alors qu'il effectuait ces préparatifs, il entendit des cris derrière la porte. Les soldats revinrent, ramassèrent le bélier et se jetèrent contre le lourd battant. Green ne prit pas la peine de tirer à nouveau et alluma la mèche à l'aide d'une bougie. Puis il se rendit à la large porte, ouvrit le petit battant inférieur, et lança le sac de l'autre côté. Il se jeta en arrière et courut se mettre à l'abri, sans estimer pour autant que l'explosion pourrait endommager la porte.

Il y eut un instant de silence, pendant que les soldats devaient fixer la mèche fumante, paralysés par la peur. Puis... un grondement assourdissant! La pièce trembla et la porte tomba à l'intérieur, projetée hors de ses gonds. Un nuage de fumée noire pénétra dans la pièce. Green plongea au sein de ce nuage, se laissa tomber, et courut à quatre pattes en direction de la porte. Il lâcha un juron lorsque la garde de son épée se coinça dans le chambranle, mais il parvint à la dégager et se rua dans le brouillard opaque qui emplissait le vestibule. Il avançait à tâtons et ses mains rencontrèrent le bélier qui se trouvait sur le sol, ainsi que le visage humide d'un soldat qui était tombé. La fumée âcre le fit tousser, mais il continua de progresser jusqu'au moment où son crâne heurta un mur. Il se laissa choir sur la droite, direction dans laquelle devait se trouver la porte. Il l'atteignit, la franchit, et pénétra dans la pièce suivante qui était elle aussi emplie de fumée. Après avoir couru à quatre pattes sur le sol, il osa ouvrir les yeux pour jeter un rapide coup d'œil à ce qui l'entourait. Ici, la fumée était moins dense et empruntait la porte pour quitter la pièce et envahir le couloir se trouvant juste au-delà. Comme il ne voyait aucun pied dans la zone plus dégagée séparant le sol et le bas du nuage, il se releva et franchit la porte. Il savait que, sur sa gauche, le vestibule conduisait à un escalier qui devait à présent être bondé de soldats. Sur sa droite se trouvait un second escalier qui montait aux appartements ducaux. C'était l'unique chemin qu'il lui était possible d'emprunter.

Heureusement, la fumée était encore si dense dans ce

couloir que les hommes réunis dans l'escalier de gauche ne pouvaient le voir. Ils devaient toujours croire qu'il se trouvait dans les appartements de la duchesse et il espérait que, lorsqu'ils s'y précipiteraient et ne le trouveraient pas, la vision des tapis enroulés les inciterait à supposer qu'il avait sauté du balcon. Auquel cas ils se précipiteraient vers les douves, à sa recherche. Et s'ils ne le découvraient pas en train de nager, ce qu'ils ne pourraient faire, ils supposeraient sans doute qu'il s'était noyé ou qu'il avait gagné la rive et qu'il se trouvait à présent dans les profondeurs obscures de la cité.

D'une main, il suivait le mur en direction de l'escalier, et de l'autre il tenait sa dague. Lorsque ses doigts se refermèrent sur le bras d'un homme qui s'appuyait au mur, il les retira aussitôt, ploya les genoux, et courut ainsi accroupi en direction de l'escalier. Ici, la fumée était si peu dense qu'il vit les marches avant de trébucher contre elles. Malheureusement, le duc et un autre homme étaient là. Tous deux virent la silhouette émerger hors du nuage, sous la lueur des torches, mais Green avait l'avantage de savoir qui il était et il put plonger la lame effilée de sa dague dans la gorge du soldat avant que ce dernier eût réagi. Le duc tenta de se glisser devant le Terrien, mais Green lui fit un croc-en-jambe. Le duc trébucha et son adversaire lui saisit le poignet. il tordit le bras de l'homme derrière son dos, le contraignit à se redresser et à se mettre à genoux, puis, utilisant ce bras comme un levier douloureux, il le releva. Entendre les gémissements du duc emplissait le Terrien de joie, bien qu'il n'eût jamais aimé infliger de la douleur. Il eut le temps de supposer qu'il appréciait tout particulièrement cela en raison des tortures que le duc avait infligées à ses nombreuses victimes impuissantes. Naturellement, un homme aussi civilisé que Green n'aurait pas *dû* éprouver de plaisir sadique. Mais le simple fait qu'une émotion soit louable ou non n'a jamais empêché personne de la ressentir.

– Montez! ordonna-t-il d'une voix à la fois basse et autoritaire.

Il guida le duc vers ses appartements, utilisant son bras replié comme la barre d'un navire. A présent, la fumée s'était suffisamment dissipée pour que les hommes présents à l'autre extrémité du couloir pussent se rendre compte que la scène à laquelle ils assistaient n'était pas normale. Un cri s'éleva, suivi par le martellement des pieds qui couraient sur les dalles de pierre. Green s'arrêta, fit pivoter le duc de façon à ce qu'il fît face aux soldats qui approchaient, et lui ordonna :

– Dites-leur que je vous tuerai s'ils ne s'en vont pas.

Afin de mettre l'accent sur le sérieux de ses paroles, il appliqua la lame de sa dague dans le dos du duc et exerça une pression suffisante pour en faire jaillir un peu de sang. Le duc trembla, puis se raidit.

– Je refuse d'obéir, dit-il cependant. Plutôt la mort que le déshonneur.

Green ne put s'empêcher d'admirer un tel courage, bien que cela le mît plutôt dans l'embarras. Il n'avait pas l'intention de tuer le duc si rapidement, car cela lui ferait perdre l'unique atout dont il disposait pour l'instant. Aussi plaça-t-il la dague entre ses dents et, sans lâcher le bras du duc, prit-il de l'autre main le pistolet de ce dernier et tira-t-il par-dessus son épaule.

Il y eut un sifflement, alors que les flammes rôtissaient l'oreille de son captif et lui faisaient pousser un cri qui fut presque noyé par le grondement de la détonation. Le soldat le plus proche leva les bras, lâcha sa lance, et tomba tête la première sur le sol. Les autres s'immobilisèrent. Sans doute respectaient-ils encore les ordres de la duchesse et voulaient-ils capturer Green vivant, car le duc devait avoir atteint le bas des marches pour assister à l'explosion du sac de poudre. Et, à présent, il n'était plus en mesure de donner des ordres. Il avait été assourdi et étourdi par la détonation qui venait de retentir contre son oreille.

– Reculez, cria Green. Sinon, j'abats le duc! Il veut que vous regagniez l'escalier et que vous n'interveniez pas jusqu'à nouvel ordre!

Sous la lueur vacillante des flammes, il pouvait voir les expressions décontenancées des soldats. Puis il prit conscience qu'en raison de sa profonde excitation il avait donné ces ordres en anglais. Il en fit aussitôt une traduction hâtive et fut soulagé de les voir faire demi-tour et se retirer, bien qu'à contrecœur. Il tira alors le duc vers le haut des marches et ses appartements. Une fois à l'intérieur, il barricada la porte et rechargea son pistolet.

– Jusqu'ici, tout va bien, dit-il, à nouveau en anglais. Mais l'important c'est ce qui va se passer maintenant, pas vrai?

Les appartements du duc étaient non seulement plus luxueux que ceux de son épouse, mais également bien plus vastes, car ils devaient abriter en plus des centaines de trophées de chasse du duc (y compris un certain nombre de têtes humaines) sa collection d'oiseaux de cristal. Il était en fait facile de voir à quoi il accordait le plus de prix, car si les trophées étaient recouverts de poussière, chacune des petites statuettes miroitantes était immaculée. Tout serviteur qui aurait bâclé l'époussetage de la vaste pièce consacrée à sa collection se serait retrouvé en fâcheuse situation.

En notant cela, Green fit un léger sourire.

Lorsqu'on se bat pour une question de vie ou de mort, tous les coups sont permis...

IX

Il ne lui fallut que deux minutes pour immobiliser le duc dans un fauteuil à l'aide de plusieurs fouets de chasse qui avaient été accrochés aux murs.

Entre-temps, le duc était sorti de son étourdissement. Il commença à hurler toutes les invectives qu'il connaissait, et son répertoire était vaste, lui promettant toutes les tortures raffinées auxquelles il pouvait penser, et, en ce domaine, le choix était également étendu. Green attendit que le duc se fut infligé une mauvaise laryngite, puis il lui annonça, d'une voix calme et autoritaire, ce qu'il avait l'intention de faire s'il refusait de l'aider à sortir du château. Afin de lui prouver qu'il ne plaisantait pas, il prit une masse d'arme hérissée de pointes de fer et l'envoya tournoyer dans les airs. Les yeux du duc s'écarquillèrent, et il pâlit. Immédiatement, ce noble hautain, qui menaçait son ravisseur des pires tourments, se métamorphosa en un vieillard ratatiné et tremblotant.

– Je briserai jusqu'au dernier oiseau de cette pièce, ajouta Green. Puis j'ouvrirai le coffre qui se trouve derrière cette pile de fourrures et j'en sortirai votre trésor le plus précieux : l'oiseau que vous n'avez même pas osé montrer à l'Empereur, de crainte qu'il n'en soit jaloux et qu'il vous le demande comme présent, cet oiseau qu'il vous arrive parfois de sortir de son écrin et de contempler jusqu'à l'aube.

– Ma femme t'en a parlé! hoqueta le duc. Oh, quelle *izzot*!

– Je ne vous le fais pas dire, approuva Green. Elle m'a étourdiment confié d'innombrables secrets, étant donné qu'elle est écervelée, fainéante, stupide et idiote... en bref, que c'est une femme qui vous convient à merveille. C'est ainsi que je sais où vous dissimulez l'unique statuette d'*exu-*

rotr jamais faite par Izan Yushwa, de Metzva Moosh : cet oiseau de cristal pour l'achat duquel vous avez prélevé de lourds impôts, ce qui a fait verser des pleurs amers à vos sujets et leur a valu maintes privations. Non, je n'aurai aucun scrupule à le détruire, bien que ce soit l'unique *exurotr* jamais reproduit et qu'Izan Yushwa soit à présent décédé, ce qui rend cette pièce unique impossible à remplacer.

Le duc fut horrifié et Green crut que ses yeux allaient sortir de leur orbite.

– Non, non! supplia-t-il d'une voix chevrotante. Ce serait impensable, blasphématoire, sacrilège! N'avez-vous donc aucun sens de la beauté, esclave dégénéré que vous êtes, pour pouvoir seulement envisager de détruire l'objet le plus beau jamais façonné par les mains de l'homme?

– Je n'hésiterai pas un seul instant.

Les commissures des lèvres du duc s'affaissèrent. Brusquement, il éclata en sanglots.

Green était embarrassé, car il devinait à quel point l'émotion de cet homme devait être grande pour qu'il s'effondrât ainsi devant un ennemi, lui qui avait été à rude école. Et il s'interrogea alors sur l'étrangeté de la nature humaine. Le duc aurait préféré se faire trancher la gorge plutôt que de passer pour un couard en faisant des concessions afin de sauver sa vie. Mais dès l'instant où sa précieuse collection d'oiseaux de cristal était menacée...!

Green haussa les épaules. Pourquoi vouloir tenter de comprendre? L'unique chose importante était de mettre à profit toutes les opportunités qui se présentaient à lui.

– Très bien. Si vous désirez sauver ces objets, voici mes instructions.

Et il expliqua en détail ce que devrait faire et ordonner le duc. Ensuite, il lui fit prêter le plus solennel des serments de ne pas le trahir, sur la tête de sa famille et sur l'honneur de ses ancêtres.

– Et, afin d'être plus tranquille, je vais garder l'*exurotr* sur moi, ajouta le Terrien. Après m'être assuré que vous avez tenu parole, je prendrai des dispositions pour qu'il vous soit rendu intact.

– Puis-je y compter? haleta le duc qui faisait rouler ses yeux bruns.

– Oui. Je contacterai Zingaro, l'agent commercial de la Guilde des Voleurs. Il vous fera parvenir la statuette, en échange d'un dédommagement, naturellement. Mais, avant de conclure cette affaire, vous devez également jurer de ne faire aucun mal à Amra, ma femme, ou à aucun de ses enfants, et de ne pas confisquer ses biens. En bref, que vous continuerez d'agir envers elle comme si rien ne s'était produit.

Le duc eut des difficultés à avaler sa salive, mais il fit ce serment. Green était heureux, car bien qu'il fût sur le point d'abandonner son épouse, il avait, faute de mieux, obtenu l'assurance qu'elle n'aurait pas à souffrir de la colère ducale.

Ce fut après une longue, très longue heure, que Green sortit de la grande armoire de l'appartement du duc à l'intérieur de laquelle il s'était dissimulé. Bien que le noble eût fait le plus solennel des serments, il était aussi perfide que les autres barbares de cette planète, c'est-à-dire extrêmement perfide. Green était resté derrière la porte, en sueur, pour écouter la conversation parfois incohérente qui se déroulait entre le duc, ses soldats et la duchesse. Le duc était un excellent acteur car il était parvenu à convaincre son auditoire qu'il avait pu se dégager de la prise de cet esclave dément, ce Green, qu'il s'était emparé d'une épée et avait contraint ce misérable à sauter du balcon. Naturellement, plusieurs gardes avaient vu un objet des dimensions d'un homme passer par-dessus la balustrade et tomber avec bruit dans les douves. Il ne faisait aucun doute que l'esclave avait dû se rompre les reins, lorsqu'il avait atteint les flots, ou qu'il avait été assommé et s'était noyé. Cependant, dans un cas comme dans l'autre, il n'était pas remonté à la surface.

En dépit de sa tension, Green, qui gardait l'oreille collée à la porte, n'avait pu s'empêcher de sourire. Ses forces, conjuguées à celles du duc, avaient permis de soulever une statue de bois représentant le dieu Zuzupatr, lestée de plats de fer afin qu'elle ne pût flotter. Sous la faible clarté lunaire, et en raison de l'excitation qui régnait, la ressemblance entre l'idole et le corps d'un homme devait avoir été suffisamment grande pour tromper tout le monde.

L'unique personne qui paraissait mécontente était Zuni. Elle faisait autant de tapage qu'elle en était capable, agissait de la façon la plus indigne qui fût, s'emportait contre son époux en lui reprochant son caractère sanguinaire et son manque de retenue qui l'avaient privée des tortures raffinées qu'elle avait projetées pour l'esclave qui avait tenté de la déshonorer. Le duc, dont le visage s'empourprait de plus en plus, lui avait brusquement hurlé de cesser de se conduire comme une *izzot* et de regagner de ce pas ses appartements. Afin de lui démontrer que ce n'étaient pas des paroles en l'air, il avait ordonné à plusieurs soldats de l'escorter. Mais Zuni était trop stupide pour comprendre à quel point sa situation était délicate, à quel point était proche la hache du bourreau. Elle avait continué de débiter ses inepties jusqu'au moment où le duc avait adressé un signe à deux soldats. Ils l'avaient saisie par les épaules... tout au moins Green le supposait-il, car elle leur avait hurlé d'ôter leurs sales pattes de son corps... puis ils l'avaient entraînée hors des appartements. Même alors, il avait fallu un certain temps au duc avant de pouvoir refermer les portes derrière le dernier visiteur.

Le petit duc avait ouvert la porte de l'armoire. Il tenait à la main la robe verte d'un prêtre, les lunette sacerdotales hexagonales, et un masque prévu pour la partie inférieure du visage. Ce masque était traditionnellement porté par les moines qui effectuaient une mission pour le compte d'un haut dignitaire. Pendant que le moine avait le visage ainsi dissimulé, il était lié par le serment de n'adresser la parole à personne, tant qu'il n'aurait pas joint le destinataire du message qu'on lui avait confié. Ainsi Green pourrait-il éviter des questions embarrassantes.

Il enfila la robe, mit les lunettes et le masque, puis il rabattit le capuchon sur sa tête et glissa l'*exurotr* de cristal dans sa chemise. Il chargea le pistolet qu'il plaça dans une des vastes manches, le retenant de son autre main.

– N'oubliez pas, dit anxieusement le duc en ouvrant la porte et en s'assurant que personne ne se trouvait dans l'escalier. N'oubliez pas que vous devrez prendre toutes les précautions possibles pour que l'*exurotr* ne soit pas endommagé. Dites à Zingaro de le placer immédiatement dans un coffret capitonné de soie et empli de sciure, afin qu'il ne se brise pas. Je souffrirai mille morts tant que cette pièce n'aura pas regagné le sein de ma collection.

Et moi, pensa Green, je souffrirai mille morts tant que je ne serai pas hors de ta portée, hors de cette ville, loin dans le Xurdimur, à bord d'un voilier des plaines.

Il répéta à nouveau sa promesse de respecter son serment, dans la mesure où le duc ferait de même, mais ajouta qu'il prendrait également toutes les mesures nécessaires pour parer une éventuelle trahison. Puis il se glissa hors des appartements et referma la porte. Il serait désormais livré à lui-même jusqu'au moment où il embarquerait à bord de l'*Oiseau de Fortune*.

X

Il ne rencontra pas la moindre difficulté, hormis pour se frayer un chemin au sein de la cohue. Les explosions et les cris qui s'étaient élevés du château avaient éveillé la population, et tous les habitants de Quotz qui étaient capables de marcher, ou qui avaient pu trouver une âme charitable pour les porter, se trouvaient dans les rues. Ils s'y étaient retrouvés et posaient mille questions, discutaient avec animation et, dans l'ensemble, essayaient de semer le plus de désordre possible, tirant au maximum profit de cette excuse pour augmenter l'effervescence générale. Green marchait à grandes enjambées au sein de cette foule. Il gardait la tête baissée, mais ses yeux restaient vigilants. Il progressait rapidement et il ne fut qu'à quelques reprises brièvement retardé par la cohue.

Finalement, la plaine uniforme du coupe-vent s'étala devant lui et il fut entouré par la forêt que formaient les nombreux mâts des grands voiliers. Il put gagner l'*Oiseau de Fortune* en passant devant une douzaine de gardes, sans qu'aucun d'entre eux ne lui posât la moindre question. Le voilier des plaines était confortablement amarré entre deux quais, là où un important groupe d'esclaves l'avait tiré. A chacune des extrémités de la passerelle reliant le quai au vaisseau se dressait un garde vêtu aux couleurs du clan : jaune, violet et pourpre. Ces hommes mâchonnaient du *grixtr*, une sorte de noix de betel, hormis que le *grixtr* teintait les dents et les lèvres d'une couleur verdâtre.

Green s'engagea hardiment sur la passerelle et le plus proche des gardes le fixa suspicieusement et posa sa main sur son couteau. De toute évidence, il n'avait pas reçu d'instructions de Miran au sujet de l'arrivée d'un prêtre, mais il connaissait la signification du masque et cela l'impressionnait suffisamment pour qu'il n'osât pas défier l'inconnu. Le second garde n'avait pas l'esprit plus vif, ce qui permit à Green de se glisser entre eux avant qu'ils eussent pris une décision. Il s'avança sur le pont central et s'engagea sur la passerelle conduisant au gaillard d'avant. Il frappa doucement à la porte de la cabine du capitaine. Un instant plus tard, le battant s'ouvrit avec violence. De la lumière se répandit à l'extérieur, puis fut arrêtée par la silhouette ronde et massive de Miran.

Green repoussa le négociant de côté et entra. Miran porta aussitôt sa main à sa dague, mais il interrompit son mouvement dès qu'il vit l'intrus ôter son masque et ses lunettes, puis repousser son capuchon.

– Green! Vous avez donc réussi! Je n'aurais jamais cru qu'une telle chose fût possible!

– Pour moi, rien n'est impossible, répondit modestement le Terrien.

Il alla s'asseoir à la table, ou plutôt il s'y effondra pour entreprendre le récit de son évasion d'une voix sèche et rendue hésitante par la fatigue. Au bout de quelques minutes, l'étroite cabine résonna des rires du capitaine dont l'œil unique scintillait et rayonnait de joie, alors qu'il assénait de grandes tapes dans le dos de Green et lui affirmait que, par tous les dieux, il était fier d'avoir un tel homme à son bord.

– Prenez un verre de Lespaxien. Ce vin est encore supérieur au Chalousma, et je n'en offre qu'à mes hôtes de marque, parvint à dire Miran, entre deux rires.

Green avança sa main en direction du verre que lui tendait le capitaine, mais ses doigts ne purent s'y refermer. Sa tête s'affaissa sur le plateau de la table et il se mit à émettre des ronflements sonores.

***

Ce fut quatre jours plus tard qu'un Green au visage reposé et rendu vif, voire même rubicond, par l'excellent Lespaxien du capitaine, était assis devant cette même table et attendait qu'on vînt lui annoncer qu'il pouvait finalement sortir de la cabine. Durant sa première journée d'inactivité, il n'avait fait que dormir et se restaurer, ainsi que tourner comme un ours en cage, impatient d'apprendre ce qui se passait dans la cité. A la tombée de la nuit, Miran était revenu lui annoncer que des recherches frénétiques étaient menées dans toute la ville et les collines environnantes. Le duc avait naturellement ordonné que tous les voiliers des plaines fussent déchargés, afin de faciliter leur inspection, et Miran était fou de rage car cela les empêcherait de partir à temps. Ils ne pourraient attendre plus de trois jours supplémentaires. Les bacs à poissons avaient été installés, la cambuse était presque emplie de vivres, les membres de l'équipage étaient tirés hors des tavernes et dégrisés. Il fallait que dans trois jours, au plus tard, le grand vaisseau des terres fût tiré hors de l'abri du coupe-vent et que ses voiles fussent déferlées pour ce long et périlleux voyage.

– Inutile de s'inquiéter, avait affirmé Green. Demain, on apprendra qu'un homme du clan Axaquexcan a tué ce Green, dans les collines. Il réclamera une récompense avant de remettre la tête de cet esclave. Le duc croira à l'authenticité de ce récit et renoncera à faire fouiller les voiliers des plaines.

Miran s'était frotté ses paumes graisseuses, l'œil luisant. Il savait apprécier à leur juste valeur les bonnes intrigues, surtout lorsqu'elles étaient élaborées avec soin.

Mais le second jour, bien que ce qu'avait prédit Green se fût avéré exact, Miran était devenu nerveux et avait commencé à trouver quelque peu irritante la présence constante de ce grand blond dans cet espace exigü. Il aurait voulu l'envoyer dans la cale, mais Green avait énergiquement refusé, lui rappelant sa promesse de lui offrir un refuge sûr dans sa propre cabine. Puis il s'était calmement approprié une autre des bouteilles de Lespaxien du capitaine, dont il avait découvert la cachette, et Miran s'était encore renfrogné. Son visage avait été agité par des tics d'irritation, mais il n'avait fait aucune remarque désobligeante en raison de la coutume voulant qu'un invité pût agir à sa guise... Dans certaines limites, naturellement.

Le troisième jour, Miran avait été littéralement à bout de nerfs. Il était agité, en sueur, et faisait les cent pas. Finalement, il avait quitté la cabine, simplement pour aller marcher sur le pont. Green avait pu l'entendre se déplacer durant des heures. Le quatrième jour, le capitaine s'était levé à l'aube pour aller hurler des ordres aux membres de son équipage. Un peu plus tard, Green avait senti le grand vaisseau s'ébranler et entendu les cris des contremaîtres des équipes de halage, ainsi que les chants des esclaves qui ployaient le dos pour tirer les gros câbles fixés au voilier.

Avec lenteur, – oh ! avec une extrême lenteur, avait-il semblé à Green, le bâtiment s'était ébranlé en craquant. Il avait alors osé écarter légèrement un rideau pour jeter un coup d'œil par le hublot carré. La coque d'un autre voilier glissait devant lui et, durant une seconde, il avait eu l'impression que c'était le second vaisseau qui se déplaçait, et non le sien. Puis il avait pu constater que l'*Oiseau de Fortune* avançait à une allure d'environ cinq mètres par minute. Dépasser le haut mur de brique du coupe-vent leur prendrait une heure.

Il avait été en sueur durant toute cette lente progression et avait retrouvé son habitude enfantine de se ronger les ongles, s'attendant à tout instant à voir les quais fourmiller brusquement de soldats qui poursuivraient l'*Oiseau de Fortune*, lui hurlant de stopper parce qu'un esclave en fuite se trouvait à son bord.

Mais cela ne s'était pas produit et, finalement, les esclaves qui halaient le bâtiment s'étaient arrêtés et avaient entrepris d'enrouler leurs câbles. Green avait pour sa part cessé de se ronger les ongles. Miran avait lancé des ordres, répétés par son second, et de nombreux pieds avaient martelé les ponts pendant que s'élevaient de nombreuses voix. Un son, qui évoquait celui d'un couteau fendant une pièce de toile, avait appris à Green que les voiles avaient été déferlées. Brusquement, le vaisseau s'était incliné sous la force du vent et une vibration retransmise par le plancher lui avait annoncé qu'à l'extrémité des essieux les grandes roues avec leur bandage de *chacorotr*, une sorte de caoutchouc, s'étaient mises à tourner. L'*Oiseau* avait pris son essor!

Green entrebâilla la porte et jeta un ultime regard à la cité de Quotz. La ville se rétrécissait rapidement dans le lointain, à la vitesse de quinze miles à l'heure, et depuis cette distance elle ressemblait à un jouet niché dans le repli d'un tertre. A présent que le danger qu'elle représentait avait disparu et que sa puanteur se trouvait trop loin pour pouvoir encore offenser son odorat, elle lui paraissait romantique et attrayante.

– Et ainsi pouvons-nous dire adieu à Quotz l'exotique, murmura Green en des termes dignes d'un dépliant touristique, avant d'ajouter, plus prosaïquement : J'espère ne jamais vous revoir, espèce de fils d'*izzot!*

Puis, bien qu'étant censé demeurer dans la cabine jusqu'au moment où Miran le ferait chercher, il termina d'ouvrir la porte et sortit sur le pont.

Et il faillit tomber raide mort.

– Bonjour, chéri, lui dit Amra.

Green entendit à peine les enfants regroupés autour d'elle le saluer à leur tour. Il émergeait difficilement de l'étourdissement et du traumatisme qui avaient menacé de le terrasser. Peut-être était-ce dû au vin ajouté à la surprise? Peut-être, ainsi qu'il devait le penser par la suite, avait-il été simplement terrorisé, plus épouvanté qu'il ne l'avait été à l'intérieur du château, et également honteux qu'Amra eût découvert son projet de l'abandonner. Il se sentait aussi profondément mortifié de constater qu'elle l'aimait au point d'avoir décidé de le suivre. En raison de son orgueil démesuré, il avait dû énormément lui en coûter, pour passer outre.

Probablement, se disait-il encore, sa défaillance avait-elle été due à la peur de ce qu'elle lui reprocherait. Il n'existe rien qu'un homme redoute autant que les réprimandes d'une femme, surtout lorsqu'elles sont justifiées. Oh, surtout!

Cela viendrait par la suite. Pour l'instant, Amra était étrangement silencieuse et docile. Elle se contenta de lui dire qu'elle avait de nombreuses relations commerciales et qu'elle connaissait bien Zingaro, l'agent commercial de la Guilde des Voleurs. Vieux camarades d'école, ils s'étaient depuis assistés réciproquement à l'occasion de diverses transactions. Il était en conséquence bien naturel qu'Amra eût appris l'existence de l'*exorotr* qu'un esclave réfugié à bord de l'*Oiseau de Fortune* avait remis à Zingaro, afin que ce dernier le rendît au duc. Elle avait poussé l'agent commercial de la Guilde des Voleurs dans ses derniers retranchements et était parvenue à obtenir de lui suffisamment d'informations pour être certaine que c'était bien Green qui s'était réfugié à bord du voilier des plaines. Après tout, Zingaro avait seulement prêté serment de ne pas divulguer certains détails gênants. Dès lors, Amra avait pris l'affaire en main. Elle avait menacé Miran de divulguer à la duchesse où se trouvait Green, à moins qu'il l'autorisât à être du voyage, avec toute sa famille.

– Et voici ta femme fidèle et loyale, dit-elle en écartant les bras en un geste théâtral.

– Je suis terrassé par l'émotion, répondit Green qui, pour une fois, disait la stricte vérité.

– Alors, viens m'embrasser, hurla-t-elle. Et ne reste pas planté là comme si tu venais de voir un mort sortir de sa tombe!

– Devant tous ces gens? dit-il, à demi hébété.

Il regarda autour de lui et vit le capitaine et son second à son côté, et tous les marins et leurs familles sur le pont central, en contrebas. Les seules personnes qui ne les regardaient pas étaient les timoniers. Ils leur tournaient le dos, occupés à maintenir le cap.

– Et pourquoi pas? rétorqua-t-elle. Tu dormiras sur le pont avec eux, tu mangeras avec eux, tu respireras le même air qu'eux, tu sentiras leurs coudes chaque fois que tu te tourneras. Tu maudiras, riras, te battras, t'enivreras, feras l'amour, tout, tout cela sur le pont. Alors, pourquoi hésiter à m'embrasser? Oh, mais tu aurais peut-être préféré que je ne vienne pas te rejoindre?

– Une telle pensée ne me viendrait jamais à l'esprit, lui affirma-t-il en s'avançant vers elle et en la prenant dans ses bras.

Il apporta une correction mentale à ce qu'il venait de dire. S'il le pensait, il n'oserait jamais le lui avouer.

Après tout, il trouvait agréable de sentir contre lui ce corps souple et chaud, aux courbes fermes, et de savoir que sur toute cette maudite planète Amra était la seule personne qui tenait à lui. Comment avait-il pu croire un seul instant qu'il lui serait possible de vivre sans elle?

Enfin, il l'avait cru. Tout simplement parce qu'il pensait qu'elle refuserait, en fait qu'elle ne pourrait pas, continuer de partager sa vie s'il parvenait un jour à regagner la Terre.

XI

Miran se racla la gorge.

– Vous devez quitter ce pont et gagner le milieu du vaisseau, avec vos enfants ainsi que votre servante, ordonna-t-il. C'est là que vous vivrez. Et ne remettez jamais les pieds sur le gaillard d'avant, à moins que je vous envoie chercher. Je commande un bâtiment à bord duquel la discipline est trés stricte, et vous devez la respecter comme tout le monde.

Green suivit Amra et les enfants vers le pont central et il nota, pour la première fois, qu'Inzax, la belle esclave blonde qui s'occupait des enfants, se trouvait également à bord de l'*Oiseau de Fortune*. Il fut contraint de l'admettre : quel que fût le lieu où elle se rendait, Amra faisait bien les choses.

Il pensa également que, si sur ce voilier la discipline était très stricte, le chaos le plus absolu devait régner à bord des autres. Chiens et chats couraient en tous sens, se poursuivant ou jouant avec les enfants, qui étaient fort nombreux. Des femmes étaient assises sur le pont et faisaient des travaux de couture, d'autres étendaient le linge qu'elles venaient de laver, d'autres encore essuyaient la vaisselle ou s'occupaient des bébés. De toutes parts, des poules caquetaient derrière les barreaux de leurs cages et, à bâbord, se trouvait même un enclos dans lequel étaient gardés captifs une trentaine de petits porcins aux oreilles semblables à celles des lapins.

Green suivit Amra jusqu'à une banne qui avait été tendue pour former un toit.

– N'est-ce pas charmant? dit-elle. Il y a même de la toile supplémentaire que nous pourrons rabattre lorsqu'il pleuvra ou que nous désirerons avoir un peu d'intimité. Si tu le souhaites, naturellement. Tu es tellement bizarre, dans certains domaines.

– Oh, c'est ravissant, se hâta-t-il de confirmer. Je constate que tu as même pensé à apporter un bon matelas de plumes et un fourneau.

Il parcourut du regard tout ce qui l'entourait.

– Mais où sont les bacs à poisson? Je croyais que Miran les avait fait installer sur le pont.

– Oh, non. Il leur accorde une valeur bien trop grande pour les laisser exposés au feu des canons, en cas de rencontre avec des pirates. Il a fait ôter les planches du pont, pour pouvoir descendre les cuves dans la cale, avant de les faire remettre en place. La plupart des personnes qui nous entourent dormiraient à l'intérieur du voilier s'il n'y avait pas les bacs. Mais, à présent, l'espace est compté.

Green décida de faire sans plus attendre le tour du bâtiment. Il préférait avoir une bonne connaissance des lieux, de façon à pouvoir agir judicieusement en cas d'urgence.

L'*Oiseau de Fortune* était un voilier qui avait une soixantaine de mètres de longueur, sur environ dix mètres de large. Si sa coque évoquait, dans ses lignes générales, celle d'un navire, son étroite quille reposait sur quatorze essieux à l'extrémité desquels se trouvaient vingt-huit énormes roues dotées de bandes de roulement en *chacorotr*. De gros câbles, des tresses de cette même substance élastique semblable à du caoutchouc, étaient fixés d'une part à l'extrémité de ces essieux et de l'autre à la lisse. Ils avaient pour fonction d'assurer une certaine rigidité à l'ensemble et d'empêcher le voilier de basculer lorsqu'il s'inclinait sous un fort vent latéral, tout en apportant de la souplesse au bâtiment quand il changeait de cap. Lors de telles manœuvres, une personne qui se trouvait à bord d'un voilier des plaines avait presque l'impression d'être sur un navire en pleine mer. Quand l'essieu de proue pivotait, entraînant un changement de direction de l'axe longitudinal du vaisseau, la coque s'inclinait sous l'effet du vent. Bien que ce phénomène fût moins prononcé qu'à bord d'un navire effectuant la même manœuvre, il était suffisamment marqué pour donner aux passagers un certain malaise. Les câbles du flanc opposé s'étiraient jusqu'à un certain point, puis ils arrêtaient l'inclinaison latérale de la quille, avant d'engendrer un mouvement de roulis lent et modéré en sens inverse. C'était largement suffisant pour donner la nausée à quiconque n'y était pas accoutumé. Le mal de plaine était fréquent, surtout au début d'une traversée ou au cours d'une violente tempête. Comme son équivalent maritime, il était à tel point éprouvant que celui, ou celle, qui en était victime devait s'agripper au bastingage, en attendant que la mort vienne le délivrer de ses souffrances.

L'*Oiseau de Fortune* possédait une proue incurvée et un gaillard d'avant élevé. C'était sur ce dernier que se trouvait la barre : une roue aux nombreuses manettes. Deux timoniers s'y tenaient en permanence. Ils portaient des lunettes fermées hexagonales et des casques de cuir ajustés, surmontés par de hauts cimiers de fil de fer torsadé. Derrière eux se tenaient le capitaine et son second, qui reportaient tour à tour leur attention des hommes de barre aux membres d'équipage qui se trouvaient sur le pont, en contrebas, ou dans les hauteurs du gréement. Le pont central se trouvait en effet bien plus bas que le gaillard d'avant, de même que la dunette, en dépit de sa hauteur.

Si les quatre mâts étaient de bonne taille, ils étaient moins grands que ceux d'un navire de même importance. De hauts mâts auraient donné au voilier des plaines une fâcheuse tendance à donner de la gîte par fort vent, en dépit du lest représenté par les essieux et les roues. En conséquence, les fusées des vergues qui saillaient bien au-delà de la coque étaient comparativement bien plus longues que celles d'un voilier de haute mer. Lorsque l'*Oiseau de Fortune* roulait toutes voiles dehors, il aurait paru, aux yeux d'un marin, trapu et disgracieux. Plus que tout, des vergues supplémentaires saillaient à angle droit du haut de la coque et de la quille, et des voiles étaient fixées à ces espars. La vision de toute cette voilure qui s'enflait entre les roues eût été largement suffisante pour faire sombrer un vieux loup de mer dans l'alcoolisme.

Trois mâts étaient appareillés de voiles carrées. Celui de poupe était, quant à lui, gréé d'une voile aurique afin de faciliter les changements de cap L'*Oiseau de Fortune* n'avait pas de beaupré.

Dans l'ensemble, c'était un bâtiment à l'aspect insolite. Mais une fois qu'on s'était accoutumé à sa silhouette, on pouvait la trouver aussi élégante que celle d'un vaisseau de haute mer.

L'*Oiseau de Fortune* était également impressionnant, car il était armé de cinq gros canons sur le pont central, de six autres canons sur le second pont, d'un petit canon sur affût mobile sur le gaillard d'avant, et de deux autres sur la dunette.

Deux longs chariots de sauvetage et une yole, dotés de mâts repliables, étaient suspendus aux bossoirs. Si l'*Oiseau de Fortune* s'échouait, l'équipage pourrait l'abandonner à bord de ces petits chariots à voile de sauvetage.

Mais Green n'eut guère de temps à consacrer à son inspection. Il prit immédiatement conscience qu'un des membres de l'équipage le fixait intensément. Cet homme, grand et mince, avait un épiderme buriné et hâlé, mais il possédait les yeux bleu pâle des montagnards de Tropat. Il se déplaçait tel un félin et était armé d'une dague à la lame longue et effilée, acérée comme une griffe. Un sale type, pensa Green.

Etant donné que le terrien faisait mine de ne pas l'avoir remarqué, le sale type en question vint se placer juste devant lui, pour lui barrer le passage. Aussitôt, toutes les conversations s'interrompirent et les têtes des personnes présentes se tournèrent vers eux.

– Mon ami, dit Green, sur un ton relativement affable, voudriez-vous avoir l'obligeance de vous écarter? Vous me gênez.

L'homme cracha du jus de *grixtr* aux pieds du Terrien.

– Aucun esclave n'a le droit de m'appeler " son ami ". Effectivement, je te gêne, mais je n'ai pas la moindre intention de m'écarter de ton chemin.

– A première vue, il pourrait sembler que vous n'appréciez guère ma présence à bord. Pour quelle raison? Trouveriez-vous mon visage antipathique?

– Oui, tout juste. Et je n'aime pas avoir à mes côtés un esclave puant.

– A propos d'odeurs, pourriez-vous vous tenir sous le vent? J'ai été soumis à rude épreuve, ces derniers temps, et mon estomac est encore un peu fragile.

– Ferme-là, fils d'*izzot*! rugit l'homme dont le visage s'était empourpré. Respecte tes supérieurs, sinon je t'embroche et je te jette par-dessus bord.

– Il faut être deux, pour commettre un assassinat, exactement comme il faut être deux pour sceller un pacte, fit remarquer Green d'une voix forte.

Il avait espéré que Miran entendrait ses paroles et se rappellerait sa promesse de le protéger. Mais le capitaine haussa les épaules. Il devait estimer qu'il avait fait tout ce qui était en son pouvoir pour Green et que, désormais, ce dernier devrait se tirer seul d'affaire.

– Il est exact que je suis un esclave, mais je ne suis pas né comme tel. Avant d'être fait prisonnier, j'étais un homme libre, et je connaissais une liberté plus grande que vous ne pourriez l'imaginer. Je viens d'une contrée où nul n'est esclave, pour la simple raison que chaque homme est son propre maître.

Cependant, là n'est pas la question. Ce qui est important, c'est que j'ai gagné mon droit à la liberté. Je me suis battu comme un guerrier, et non comme un esclave, pour pouvoir monter à bord de ce bâtiment. Je désire devenir un membre d'équipage à part entière, être un frère de sang du clan Effenycan.

– Ah, vraiment, et qu'as-tu fait en faveur du clan pour oser te prétendre digne de partager notre sang?

Quoi, en effet? pensa Green. Il fut en sueur, bien que le vent matinal fût relativement frais.

A cet instant, il vit Miran s'adresser à un homme d'équipage qui disparut aussitôt dans une écoutille. Il réapparut presque immédiatement sur le pont en tenant une petite harpe. Oh, oui, à présent il s'en souvenait! Il avait révélé au capitaine qu'il était un harpiste et un chanteur de talent, exactement le genre d'homme que les membres du clan, qui recherchaient des distractions au cours des longs voyages, aimeraient accueillir en leur sein.

L'ennui, c'était que Green n'avait encore jamais touché à un instrument de musique.

Il prit malgré tout la harpe des mains du marin et en pinça les cordes avec gravité. Il écouta attentivement le son produit, fronça les sourcils, tourna les clés, pinça à nouveau les cordes, puis rendit l'instrument.

– Je regrette, mais je ne puis utiliser une harpe de qualité inférieure, déclara-t-il sur un ton hautain. N'avez-vous rien de mieux? Non, je ne peux décidément pas m'abaisser à jouer sur un instrument de pacotille.

– Dieux du ciel! hurla un homme qui se tenait à proximité. Sais-tu que c'est de ma harpe, que tu parles? De la harpe bien aimée du barde Grazoot? Esclave! Fils sans oreille musicale d'une mère atteinte de laryngite aiguë! Tu me répondras de cette insulte!

– Non, rétorqua le premier, c'est à moi, Ezkr, qu'il revient de voir s'il est digne de se joindre à notre clan et d'être appelé notre frère.

– Il te faudra passer sur mon cadavre, frère!

– Si tel est ton désir, frère!

Ils échangèrent encore des propos dictés par la colère, puis Miran en personne descendit sur le pont central.

– Par Mennirox, c'est une honte! hurla-t-il. Deux Effenycans qui se querellent devant un esclave! Allons, décidez-vous dans le calme, ou je vous fais jeter tous deux par-dessus bord. Quotz est encore proche et il vous sera possible de regagner à pied cette cité.

– Laissons aux dés le soin de désigner lequel d'entre nous affrontera cet esclave, proposa Ezkr.

Les dents découvertes en un large rictus, l'homme plongea la main dans la bourse qui pendait à sa ceinture et en sortit des dés d'ivoire hexaédriques. Quelques minutes plus tard, il se releva, après avoir lancé les dés à six reprises et avoir gagné quatre fois. Green était plus déçu qu'il n'osait le laisser paraître. Il avait en effet espéré que, s'il lui était impossible d'éviter ce duel, il rencontrerait le harpiste replet et doux, plutôt que Ezkr.

Tout comme lui, ce dernier semblait estimer que Green ne pouvait tomber plus mal. Tout en mâchonnant du *grixtr*, si rapidement que de la salive verdâtre ruisselait le long de son menton, cet homme expliqua ce que devrait faire l'esclave blond pour prouver sa valeur.

XII

Durant un instant, Green envisagea d'abandonner le voilier des plaines et de poursuivre sa route par ses propres moyens.

Miran émit une protestation énergique.

– C'est ridicule! Pourquoi ne pas vous battre sur le pont, comme tout le monde, et vous contenter du premier sang versé? Ainsi, je ne courrai pas le risque de te perdre, Ezkr, toi, un de mes meilleurs gabiers. Si tu glisses, qui pourra te remplacer? Ce moussaillon, peut-être?

Ezkr ignora l'indignation du capitaine. Il savait que le code du clan lui laissait le libre choix des modalités de la rencontre. Il cracha sur le pont, avant de déclarer :

– Tout le monde est capable de tenir une dague, or je veux savoir à quelle espèce d'homme appartient ce Green. Le faire marcher sur une vergue, voilà bien la meilleure façon de voir ce qu'il a dans le ventre.

Oui, se dit Green, qui avait la chair de poule. Il sera très facile de voir ce que j'ai dans le ventre. Mes tripes seront répandues d'ici jusqu'à l'horizon, après ma chute!

Il demanda à Miran s'il pouvait se retirer un instant sous sa banne, afin d'y prier ses dieux. Le capitaine hocha affirmativement la tête et, pendant que Green s'agenouillait, Amra fit descendre les rabats de toile. Dès qu'ils furent à l'abri des regards, Green tendit à sa femme une longue bande d'étoffe et lui dit de sortir. Elle parut surprise mais, lorsqu'il lui eut expliqué ce qu'elle devrait faire, elle lui sourit et l'embrassa.

– Tu es malin, Alan. J'ai eu raison de te préférer à tous les autres hommes... et j'aurais pu avoir les meilleurs.

– Garde tes compliments pour plus tard, lorsque nous

saurons si mon idée était valable. Rends-toi auprès du poêle et suis mes instructions. Si quelqu'un te demande ce que tu fais, réponds que j'en ai besoin pour effectuer mes rites religieux. Les dieux sont souvent très pratiques, ajouta-t-il alors qu'elle se baissait pour sortir de la tente. S'ils n'existaient pas, il faudrait absolument les inventer.

Amra s'arrêta et tourna vers lui un visage rendu radieux par l'amour.

– Ah, Alan, c'est une des innombrables raisons pour lesquelles je t'adore. Tu trouves toujours des aphorismes pleins d'esprit. Ce que tu viens de dire est si spirituel et si blasphématoire!

Il haussa les épaules avec insouciance. Il rejetait ses compliments comme s'il n'avait eu aucun mérite.

Elle revint moins d'une minute plus tard. Elle rapportait dans la bande de tissu quelque chose de mou mais de pesant. Et, peu après, Green sortit de la tente armé d'une dague et vêtu d'un pagne d'étoffe, d'une ceinture de cuir et d'un turban. Silencieusement, il commença à gravir les enfléchures des haubans qui s'élevaient jusqu'au sommet du mât le plus proche, suivi par Ezkr.

Green était encouragé par Amra et les enfants. Les deux fils du duc lui criaient de trancher la gorge de ce sale type et lui affirmaient que, si c'était lui qui était tué, ils le vengeraient une fois devenus grands, pour ne pas dire avant. Même la servante blonde, Inzax, était en pleurs. Il se sentait quelque peu réconforté, car il était agréable de découvrir que certaines personnes tenaient à lui. Et de savoir qu'il lui fallait survivre, afin que ces femmes et ces enfants n'eussent pas à le pleurer, l'aiguillonna encore.

Cependant, il sentait ce courage récemment acquis le quitter par tous les pores de son épiderme, à chaque nouvelle enfléchure qu'il gravissait. Il se trouvait déjà si haut, alors que le pont se trouvait si bas. Le vaisseau devenait de plus en plus petit, et les personnes présentes n'étaient plus que des poupées dont les visages levés vers lui se réduisaient à des points privés de traits. Le vent hurlait dans les cordages et contre le mât, ce mât qui lui avait paru si solide et stable, vu du pont, et qui lui semblait à présent si fragile et oscillant.

– Il faut avoir du cran pour devenir un membre de l'équipage et être admis au sein du clan Effenycan, déclara Ezkr. En possèdes-tu, esclave?

– Oui, et si je n'arrive pas à vaincre mon envie de rendre,

tu seras le premier à le regretter, étant donné que tu te trouves juste au-dessous de moi, lui rétorqua mentalement Green.

Finalement, après ce qui lui sembla être une escalade sans fin jusqu'aux nuages, il atteignit la plus haute vergue. S'il avait trouvé le mât fin et flexible, l'espar évoquait pour lui un cure-dent suspendu au-dessus d'un abîme. Et il était censé s'avancer jusqu'à son extrémité, puis faire demi-tour et revenir vers le mât en luttant contre son adversaire!

– Si tu n'étais pas un lâche, tu te lèverais et tu marcherais comme un homme, lui cria Ezkr.

– Cause toujours, tu m'intéresses, répliqua Green, qui ne prit pas la peine d'expliquer à cet homme le sens particulier de sa phrase.

Il s'assit à califourchon sur la vergue et, par petits bonds successifs, il commença à s'avancer sur elle. Arrivé à mi-chemin, il s'arrêta et osa regarder vers le bas. Un seul coup d'œil lui suffit. Il n'y avait rien, absolument rien au-dessous, hormis la plaine herbue et dure qui paraissait se trouver à un kilomètre en contrebas, et le sol qui défilait rapidement entre les roues démesurées qui tournaient, tournaient...

– Lève-toi et marche! lui cria Ezkr.

Green tourna la tête pour lui dire en termes indélicats ce qu'il pourrait faire avec la vergue et le reste du bâtiment, s'il était, quant à lui, capable de faire une chose pareille.

Le visage d'Ezkr s'empourpra. Il se leva puis s'avança en marchant sur la vergue. Les yeux de Green s'écarquillèrent. Cet homme en était effectivement capable!

Mais lorsque Ezkr arriva près de lui, il s'arrêta et se baissa pour lui dire :

– Non, tu essayes de me faire perdre mon sang-froid. Tu voudrais que je me batte contre toi ici même, dans l'espoir de me faire perdre l'équilibre, étant donné que tu as une meilleure assise que moi. Non, je ne suis pas idiot. C'est à toi d'essayer de passer malgré moi.

Il fit demi-tour et regagna, presque avec désinvolture, le mât contre lequel il s'appuya pour attendre.

– Tu dois aller jusqu'au bout, répéta-t-il. Sinon, tu échoueras dans cette épreuve, même si tu réussis à redescendre, ce qui, naturellement, est absolument impossible.

Green serra les dents et s'avança jusqu'au point qu'il considérait comme le plus éloigné, à environ cinquante centimètres de l'extrémité de la vergue. S'il allait plus loin, le bois risquerait de se rompre, car il s'incurvait déjà dangereusement. Tout au moins en avait-il l'impression.

Il recula un peu, parvint à faire demi-tour, et revint alors vers Ezkr. Une fois arrivé à environ un mètre de son adversaire, il fit une pause, le temps de reprendre son haleine et ses forces, ainsi que son courage.

Le marin attendait. D'une main, il s'agrippait à un cordage, alors que de l'autre il dirigeait sa dague en direction de Green.

Le Terrien commença à dérouler son turban.

– Hé, que fais-tu? lui demanda Ezkr qui fronçait les sourcils, brusquement inquiet.

Jusqu'alors, il avait été le maître du jeu, car il en connaissait les règles. Mais si un élément inattendu y était introduit...

Green se contenta de hausser les épaules, en continuant de dérouler méthodiquement et lentement le turban qui lui ceignait le crâne.

– Je ne voudrais pas le renverser, expliqua-t-il finalement.

– Renverser quoi?

– Ceci! cria Green qui lança l'extrémité du turban vers le haut, en direction du visage de l'autre homme.

Le turban n'était pas suffisamment long pour atteindre Ezkr, mais le sable qu'il contenait vola dans ses yeux avant d'être emporté par le vent. Amra, agissant conformément aux instructions de son époux, en avait prélevé une certaine quantité dans le tas placé près du poêle et l'avait mis dans le turban. Bien que ce poids supplémentaire eût constitué une gêne, Green estimait que le résultat obtenu justifiait amplement ces désagréments.

Ezkr hurla et porta ses mains à ses yeux, lâchant sa dague. Au même instant, Green s'avança à califourchon sur la vergue et lança son poing dans l'aine de son adversaire. Puis, comme Ezkr s'effondrait vers lui, il le retint et fit suivre son premier coup de poing par une manchette énergique. Atteint au cou, Ezkr cessa de hurler et perdit connaissance. Green fit alors basculer le corps inerte, de façon que son ventre reposât en travers de la vergue et fût retenu d'un côté par le mât, avec la tête, les jambes et les bras pendant au-dessus du vide. C'était tout ce qu'il pouvait faire pour cet homme. Il n'avait pas la moindre intention de le redescendre. Il ne pensait qu'à une seule chose : regagner aussitôt le pont, où il serait en sécurité. Si Ezkr tombait, tant pis pour lui.

Amra et Inzax vinrent attendre Green au bas des haubans,

pendant qu'il redescendait avec prudence et lenteur. Lorsqu'il posa le pied sur le pont, il crut que ses jambes allaient le trahir, tant elles tremblaient. Amra le nota aussitôt et vint le serrer dans ses bras, apparemment pour embrasser le héros victorieux, mais en fait pour l'empêcher de s'effondrer.

- Merci, murmura-t-il. J'ai bien besoin de ton soutien, Amra.

– Ce serait le cas pour toute personne qui viendrait d'accomplir un pareil exploit. Mais mes forces et tout mon être sont à ta disposition, Alan, répondit-elle.

Les enfants le fixaient avec de grands yeux émerveillés et criaient :

– C'est mon papa! Le grand Green blond! Il est plus rapide qu'un chat de prairie, il mord comme un chien sauvage, et il crache son venin dans les yeux de ses adversaires comme un serpent volant!

Puis, l'instant suivant, il fut submergé sous une marée d'hommes et de femmes du clan, tous impatients de le féliciter de sa victoire et de l'appeler leur frère. Les seuls qui ne s'étaient pas précipités vers lui pour tenter de l'embrasser sur la bouche étaient les officiers de l'*Oiseau de Fortune*, ainsi que la femme et les enfants de ce malheureux Ezkr. La famille de ce dernier grimpait dans les haubans pour aller fixer une corde autour de la taille du vaincu et le redescendre jusqu'au pont.

Il restait encore une personne qui ne prenait pas part à la liesse générale. Il s'agissait du harpiste, Grazoot, qui boudait au pied du mât. Green estima qu'il devrait se méfier de lui, surtout la nuit, lorsqu'il était facile de planter un couteau entre les côtes d'un dormeur et que le cadavre de la victime pouvait être jeté par-dessus bord. Il regrettait à présent d'avoir insulté l'instrument de cet homme mais, sur l'instant, il avait pensé que c'était l'unique façon de se tirer d'embarras. A présent, il estimait qu'il aurait tout intérêt à trouver le moyen d'amadouer ce barde.

XIII

Au cours de deux semaines d'un dur labeur, entrecoupées par de trop brèves périodes de repos, Green apprit le métier de gabier. S'il était toujours horrifié de devoir grimper dans le gréement, il avait découvert que le fait de se trouver si haut avait ses avantages. Cela lui offrait l'opportunité de faire quelques petits sommes, de temps en temps. Il existait plusieurs nids de pie où les hommes armés de mousquets allaient se poster durant les combats. Green se glissait dans l'un d'eux et s'endormait aussitôt. Son fils adoptif, Grizquetr, montait la garde et l'éveillait chaque fois que le chef des gabiers de misaine venait vers eux dans le gréement. Un après-midi, alors que Green était plongé dans un profond sommeil, le sifflement de Grizquetr l'éveilla en sursaut.

Cependant, son supérieur hiérarchique s'arrêta en cours de route pour sermonner un autre membre de l'équipage. Green ne put retrouver le sommeil et il se mit à observer une harde de *hoobers* qui s'enfuyaient au triple galop en voyant approcher l'*Oiseau de Fortune.* Ces chevaux modèle réduit, magnifiques avec leurs robes orange, leurs crinières et leurs fanons blancs ou noirs, formaient parfois d'immenses hardes qui devaient compter des centaines de milliers de têtes. Ils étaient si rapides qu'ils évoquaient une mer agitée de têtes noires et de sabots luisants qui s'étendait presque jusqu'à l'horizon.

Et, sur cette planète, s'étendre jusqu'à l'horizon était vraiment quelque chose. Cette plaine était la plus plate que Green avait jamais vue. Il éprouvait des difficultés à admettre qu'elle pût se poursuivre d'une seule traite sur des milliers de kilomètres. Mais c'était pourtant le cas et, depuis son point d'observation élevé, son champ de vision englobait un immense cercle. C'était un paysage magnifique, bien que monotone. L'herbe elle-même était haute et drue, chaque brin avait environ soixante centimètres sur un millimètre et demi d'épaisseur. La prairie était d'un vert soutenu, plus vif que celui des prairies terrestres, presque luisant. Durant la saison des pluies, lui avait-on dit, le Xurdimur se couvrait d'innombrables petites fleurs blanches et rouges à la senteur agréable.

Alors que Green admirait le paysage, il découvrit une chose qui le laissa pantois.

Brusquement, comme si une énorme tondeuse avait été passée la veille en ce lieu, les hautes herbes cédaient la place à un gazon bien entretenu. A partir de ce point, l'herbe ne semblait avoir que deux ou trois centimètres de hauteur, et cette bande de pelouse avait au moins un kilomètre et demi de largeur, alors qu'en proue de l'*Oiseau de Fortune* elle s'étendait à perte de vue.

– Qu'en penses-tu? demanda-t-il au fils d'Amra, qui haussa les épaules.

– Je ne sais pas. Les membres de l'équipage disent que c'est le *wuru* qui a fait ça, une bête aussi grosse qu'un vaisseau et qui ne sort que la nuit. Elle mange de l'herbe, mais elle a aussi mauvais tempérament qu'un chien sauvage et elle attaque et écrase les voiliers des plaines aussi facilement que s'ils étaient en carton.

– Et tu crois des choses pareilles? demanda Green qui le dévisageait attentivement.

Grizquetr était un garçon intelligent en qui il espérait implanter des ferments de scepticisme. Peut-être cela donnerait-il un jour naissance à une science véritable?

– J'ignore si cette version est vraie ou fausse. C'est possible, mais je n'ai encore rencontré personne qui ait vu un *wuru*. Et s'il ne sort que la nuit, où peut-il bien être pendant le jour? Il n'existe pas dans le Xurdimur un seul trou suffisamment grand pour qu'il puisse s'y cacher.

– Très bien, approuva Green en souriant.

Empli de bonheur, Grizquetr lui retourna son sourire. Il vouait un véritable culte à son père adoptif et rayonnait devant la moindre marque d'affection ou le moindre compliment qu'il recevait de lui.

– Garde toujours l'esprit critique, ajouta Green. Ne crois rien et ne nie rien, tant que tu ne disposes pas de preuves solides, dans un sens ou dans l'autre. Et n'oublie pas que de nouveaux faits peuvent toujours être découverts, des preuves qui infirmeront les précédentes, même les plus fermement établies.

Son sourire se transforma en grimace.

– Je devrais quant à moi tenir également compte de mes conseils. Par exemple, fut un temps, je refusais catégoriquement de croire en l'existence de ce que j'ai actuellement sous les yeux. J'ai rejeté cela, prenant cette histoire pour une autre des fables inventées par ceux qui parcourent les vastes plaines. Mais je commence à me demander si ce ne serait pas effectivement l'œuvre d'un animal tel que ce *wuru*.

Ils restèrent silencieux un instant, alors qu'ils regardaient les *hoobers* prendre la fuite, s'éloignant comme les flots d'un fleuve orangé. Au-dessus de leurs têtes, les oiseaux tournoyaient, par centaines de milliers. Ils étaient eux aussi magnifiques, et encore plus colorés que les *hoobers*. Par instants, l'un d'eux se posait dans le gréement, dans une explosion de plumes éblouissantes et de chants mélodieux, ou de piaillements rauques.

– Regarde! s'exclama le jeune garçon. Un chat de prairie! Il s'était dissimulé pour attraper un *hoober*, et à présent il a peur d'être piétiné par la harde.

Le regard de Green se porta dans la direction indiquée par le doigt de Grizquetr. Il vit le félin, aux longues pattes et à la robe rayée comme celle d'un tigre, bondir désespérément devant la marée de sabots grondants. Le chat de prairie était complètement cerné par les animaux orangés. Pendant que Green assistait à la scène, les côtés de la poche ainsi formée se refermèrent et le prédateur disparut à sa vue. S'il était encore en vie, ce ne pouvait être que grâce à un miracle.

– Grands dieux! s'exclama brusquement Grizquetr.

– Que se passe-t-il?

– A l'horizon! Une voile! Elle a la forme de celles des Vings!

Les autres l'avaient également aperçue. Des cris s'élevèrent dans tout le bâtiment. Le clairon sonna le branle-bas de combat; la voix de Miran qui hurlait ses ordres dans un mégaphone couvrit le vacarme; et le chaos céda la place à l'ordre, comme tous les hommes gagnaient les postes de combat qui leur avaient été assignés. Les animaux et les enfants, ainsi que les femmes enceintes, furent conduits dans la cale. A l'aide d'un palan, les canonniers entreprirent de hisser sur le pont des barils de poudre. Des hommes armés de mousquets se disséminaient dans le gréement. Tous les gabiers se ruèrent vers les hauteurs pour prendre position. Etant donné que Green était déjà à son poste, il eut le loisir d'assister aux préparatifs du combat. Il vit Amra donner rapidement un baiser à chacun de ses enfants, s'assurer qu'ils étaient tous descendus à l'abri, puis entreprendre de déchirer des pièces de toile pour en faire des bandages pour les blessés et de la bourre pour les mousquets. A une occasion, elle releva le regard vers lui et lui adressa un geste de la main, avant de reprendre sa tâche. Green lui retourna son signe et fut sévèrement réprimandé par le chef des gabiers pour son indiscipline.

– Dès que tout cela sera terminé, vous me ferez un tour de garde supplémentaire, Green!

Le Terrien gémit et souhaita à cette vieille baderne de tomber et de se rompre le cou. Si son temps de sommeil devait être encore réduit...

La journée s'écoulait lentement, pendant que le vaisseau inconnu se rapprochait. Une autre voile apparut derrière la première, et la tension de l'équipage augmenta encore. A en juger aux apparences, ils étaient pris en chasse par des Vings. Ces derniers se déplaçaient presque toujours à deux vaisseaux. Et cette hypothèse était étayée par la forme des voiles, qui étaient plus étroites à la base qu'au sommet, de même que par la coque allongée et basse, aérodynamique, et les énormes roues.

Cependant, la discipline se relâcha alors quelque peu. Les animaux et les enfants furent autorisés à remonter sur le pont, et les femmes se mirent à préparer le repas. Même lorsque le vaisseau le plus rapide arriva suffisamment près pour qu'il fût possible de constater que les voiles étaient écarlate, confirmant ainsi leurs suppositions sur l'identité de leurs poursuivants, les hommes ne furent pas rappelés à leurs postes de combat. Miran estimait que la nuit tomberait avant que les Vings ne fussent à portée de canon.

– C'est à la fois ce que nous souhaitons et ce qu'ils redoutent, déclara-t-il comme il faisait les cent pas, en tripotant l'anneau de son nez et en cillant nerveusement de son œil unique. Une heure s'écoulera avant que la grande lune n'apparaisse. De plus, il semble que le temps va se couvrir. Regardez! cria-t-il à son second. Par Mennirox, n'est-ce pas un nuage que j'aperçois au nord-est?

– Par tous les dieux, il le semble, en effet! répondit le second qui ne voyait rien d'autre qu'un ciel limpide mais qui espérait, par cette confirmation, faire effectivement apparaître des nuages.

– Ah, Mennirox accorde toujours ses faveurs à son adorateur favori! s'exclama Miran. « Celui qui t'aime prospérera! » *Livre des Dieux Authentiques, chapitre dix, verset huit.* Et Mennirox sait que je l'aime avec intérêts composés!

– Il lui serait difficile de ne pas le savoir, répondit le second. Mais quel est votre plan?

– Dès que le dernier rayon de soleil aura totalement disparu à l'horizon, et que la silhouette de l'*Oiseau de Fortune* sera devenu absolument invisible, nous ferons demi-tour et reviendrons nous placer sur le chemin des Vings. Nous savons qu'ils se tiendront relativement près l'un de l'autre, dans l'espoir de nous rattraper et nous prendre sous leurs feux croisés. Eh bien, nous allons leur en fournir l'occasion, mais nous serons loin avant qu'ils n'aient le temps de la saisir. Nous nous laisserons rattraper à la faveur de l'obscurité et nous ouvrirons le feu sur leurs deux bâtiments. Le temps qu'ils se ressaisissent et qu'ils ripostent, nous nous trouverons loin derrière eux. Et alors, poursuivit-il joyeusement, en se tapant sur la cuisse. Ils se canonneront probablement, chacun d'eux prenant l'autre pour nous! Hoo, hoo, hoo!

– Espérons que Mennirox sera avec nous, déclara le second dont le visage était livide. Il va falloir calculer très juste, et avoir beaucoup de chance. Nous allons avancer sans visibilité. Ce n'est que lorsque nous serons pratiquement sur les Vings que nous les verrons, et si nous nous dirigeons droit sur un de leurs vaisseaux, il sera trop tard pour éviter la collision. Wharoom! Smash! Boum! Nous serons perdus!

– C'est parfaitement exact. Cependant, nous sommes perdus de toute façon si nous ne tentons pas une manœuvre désespérée de ce genre. Ils nous rattraperont à l'aube, or leurs vaisseaux sont plus maniables et leur puissance de feu est bien supérieure à la nôtre. Je sais que nous combattrons comme des chats de prairie, mais nous serons finalement vaincus et vous savez ce que cela signifie. Les Vings ne font pas de prisonniers, sauf lorsqu'ils ont terminé leurs raids et qu'ils rentrent au port.

– Nous aurions dû accepter l'offre du duc et nous faire accompagner par une escorte de frégates, murmura le second. Un seul vaisseau de guerre aurait fait pencher la balance en notre faveur.

– Quoi? Nous aurions perdu la moitié des profits que rapportera ce voyage, pour la simple raison que nous aurions dû payer à ce voleur de duc les services de son escorte. Seriez-vous devenu fou?

– Si c'est le cas, je ne suis pas le seul, rétorqua le second en se détournant, afin que le capitaine ne pût entendre la réponse.

Cependant, le vent porta ses paroles aux timoniers, qui ne tardèrent pas à les répéter à qui voulaient les entendre. Cinq minutes plus tard, tout le vaisseau était au courant.

– D'accord, Miran est l'avarice personnifiée, reconnut l'équipage. Mais nous sommes ses proches, nous connaissons la valeur de chaque sou. Et si cet homme est le plus rapiat, n'est-il pas aussi le plus courageux? Qui, hormis un capitaine du clan Effenycan, pourrait élaborer un tel stratagème et le mener à bien? Et s'il est si avide, pourquoi n'hésite-t-il pas à risquer son voilier et son frêt, sans parler de son précieux sang et de celui encore plus précieux de ses proches? Non, Miran peut être borgne, obèse, coléreux et verbeux, mais c'est un homme qui s'accroche au gaillard d'avant. Frère, mets en perce un autre tonneau et levons nos verres au courage et à la cupidité du capitaine Miran, Maître-marchand.

Grazoot, le petit harpiste replet et efféminé, prit sa harpe et entama le chant préféré des Effenycans. Il racontait comment les membres de leur clan avaient quitté leurs montagnes pour descendre dans la plaine, une génération plus tôt. Comment ils s'étaient introduit subrepticement derrière le coupe-vent de la cité de Chutlzaj et avaient volé un grand voilier des plaines. Comment ils avaient ensuite vécu sur cette mer d'herbe, dans cet immense Xurdimur sans relief, et avaient navigué à bord du vaisseau volé jusqu'au jour où ce dernier avait été détruit, au cours d'un combat mené contre toute la flotte de Krinkansprunger. Comment les Effenycans étaient passés à l'abordage d'un vaisseau ennemi et avaient massacré tous les hommes, fait les femmes prisonnières, et étaient repartis avec ce bâtiment, en plein cœur de la flotte adverse. Comment ils avaient fait à ces femmes des enfants dont le sang était pour moitié effenycan et pour moitié krinkansprunger, ce qui expliquait pourquoi de nombreux membres de l'équipage avaient des yeux bleus. Comment ils possédaient à présent trois grands vaisseaux... ou tout au moins en avait possédé trois jusqu'à l'année précédente, lorsque, au cours du Mois du Chêne, les deux autres étaient partis pour des courses lointaines et n'étaient pas encore revenus. Comment ils le feraient un jour, rapportant d'étranges récits et des coffres débordant de joyaux. Et comment le clan roulait à présent sous les ordres de ce capitaine puissant, cupide, rusé et favorisé par la chance : Miran.

Quoi qu'on pût dire sur le compte de Grazoot, il était impossible de nier qu'il possédait une jolie voix de baryton. Green, qui écoutait cette dernière s'élever depuis le pont, loin au-dessous de lui, pouvait s'imaginer la grandeur, la déchéance, puis la nouvelle grandeur de ces gens, et il était à présent à même de comprendre la raison de leur arrogance, de leur ladrerie, de leur méfiance et de leur bravoure. En fait, s'il avait été originaire de cette planète, il n'aurait pu souhaiter une vie plus agréable, plus romantique, plus vagabonde que celle de membre de l'équipage d'un voilier des plaines. A condition, bien sûr, qu'il lui fût possible de dormir tout son saoul.

Le grondement d'un canon vint interrompre ses rêveries. Il releva les yeux pour voir un boulet apparaître à l'extrémité de sa trajectoire et passer en un éclair auprès de lui. Ce n'était certes pas suffisant pour pouvoir l'intimider, mais de le voir s'enfoncer dans le sol, à environ six mètres de la roue avant de tribord, lui fit prendre conscience des dommages que pourrait provoquer un seul de ces projectiles qui atteindrait son but.

Cependant, les Vings ne renouvelèrent pas l'expérience. Il s'agissait de pirates prudents qui avaient mieux à faire que de gâcher leurs munitions. Sans doute espéraient-ils semer la panique parmi les marchands et les inciter à riposter frénétiquement, en gaspillant ainsi inutilement leur poudre. Inutilement, étant donné que le soleil se couchait et que dans quelques minutes le crépuscule cèderait la place à la nuit noire. Miran ne prit même pas la peine d'ordonner à ses hommes de ne pas riposter, étant donné que ces derniers n'auraient jamais osé tirer avant qu'il en donnât l'ordre. Au lieu de cela, il leur répéta qu'aucune lumière ne devrait être visible et qu'il fallait descendre les enfants dans la cale et les empêcher de faire du bruit. Il était indispensable de garder le plus complet des silences.

Puis, après avoir jeté un dernier regard à la position occupée par les vaisseaux pirates que l'obscurité faisait rapidement disparaître, il fit une estimation du cap à suivre et de la force du vent. Ce dernier n'avait pas changé depuis le jour où ils avaient déployé les voiles : un bon vent arrière venant de l'est qui les propulsait à dix-huit miles à l'heure.

Miran s'adressa à voix basse à son second et aux autres officiers qui disparurent au sein de l'obscurité qui s'était abattue sur les ponts. Ils donnaient des ordres, non en hurlant comme de coutume dans leurs mégaphones, mais par des murmures et des contacts. Miran se tenait sur le gaillard d'avant, les pieds nus. Il était légèrement accroupi et donnait l'impression de percevoir les mouvements des hommes invisibles par les vibrations que leurs activités transmettaient aux ponts, aux espars et aux mâts, jusqu'à la plante de ses pieds. Miran était un centre nerveux auquel parvenaient les messages muets provenant de toutes les parties du corps de l'*Oiseau de Fortune*. Il semblait savoir avec précision ce qu'il faisait et, s'il hésitait ou doutait en raison de l'obscurité impénétrable règnant autour de lui, il n'en laissait rien voir aux hommes de barre. Sa voix, bien que feutrée, était énergique.

– Maintenez le cap... six, sept, huit, neuf, dix. Maintenant! Barre à bâbord, toute! Tenez là, tenez là!

Pour Green, qui était perché sur le plus haut espar du mât de misaine, ce demi-tour sembla être un acte épouvantable et contre nature. Il pouvait sentir la coque et, naturellement, le mât sur lequel il était juché, s'incliner de plus en plus, jusqu'au moment où son instinct lui annonça qu'ils allaient chavirer et qu'il serait projeté sur le sol. Cependant, son instinct était dans l'erreur, car bien qu'il fût persuadé que sa chute ne pouvait avoir de fin, le moment vint où le mouvement s'inversa et qu'il remonta vers sa position initiale. Il fut alors certain que sa descente, de l'autre côté, ne s'interromprait qu'une fois qu'il serait à terre.

Brusquement, les voiles faseyèrent. Le vaisseau avait atteint l'angle mort où le vent n'agissait plus sur elles. Puis, alors que le bâtiment continuait de rouler sur son élan, la voile s'enfla à nouveau avec, pour son ouïe hypersensible et tendue, un bruit de canonnade. Cette fois, les voiles prenaient le vent selon un angle qui était pour elles totalement inhabituel, droit debout, ce qui eut pour résultat de les enfler dans l'autre sens. Leurs parties centrales se collèrent aux mâts.

Le voilier s'immobilisa presque immédiatement. Le gréement gémit et les mâts eux-mêmes émirent des craquements inquiétants. Puis ils ployèrent en direction de la poupe pendant que les hommes qui s'y agrippaient au sein de l'obscurité juraient à voix basse et les étreignaient désespérément.

– Dieux! s'exclama Green. Que fait-il?

– Silence! ordonna un homme qui se trouvait près de lui, et qui n'était autre que le chef des gabiers de misaine. Miran va repartir à reculons.

Green hoqueta. Mais il ne fit aucun commentaire et tenta de s'imaginer à quoi devait ressembler l'*Oiseau de Fortune*, regrettant que la nuit l'empêchât de voir le bâtiment. Il accorda toute sa sympathie aux hommes de barre qui devraient lutter contre tous leurs réflexes conditionnés. Il leur serait déjà suffisamment pénible d'essayer de naviguer sans visibilité entre deux vaisseaux, mais le faire en marche arrière! Il leur faudrait mettre la barre à bâbord lorsque leur instinct leur hurlerait de la mettre à tribord, et vice versa! Il ne faisait aucun doute que Miran en avait conscience et qu'il le leur rappellerait à chaque instant.

Green commença à comprendre ce qui se passait. A présent, l'*Oiseau de Fortune* avait repris son parcours précédent, mais à vitesse réduite en raison des voiles qui, s'enflant contre les mâts, offraient moins de surface au vent. En conséquence, les bâtiments des Vings devaient être sur le point de les rattraper, étant donné que le vaisseau marchand avait perdu beaucoup de terrain au cours de cette manœuvre. Dans une ou deux minutes les Vings arriveraient à leur hauteur, resteraient durant un court instant à leurs côtés, puis les dépasseraient.

A condition, naturellement, que Miran eût correctement calculé la vitesse ainsi que le cap, lors du demi-tour. Dans le cas contraire, ils pouvaient dès à présent s'attendre à entendre un craquement épouvantable en proue, lorsque cette dernière serait heurtée par celle d'un des vaisseaux des Vings.

– Oh, Booxotr, priait le chef des gabiers de misaine. Guide-nous correctement, sinon tu perdras ton admirateur le plus fervent, Miran.

Green se souvint alors que Booxotr était le dieu de la Folie.

Brusquement, une main s'abattit sur l'épaule de Green. C'était celle de son chef.

– Vous ne les voyez pas? dit-il doucement. Ils sont encore plus noirs que la nuit.

Green scruta l'obscurité. Etait-ce le fruit de son imagination ou voyait-il vraiment une vague forme arriver sur sa droite? Et autre chose, l'ombre d'une ombre, se déplacer sur sa gauche? Mais que ce fût des voiliers ou des illusions, Miran devait les avoir vus également. Sa voix brisa la nuit.

– Canonniers, feu!

Ce fut brusquement comme si des lucioles dissimulées sur le pont avaient pris leur envol à son commandement. Sur toute la longueur des lisses, de petites lueurs apparurent. Green fut sidéré, bien qu'il sût que les mèches d'amadou avaient été dissimulées sous des paniers, afin que les Vings ne pussent les voir.

Puis ces lucioles se métamorphosèrent en vers luisants, comme les mèches s'enflammaient.

Il y eut un grand rugissement et le vaisseau fut ébranlé. Des démons de fer vomirent des flammes.

Sitôt après, les mousquets tirèrent, et de petites langues de feu jaillirent de tout le voilier des plaines. Green prenait part au mitraillage d'un des vaisseaux momentanément et faiblement révélés par la lueur des coups de canons.

Si l'obscurité revint, ce ne fut pas le cas du silence. Les hommes hurlaient des vivats, les ponts tremblaient alors que les lourds affûts de bois des canons étaient ramenés vers les sabords d'où le recul les avait chassés. Quant aux pirates, ils ne ripostaient pas à ce feu nourri. Pas encore. La surprise devait avoir été totale.

Miran cria un autre ordre, et les canons rugirent à nouveau.

Green, qui rechargeait son mousquet, découvrit qu'il luttait contre une certaine tendance à pencher vers la droite. Il lui fallut quelques secondes avant de pouvoir comprendre que l'*Oiseau de Fortune* changeait de cap, tout en continuant de rouler en arrière.

– Mais pourquoi vire-t-il? cria Green.

– Imbécile, nous ne pouvons ferler les voiles, nous arrêter, puis déployer la voilure à nouveau. De plus, nous nous retrouverions exactement à notre point de départ en continuant de rouler en arrière. Nous devons faire demi-tour tant qu'il nous reste de l'élan, et quel meilleur moyen pour y parvenir que d'inverser notre première manœuvre? Nous virerons jusqu'au moment où nous retrouverons notre cap initial.

Maintenant, Green comprenait la raison de cette manœuvre. Les Vings se trouvaient désormais au devant et ils couraient le risque d'entrer en collision avec eux. De plus, ils ne pourraient continuer de rouler en marche arrière toute la nuit. Ce qu'il fallait faire, à présent, c'était obliquer latéralement afin de se retrouver loin des pirates lorque l'aube se lèverait.

A cet instant, une canonnade se produisit à bâbord. Si les hommes qui se trouvaient à bord de l'*Oiseau de Fortune* se retinrent de pousser des cris de joie, ce fut uniquement parce que Miran avait menacé d'abandonner dans la plaine tous ceux qui feraient quoi que ce soit pouvant révéler leur position. Cependant, ils ouvrirent tous la bouche pour rire en silence. Le plus habile des pièges de ce vieux loup de terre rusé, Miran, avait fonctionné à merveille. Ainsi qu'il l'avait espéré, les deux pirates, ignorant que le vaisseau marchand se trouvait à présent derrière eux, se canonnaient l'un l'autre.

– Laissons-les échanger des boulets jusqu'au moment où leurs vaisseaux voleront en l'air, gloussa le chef des gabiers de misaine. Ah, Miran, quel récit magnifique nous pourrons raconter dans les tavernes, une fois arrivés à bon port!

XIV

Durant cinq minutes, des lueurs et des grondements intermittents leur apprirent que les Vings continuaient de se pilonner. Puis ce fut à nouveau l'obscurité. Les deux pirates avaient dû se reconnaître, ou estimer qu'ils n'avaient rien à gagner à combattre de nuit, auquel cas ils avaient dû s'éloigner l'un de l'autre. Si cette dernière hypothèse était la bonne, l'*Oiseau de Fortune* n'avait plus grand-chose à redouter, car un Ving isolé ne s'attaquerait pas, à lui seul, au vaisseau marchand.

Les nuages se dissipèrent et les deux lunes inondèrent le Xurdimur de leur clarté. Les vaisseaux pirates avaient disparu et ils n'étaient toujours pas visibles au lever de l'aube. Il y avait bien une voile, à un demi-mile de l'*Oiseau de Fortune*, mais nul n'en fut alarmé, à l'exception de Green qui, en raison de son inexpérience, n'avait pu reconnaître la silhouette d'un autre voilier marchand. C'était un vaisseau de la proche cité de Dem, du duché de Potsihili.

Green était heureux. Ils pourraient rouler de conserve, et leur union assurerait leur sécurité.

Mais non. Miran, après avoir salué l'autre voilier et appris par signaux qu'il faisait lui aussi route vers Estorya, donna l'ordre de mettre toutes voiles dehors, de façon à le distancer.

– Il est devenu fou, gémit Green à un de ses compagnons.

– C'est un *zilmar*, répondit l'autre gabier en se référant à un animal, proche d'un renard, qui vivait dans les montagnes. Nous devons arriver à Estorya les premiers, si nous voulons obtenir le maximum de notre chargement.

– C'est d'une stupidité impensable, grommela Green. Cet autre voilier des plaines ne transporte certainement pas du poisson vivant. Il ne peut pas nous faire concurrence.

– C'est exact, mais nous avons également d'autres articles à vendre. De plus, c'est dans la nature de Miran. Dès qu'il voit un autre vaisseau le doubler, il en est malade.

Green leva les bras au ciel et fit rouler ses yeux de désespoir. Puis il se remit au travail. Il lui restait encore beaucoup à faire avant de pouvoir aller se coucher.

Les jours et les nuits s'écoulaient de façon routinière et laborieuse, une vie monotone uniquement rompue par les alertes et des parties de chasse occasionnelles. De temps en temps, alors que le voilier roulait à pleine vitesse, la yole était lancée et s'éloignait rapidement, propulsée par sa voile aurique blanche. Le petit véhicule était occupé par des chasseurs qui poursuivraient un *hoober*, un cerf, ou un sanglier nain, jusqu'au moment où la fatigue aurait raison de l'animal et où ils pourraient abattre cette proie épuisée. A chaque sortie, ils ramenaient d'importantes quantités de viande fraîche. Quant à l'eau, les réservoirs des ponts étaient toujours pleins, car il pleuvait au moins une demi-heure à midi et au crépuscule.

Green était sidéré par la régularité et la ponctualité de ces averses. Les nuages faisaient leur apparition à douze heures précises, il pleuvait entre trente et soixante minutes, puis le ciel redevenait à nouveau limpide. Si tout cela était très beau, c'était également fort troublant.

Green recevait parfois l'autorisation de s'entraîner au tir depuis le nid de pie, en prenant pour cible des chats de prairie ou des gros chiens sauvages. Ces derniers formaient des bandes dont l'importance variait d'une demi-douzaine de bêtes à une vingtaine, et ils suivaient souvent l'*Oiseau de Fortune*, en hurlant et en grondant, et parfois en courant entre les roues. L'équipage connaissait un grand nombre de récits se rapportant au sort qu'ils faisaient subir aux malheureux qui passaient par-dessus bord, ou qui se retrouvaient échoués dans les plaines.

Green frissonna et reprit son entraînement au tir. Bien qu'il réprouvât le fait d'abattre des animaux uniquement pour le sport, il n'éprouvait pas le moindre scrupule à loger des balles dans le corps de ces créatures qui ressemblaient à des loups. A partir du jour où Alzo avait commencé à s'acharner contre lui, il avait vu grandir en lui une haine des chiens qui seyait mal à un être se voulant civilisé. Naturellement, le fait que tous les canidés de cette planète lui eussent voué une haine instinctive, en raison de son odeur de Terrien, et qu'ils fissent tout leur possible pour planter leurs crocs dans sa chair, ne pouvait que faire croître encore son antipathie pour ces animaux. Ses jambes étaient constamment couvertes de cicatrices dues aux morsures que lui infligeaient les chiens du bord.

Il arrivait souvent au voilier de traverser des étendues d'herbe aussi haute que le genou d'un homme, puis de passer brusquement sur une de ces immenses pelouses qui paraissaient si bien entretenues. Green n'avait jamais cessé de s'interroger à leur sujet, mais tout ce qu'il pouvait trouver comme explication était de nouvelles variations sur le thème du *wuru*, cet herbivore mythique plus gros que deux vaisseaux réunis.

Un jour, ils passèrent auprès d'une épave. Sa coque calcinée gisait sur le sol, couchée de côté, et ici et là des ossements luisaient sous le soleil. Green exprima sa surprise en constatant que les mâts, les roues et les canons avaient disparu. Il se vit répondre que tout cela avait été emporté par les sauvages qui erraient dans les plaines.

– Ils utilisent les roues pour leurs propres véhicules, qui ne sont rien d'autre que de vastes plates-formes dotées de voiles : des radeaux terrestres, pourrait-on dire, lui apprit Amra. C'est sur ces plates-formes qu'ils érigent leurs tentes et font leurs feux, ce sont les bases à partir desquelles ils partent à la chasse. Certains d'entre eux, cependant, dédaignent ces radeaux et établissent leurs demeures sur les " îles errantes ".

Green sourit mais ne fit aucun commentaire au sujet de cette fable, car l'incrédulité irritait les habitants de ce monde, même Amra.

– Tu n'auras pas l'occasion de voir beaucoup d'épaves, ajouta-t-elle. Ce n'est pas qu'elles soient peu nombreuses, leur nombre est élevé. Sais-tu que sur dix voiliers des plaines qui partent pour des voyages au long cours, il faut s'attendre à ce qu'il n'y en ait que six qui reviennent?

– Si peu? Ce qui me sidère, c'est de constater qu'avec un tel pourcentage de pertes on trouve encore des personnes prêtes à risquer leur fortune et leur vie.

– Tu oublies que celui qui a la chance de revenir multiplie plusieurs fois son apport initial. Prends Miran par exemple : dans chacun des ports où il fait escale, il doit verser de lourdes taxes. Les impôts sont encore plus importants lorsqu'il rentre à son port d'attache. Et il lui faut partager avec les membres de son clan, bien qu'il ne reçoive qu'un dixième des profits sur chaque chargement. En dépit de cela, il est l'homme le plus riche de tout Quotz, encore plus que le duc en personne.

– Oui, mais il est insensé de courir de pareils risques simplement dans l'espoir de faire fortune, protesta Green, avant de s'interrompre brusquement.

Après tout, pour quelle autre raison les Norvégiens étaient-ils partis vers l'Amérique, et Christophe Colomb vers les Indes Occidentales? Pourquoi des centaines de milliers de Terriens affronteraient-ils les périls de l'espace interstellaire? Même lui, par exemple. Il avait abandonné un emploi stable et bien rémunéré de spécialiste en culture sous-marine, sur Terre, pour se rendre sur Leurre, une planète d'Albireo. Il avait eu l'espoir d'y faire fortune après deux années de labeur pas-trop-exténuant puis de prendre sa retraite. Si seulement il n'y avait pas eu ce fichu accident...!

Naturellement, il existait des pionniers qui n'étaient pas motivés par l'appât du gain. Il ne fallait pas nier l'existence de l'amour de l'aventure. Un amour qui manquait cependant de pureté. Même les plus désintéressés des hommes voyaient luire l'Eldorado, quelque part au fin fond des contrées inconnues. La soif de richesse faisait franchir plus de frontières que la curiosité.

– Logiquement, les épaves des voiliers ne devraient pas être rares, en dépit du fait que le Xurdimur soit si vaste, ajouta alors Amra, interrompant ses profondes méditations. Mais les sauvages et les pirates récupèrent leurs éléments presque immédiatement.

– Excuse-moi de t'interrompre, maman, dit Grizquetr. Mais j'ai entendu un homme d'équipage, Zoob, discuter justement de ce sujet, pas plus tard que l'autre jour. Il a vu, il y a longtemps, un voilier qui avait été pillé, sans doute par des pirates. C'était à trois jours de voyage de Yeshkayavach, la ville de quartz qui se trouve dans le Nord. Ensuite, son voilier s'est rendu à une semaine de là, puis il est revenu en suivant exactement la même route. Mais lorsqu'ils sont repassés à l'emplacement de l'épave, elle avait disparu, jusqu'au dernier morceau. Même les ossements des morts n'étaient plus là.

Et il a ajouté que cela lui avait rappelé une histoire que lui racontait son père lorsqu'il était petit. Son père lui disait que son vaisseau avait autrefois failli se précipiter dans un immense trou non porté sur les cartes. C'était une grande cavité de plus de soixante mètres de diamètre, entourée de toutes parts par un rebord de terre, comme le cratère d'un volcan. C'est tout d'abord ce que ces hommes ont supposé : qu'il s'agissait d'un volcan en formation, bien que personne n'eût jamais entendu parler d'une telle chose dans le Xurdimur. Puis ils ont rencontré un voilier dont l'équipage avait assisté à la formation de ce trou. Selon ces hommes, c'était une énorme étoile qui était tombée du ciel...

– Une météorite, pensa Green.

– ... Et qui avait creusé cet immense trou. Eh bien, c'est une explication qui en vaut une autre. Mais le plus surprenant, c'est que lorsqu'ils sont repassés au même endroit, un mois plus tard, cette cavité avait disparu. Elle avait été comblée, le terrain était uniforme, et de l'herbe avait repoussé à cet emplacement, comme si rien n'avait jamais éventré le sol. Alors, comment expliques-tu ce phénomène, père adoptif?

– Il y a plus de choses sur la terre et dans le ciel que votre philosophie n'en rêve, Horatio, répondit avec désinvolture Green, bien qu'il eût la vague impression d'avoir commis une inversion dans sa citation.

Amra et son fils cillèrent.

– Horatio?

– Sans importance.

– Ce marin disait que c'était probablement le travail des dieux, qui œuvrent secrètement durant la nuit pour garder cette plaine uniforme et libre de tout obstacle, afin que leurs véritables dévots puissent la parcourir et prospérer.

– Les merveilles de la rationalisation sont donc infinies, déclara Green.

Il se leva de la pile de fourrures sur laquelle il était resté assis.

– Le moment est venu d'aller prendre mon tour de garde.

Il embrassa Amra, la servante, les enfants, puis sortit de la banne. Il traversa plutôt distraitement le pont, absorbé par la question de savoir quelle serait la réaction d'Amra s'il lui révélait quelles étaient ses véritables origines. Pourrait-elle appréhender le concept d'autres mondes existant par centaines de milliers, et cependant si éloignés l'un de l'autre qu'un homme aurait pu marcher d'un pas régulier pendant un million d'années sans pouvoir parcourir la moitié du chemin séparant la Terre de la planète sur laquelle ils se trouvaient? Ou réagirait-elle, comme la plupart de ses semblables, en pensant qu'il était certainement un démon qui avait pris une apparence humaine? Il lui serait plus naturel de préférer la seconde hypothèse. Si l'on considérait la question avec objectivité, c'était « plus » plausible, en raison de son absence de connaissances scientifiques. Bien moins absurde, également.

Quelqu'un le heurta. Tiré de ses rêveries, il s'excusa machinalement, en anglais.

– Ne m'insulte pas dans ta langue barbare, gronda Grazoot, le petit harpiste replet.

Ezkr se tenait derrière lui. Il parla du coin des lèvres pour aiguillonner le barde.

– S'il croit qu'il peut te piétiner, Grazoot, c'est parce qu'il a insulté ton instrument et que tu ne lui en as pas exigé réparation.

Grazoot enfla ses joues, s'empourpra, et lui lança un regard furibond.

– Si je n'ai pas plongé ma dague dans le cœur de ce fils d'*izzot*, c'est uniquement parce que Miran a interdit les duels!

Green regarda tour à tour les deux hommes. De toute évidence, ils avaient préparé cette comédie qui devrait se terminer pour lui en tragédie.

– Ecartez-vous, répliqua-t-il avec morgue. Vous troublez la discipline qui règne à bord du vaisseau. Miran ne l'apprécierait guère.

– Vraiment? se moqua Grazoot. Crois-tu que ce qui peut t'arriver importe au capitaine? Tu es le plus mauvais des gabiers et je souffre de devoir t'appeler frère. En fait, lorsque ce mot t'est adressé, je crache chaque fois que je dois le prononcer, ô frère!

Grazoot joignit le geste à la parole et Green, qui se trouvait sous le vent, sentit le crachat humidifier ses jambes. De la colère commençait à grandir en lui.

– Ecartez-vous de mon chemin, sinon j'informe le second de cet incident, dit-il avec autorité, tout en passant devant eux.

Ils lui cédèrent le passage, mais il éprouvait une sorte de malaise au bas du dos, comme si la lame d'un couteau allait y plonger. Naturellement, ils ne commettraient jamais un acte aussi stupide, car on leur trancherait les jarrets avant de les jeter par-dessus bord, pour acte de couardise. Cependant, ces deux hommes avaient un tempérament si emporté qu'ils pourraient tout aussi bien le poignarder sans penser aux conséquences, dans un instant de fureur.

Une fois dans les enfléchures des haubans qui s'élevaient vers le nid de pie, les picotements de son dos s'estompèrent. Ce fut cet instant que Grazoot choisit pour lui crier :

– Hé, Green, j'ai eu une vision, la nuit dernière, une vision authentique, car c'est le dieu tutélaire des artistes qui me l'a envoyée. Il m'est personnellement apparu et m'a annoncé qu'il reniflerait avec plaisir l'odeur de ton sang répandu sur le pont, en raison de ta chute!

Green se figea, un pied sur la rambarde.

– Va dire à ton dieu de ne pas se mêler de mes affaires, s'il ne veut pas que je lui casse la figure! hurla-t-il en retour.

Les nombreux hommes qui s'étaient réunis pour suivre l'altercation hoquetèrent.

– Sacrilège! s'écria Grazoot. Blasphème!

Il se tourna vers ceux qui l'entouraient.

– Avez-vous entendu?

– Oui, répondit Ezkr qui s'avança d'un pas hors du groupe. J'ai entendu et j'en suis outré. Des hommes ont été condamnés au bûcher pour bien moins!

– Ô, saint patron des artistes, puissant dieu Tonuscala, punis cet être bouffi d'orgueil! Fais que ta vision s'accomplisse. Projette cet impie hors du nid de pie, fais qu'il s'écrase sur le pont et qu'il se brise tous les os, afin que tous puissent constater qu'on ne peut se gausser impunément des dieux authentiques.

– *Takhai*, murmura l'équipage. Ainsi soit-il.

Green eut un sourire d'où toute joie était absente. Il était tombé dans le panneau et il devrait rester sur ses gardes. Il était facile de deviner que l'un d'eux, ou les deux, monteraient au cours de la nuit, pendant cette heure d'obscurité qui suivait le coucher du soleil, et qu'ils se contenteraient de le faire basculer dans le vide. On mettrait sa mort sur le compte d'un dieu outragé. Et si Amra osait accuser Ezkr et Grazoot, nul ne voudrait l'écouter. Quant à Miran... et bien, cet homme pousserait sans doute un soupir de soulagement, car il serait ainsi débarrassé d'un personnage gênant, qui risquait de colporter certaines histoires concernant une intrigue dont avait été victime le duc de Tropat.

Il entra dans le nid de pie et s'y installa pour fixer l'horizon d'un œil maussade. Juste avant la tombée de la nuit, Grizquetr vint lui apporter une bouteille de vin et de la nourriture, dans un panier fermé.

Entre deux bouchées, Green lui fit part de ses soupçons.

– Maman est arrivée aux même conclusions. Tu sais, c'est

une femme très intelligente, ma mère. Elle a demandé aux dieux de maudire ces deux hommes, s'il devait t'arriver malheur.

– Très habile, en effet. Voilà qui me rassure. N'oublie pas de la féliciter pour son travail magnifique, pendant que tu ramasseras mes morceaux sur le pont, d'accord?

– Afin de mettre toutes les chances de notre côté, ajouta Grizquetr qui faisait de violents efforts pour garder un visage grave et ne pas se mettre à sourire, maman t'envoie également ça.

Green déroula entièrement la serviette qui avait contenu le repas, et ses yeux s'écarquillèrent.

XV

– Une fusée de détresse!

– Oui. Maman veut que tu la lances quand tu entendras le maître d'équipage siffler depuis le pont.

– Mais... pourquoi diable ferais-je une chose pareille? Tu ne crois pas que j'aurai de graves ennuis si je lance cette fusée? Le capitaine me fera donner au moins une douzaine de coups de fouet. Non, merci, très peu pour moi. J'ai eu l'occasion de voir des pauvres types qui sortaient d'une bonne séance de flagellation.

– Maman a précisé que personne ne pourra prouver que c'est toi qui as lancé cette fusée.

– C'est possible. Ça me paraît raisonnable, en tout cas. Mais pourquoi?

– La fusée éclairera tout le voilier, pendant une minute, et l'équipage pourra voir qu'Ezkr et Grazoot se trouvent dans les haubans. Ça déclenchera une sacrée agitation. Naturellement, lorsqu'on découvrira que deux fusées de détresse ont été volées dans la cambuse et qu'au cours de la fouille qui suivra, on trouvera la seconde fusée dans le coffre d'Ezkr... eh bien, tu devines la suite...

– Ô, enfant rayonnant! rit Green. Hurrah! Cours vite dire à ta mère que c'est la femme la plus merveilleuse de toute cette planète... bien qu'à la réflexion ce ne soit guère un compliment. Oh, attends une minute! Au sujet de ce coup de sifflet du maître d'équipage... pour quelle raison m'avertirait-il d'envoyer la fusée?

– Il ne le fera pas. C'est maman qui sifflera. Elle attendra mon signal, ou celui d'Azaxu, expliqua Grizquetr qui parlait de son jeune frère. Nous surveillerons Ezkr et Grazoot, et dès qu'ils se mettront à monter vers toi, nous irons l'avertir.

Elle leur laissera le temps d'atteindre le milieu des haubans, puis elle sifflera.

– Cette femme m'a déjà sauvé la vie au moins une demi-douzaine de fois. Que ferais-je sans elle?

– C'est ce qu'elle répète toujours. Maman dit qu'elle ne comprend pas pourquoi elle ne t'a pas laissé partir, lorsque tu as voulu l'abandonner (et nous aussi). Parce qu'elle est très fière et qu'elle n'avait pas besoin de courir après un homme pour en avoir un : des princes l'ont suppliée d'aller vivre avec eux. Mais elle a fait ça parce qu'elle est amoureuse de toi, et que c'est une bonne chose aussi. Autrement, ta stupidité t'aurait déjà coûté la vie une dizaine de fois.

– Oh, c'est ce qu'elle dit, n'est-ce pas? Eh bien, hah, hum. Oui, eh bien...!

Profondément honteux de lui-même, tout en étant très irrité envers Amra en raison de l'opinion peu flatteuse qu'elle avait de lui, ce fut un Green extrêmement affligé qui regarda Grizquetr redescendre vers le pont.

Durant la demi-heure suivante, le temps parut se figer, s'épaissir et se coaguler autour de lui, jusqu'au moment où il se sentit enchâssé en lui. Les nuages qui apparaissaient chaque soir, après le coucher du soleil, se formèrent, et une averse de pluie fine se mit à tomber. Elle durerait approximativement une heure, il le savait, puis les nuages se dissiperaient si rapidement qu'ils donneraient l'impression d'avoir été tirés sur l'horizon par un prestidigitateur, comme s'il s'était agi d'un mouchoir. Mais il resta extrêmement tendu durant ces minutes, se demandant si rien d'imprévu ne retarderait l'envoi du signal d'Amra.

Lorsque les premières gouttes atteignirent son visage, il pensa que c'était peut-être ce qu'attendaient ses deux ennemis pour passer aux actes. Sans doute avaient-ils déjà gravi la première enfléchure des haubans, mais il ne devait pas s'attendre à entendre immédiatement le coup de sifflet. S'ils étaient malins, ils ne monteraient pas dans le gréement juste au-dessous de lui et se dirigeraient vers la poupe, s'élèveraient dans les œuvres mortes du vaisseau, puis reviendraient vers lui en restant dans les hauteurs. Il leur faudrait passer à proximité de deux autres hommes qui, tout comme Green, montaient la garde dans les nids de pie. Mais Ezkr et Grazoot connaissaient bien le gréement. La nuit était si noire qu'ils pourraient se glisser tout près des vigies sans être vus ou entendus. Le vent dans la voilure, le craquement des mâts et le grondement des roues couvriraient les bruits qui, en toute autre circonstance, auraient révélé leur présence.

Le voilier n'interrompait pas sa course pour la simple raison que les hommes de barre ne pouvaient voir la route. L'*Oiseau de Fortune* suivait un parcours bien cartographié. Les officiers et les timoniers avaient gravé dans leur mémoire tous les obstacles permanents qui le bordaient. Si un accident de terrain important se trouvait sur le chemin parcouru au cours de la période obscure, ils modifiaient le cap afin de l'éviter. L'officier de quart guidait les timoniers à l'aide d'un ingénieux cadran monté sur un support doté d'entailles. Ses doigts sensibles suivaient les déplacements de la partie mobile et, en se référant aux entailles directionnelles, il savait dans quelle mesure ils gardaient le cap prévu. Ce cadran était solidaire de l'aiguille d'une boussole sise sous l'appareil.

Sous son manteau, Green voûta ses épaules et fit le tour de la rambarde du nid de pie. Il scrutait la nuit pour discerner quelque chose au sein de cette noirceur qui l'enveloppait comme un linceul. Il n'y avait rien, absolument rien... Non, une minute! Qu'est-ce que c'était? Le vague contour d'un visage?

Il scruta la nuit jusqu'au moment où cela disparut, puis il soupira et prit conscience qu'il était resté un long moment immobile en cet endroit. Et, naturellement, il avait été à la merci d'une attaque venant de l'arrière.

. Non, pas vraiment. S'il lui était impossible de voir ce qui se tramait à un bras de distance, Ezkr et Grazoot étaient dans le même cas.

Mais ils n'avaient pas besoin de le voir. Ils connaissaient si bien le gréement qu'ils auraient pu grimper jusqu'au nid de pie et le faire basculer dans le vide avec les yeux bandés. Une simple pression du doigt, suivie par la poussée d'une lame. Ce serait largement suffisant pour se débarrasser de lui.

Telles étaient ses pensées, lorsqu'il sentit ce doigt s'enfoncer dans son dos. Green s'immobilisa pendant une seconde, métamorphosé en statue frissonnante, paralysé. Puis il poussa un cri rauque et s'écarta d'un bond. Tout en tirant sa dague de son fourreau, il s'accroupit, tous ses sens en alerte, cherchant à déceler leur présence. S'ils respiraient aussi bruyamment que lui, il ne pourrait manquer de les entendre.

Mais il prit presque aussitôt conscience, en ressentant un brusque malaise, que la réciproque était vraie.

– Approchez! Approchez! dit-il silencieusement, entre ses dents serrées. Faites quelque chose! Bougez un peu... que je puisse vous embrocher, espèces de fils d'*izzot*!

Peut-être faisaient-ils de même, attendant qu'il eût trahi sa présence. La meilleure chose à faire était de rester sur place, en espérant qu'ils trébucheraient sur lui.

Il tendit la main gauche, à la recherche de la tiédeur d'un visage. La droite serrait le manche de la dague.

Ce fut au cours d'un de ces sondages que ses doigts rencontrèrent le panier que Grizquetr lui avait laissé. Aussitôt, pris par ce qu'il pensait être une inspiration, il en sortit la fusée de détresse. Pourquoi attendre que Ezkr et Grazoot arrivent jusqu'à lui et l'égorgent comme un pourceau? Il lancerait immédiatement la fusée, puis, profitant de l'effet de surprise, il passerait à l'attaque.

Il n'y avait qu'un seul problème. Il lui faudrait poser sa dague afin de pouvoir sortir le briquet à silex et la boîte à amadou de sa poche. Il s'en voulait de ne pas avoir pensé à tout préparer à l'avance.

Il résolut le problème en glissant sa dague entre ses dents. Il sortit la boîte à amadou, interrompit son geste, et replaça rapidement l'objet dans sa poche. Bon, comment était-il censé mettre le feu à l'amadou, sous cette pluie? C'était une chose à laquelle Amra n'avait pas pensé, en dépit de son intelligence supérieure.

– Imbécile! se murmura-t-il. Je ne suis qu'un imbécile!

Et, l'instant suivant, il ôtait son manteau et plaçait le briquet à silex et la boîte sous son abri. Il ne pouvait voir ce qu'il faisait mais, s'il tenait l'amadou suffisamment près, une étincelle finirait par l'atteindre. Il disposerait alors d'une flamme suffisante pour allumer la mèche de la fusée.

Il se figea à nouveau. Ses ennemis n'attendaient qu'une chose : qu'il révèlât sa présence. Quelle meilleure façon de se trahir que par le bruit produit par le silex contre le fer? Pour ne pas parler de celui qu'il ferait en plantant la pointe du support de la fusée de détresse dans le plancher?

Il réprima un gémissement. Peu importait ce qu'il ferait, il indiquerait où il se trouvait à ses ennemis.

Ce fut alors que le son aigu d'un sifflet le fit sursauter. Il se releva, se demandant frénétiquement ce qu'il devait faire. Tant il était convaincu qu'Ezkr et Grazoot se trouvaient juste à l'extérieur du nid de pie, il ne pouvait croire qu'Amra n'avait pas fait une erreur en calculant le temps qu'il leur faudrait pour grimper jusqu'à lui, ou qu'elle n'avait pas été retardée pour une raison ou une autre et qu'à présent elle tentait de l'en avertir.

Mais il prit conscience qu'il ne pourrait rester éternellement ainsi, comme un mouton apeuré. Qu'Amra eût donné le signal à temps ou non, que ses assassins en puissance fussent à portée de sa dague ou non, il lui fallait passer aux actes.

– Faites ce que vous voulez, je m'en moque! grommela-t-il à tout ce qui pouvait se tapir au sein de l'obscurité.

Il frappa l'acier sur le silex. Tout son matériel se trouvait sous l'abri du manteau et il ne pouvait rien voir, aussi se baissa-t-il de façon à regarder ce qui se passait entre ses bras, sous le vêtement qui les recouvrait. L'amadou s'enflamma aussitôt puis, à l'intérieur de la boîte, apparut un rougeoiement, léger mais régulier. Sans prendre le temps de regarder autour de lui, Green planta d'un coup sec la pointe du support de la fusée dans le plancher du nid de pie. Rapidement, il prit l'amadou, sans cesser d'utiliser son manteau comme protection contre la pluie et les regards indiscrets. Il appliqua l'amadou à la mèche de la fusée qui s'enflamma et grésilla comme un ver dans la friture. Puis il alla s'accroupir de l'autre côté du mât, car il savait à quel point ces fusées rudimentaires étaient peu fiables. Elle pourrait fonctionner normalement comme lui exploser au visage. A peine eut-il contourné le gros pilier du mât qu'il entendit un petit son sifflant. Il releva les yeux juste à temps pour voir la fusée exploser en plein ciel, avec un éclat aveuglant. A l'instant même où l'obscurité fut dissipée, Green tourna la tête à droite et à gauche, afin de voir Ezkr et Grazool qui se jetaient sur lui, il le « savait ».

Mais ils ne se trouvaient pas dans son champ de vision. Ils étaient encore à mi-chemin entre le pont et le nid de pie, englués dans les haubans par l'explosion lumineuse, comme des mouches dans une toile d'araignée. Ce qu'il avait pris pour un doigt s'enfonçant dans son dos devait être la cheville qui recevait le support des mousquets lors des combats.

Il était à tel point soulagé qu'il aurait éclaté de rire si un grand cri ne s'était élevé du pont à cet instant. Le second et les hommes de barre donnaient l'alarme.

Green baissa les yeux vers eux et les vit tendre le bras. Il suivit du regard la direction indiquée par leurs doigts.

Une centaine de mètres plus loin, se trouvant juste sur leur trajectoire, se dressait une colline boisée!

XVI

Puis la fusée cessa d'inonder la scène de sa clarté, ne laissant qu'une image rémanente derrière les paupières de Green... et de la panique dans son cerveau.

Il ne savait quoi penser. Il avait tout d'abord cru, en toute logique, que c'était le voilier des plaines qui se ruait vers cette colline boisée qui n'était portée sur aucune carte. Mais il avait, presque aussitôt, compris que ses sens le trompaient et que la masse se trouvant devant eux se déplaçait elle aussi. Cela avait ressemblé à une colline qui glissait sur l'herbe, venant dans leur direction. Mais, alors même que l'obscurité s'abattait à nouveau, il avait pu constater que d'autres collines se dressaient derrière la première et que l'ensemble formait une sorte d'iceberg de roche et de terre, où poussaient de nombreux arbres.

Ce fut tout ce qu'il put distinguer au cours de cette brève vision déconcertante. Même alors, il ne parvint pas à en croire ses yeux, pour la simple raison qu'une montagne ne peut se déplacer à son gré sur une plaine.

Mais que ce fût incroyable ou non, les timoniers en avaient tenu compte. Ils devaient avoir manœuvré la barre presque immédiatement, car Green sentait le mât de misaine s'incliner à bâbord et le vent changer de direction sur son visage. L'*Oiseau de Fortune* virait au sud-ouest, dans l'espoir d'éviter l' " île errante ". Malheureusement, en raison de la profonde obscurité qui régnait à nouveau, les hommes n'auraient pu orienter assez rapidement les voiles, même si tous les gabiers s'étaient trouvés dans la mâture. Ce qui n'était pas le cas, étant donné qu'on ne jugeait pas utile de maintenir l'équipage au complet lorsqu'un voilier des plaines roulait sous la pluie qui accompagnait la tombée de la nuit.

Green eut juste le temps de faire une courte prière (ce n'était pas le moment de menacer un dieu de lui casser la figure), puis il fut projeté contre la rambarde du nid de pie. Green entendit le son le plus terrifiant qu'il eût jamais entendu... le plus terrifiant, car c'était pour lui le grondement du jugement dernier. Les cordages se rompirent en claquant tels des fouets géants; les vergues, brusquement libérés, résonnèrent comme les cordes de violons monstrueux; les mâts, en tombant, firent un bruit de tonnerre. Mêlés à tous ces sons s'élevaient les hurlements des personnes se trouvant sur le pont et à l'intérieur du voilier. Green se mit à hurler à son tour lorsqu'il sentit le mât de misaine s'incliner et qu'il glissa sur le plancher du nid de pie qui se transformait brusquement en un mur, et qu'il luttait pour se retenir à la rambarde qui devenait à présent un plancher. Ses doigts se refermèrent sur le support du mousquet avec le désespoir d'une personne qui s'agrippe à l'unique élément encore solide de l'univers.

Durant une minute, le mât interrompit son mouvement de chute, retenu par la masse des cordages emmêlés. Green osa espérer qu'il était à présent en sécurité, qu'il ne pourrait y avoir d'autres dégâts.

Mais, alors même qu'il commençait à croire qu'il s'en tirerait vivant, le grincement assourdissant s'éleva à nouveau. L'île de roche et d'arbres poursuivait sa route et broyait sous elle la coupe du vaisseau, engloutissant les roues, les essieux, la quille, le frêt, les canons et l'équipage.

La dernière chose dont il eut conscience, ce fut qu'il était projeté dans les airs, arraché de sa prise, catapulté loin, très loin du voilier. Il avait vraiment l'impression d'avoir pris son envol et de gagner de l'altitude, bien que ce ne fût probablement qu'une illusion. Puis le dur retour au sol, l'impact sur son visage, son corps, ses jambes. Sur ses bras qu'il avait tendus devant lui, afin d'amortir la collision qui briserait ses os et réduirait sa chair en bouillie. Un acte dérisoire, le dernier geste de protection avant l'anéantissement. Une série de chocs violents, comme une pluie de coups de poing. La brusque prise de conscience qu'il se trouvait dans la ramure d'un arbre qui amortissait sa chute. Sa tentative de saisir une branche et de s'y retenir, ses doigts qui glissaient, et la poursuite de la descente rapide et violente.

Puis l'oubli.

Il ignorait durant combien de temps il était resté inconscient mais, lorsqu'il s'assit, il vit entre les troncs des arbres la coque fracassée de l'*Oiseau de Fortune*, à une centaine de mètres de là. Le voilier gisait sur le flanc, en contrebas, aussi supposa-t-il qu'il se trouvait quant à lui sur le versant d'une colline. Seule la moitié du bâtiment était visible. Le vaisseau avait été brisé en deux et la majeure partie du pont central, ainsi que de la poupe, avait dû être broyée sous le poids écrasant de l'île en progression.

Il prit lentement conscience que la pluie avait cessé, que les nuages s'étaient dissipés et que les lunes s'étaient levées. Leur clarté lui permettait de voir la scène, de ne la voir que trop.

Il restait des survivants dans l'épave : hommes, femmes et enfants qui tentaient de se dégager de l'enchevêtrement de cordages, d'espars et de planches brisées qui formaient des saillies. Des hurlements, des gémissements, des cris et des appels au secours s'élevaient de toutes parts, créant un chaos sonore.

En gémissant à son tour, il parvint à se lever. Il avait une migraine douloureuse et un de ses yeux étaient si enflé qu'il ne lui permettait plus de voir. Il avait un goût de sang dans la bouche, et il toucha du bout de sa langue lacérée plusieurs chicots de dents brisées. Lorsqu'il inspirait, ses flancs le faisaient souffrir. Les paumes de ses mains semblaient avoir été écorchées et il avait dû se démettre le genou droit. Mais il savait qu'Amra, Paxi et les autres enfants se trouvaient dans l'épave, à moins, bien sûr, qu'ils se fussent trouvés dans l'autre moitié du vaisseau. Il lui fallait absolument être fixé sur ce point. Et même s'il ne pouvait plus rien pour eux, d'autres personnes avaient besoin d'être rapidement secourues.

Il se mit à claudiquer entre les arbres. Puis il vit un homme sortir de derrière un buisson et, pensant qu'il s'agissait d'un survivant qui s'était éloigné de l'épave, hébété par le choc, il ouvrit la bouche pour s'adresser à lui. Mais il trouvait quelque chose d'étrange à cet homme, ce qui l'incita à garder le silence. Il l'observa plus attentivement. Oui, l'inconnu portait une coiffure de plumes et tenait une longue lance à la main. Et, là où le clair de lune pénétrait entre les branches pour tomber sur son épaule nue, il voyait des bandes rouges, blanches, bleu-noir, jaunes et vertes. Le corps de cet homme était peint de rayures de couleurs différentes!

Green se baissa lentement derrière un buisson. Ce fut alors qu'il nota la présence d'autres inconnus qui se dissimulaient dans la forêt pour surveiller l'épave. Ils sortirent finalement des ombres et le Terrien dénombra une cinquantaine d'hommes en armes, aux têtes ornées de plumes et aux corps bariolés, qui se réunissaient silencieusement pour examiner attentivement les restes du voilier ainsi que les survivants.

Un de ces hommes leva sa lance et poussa un grand cri de guerre, puissant et modulé. Les autres lui firent écho et le suivirent, lorsqu'il se mit à courir entre les arbres.

Green ne put regarder la scène qu'une minute, avant de devoir fermer les yeux.

– Non, non! gémit-il. Pas les enfants!

Il fit appel à toute sa volonté et parvint finalement à rouvrir les paupières, et il vit qu'il s'était trompé en pensant que tous les survivants avaient été massacrés. Après les premiers instants de tuerie sadique, lors desquels les sauvages avaient tué hystériquement, sans faire de discrimination, comme des primitifs indisciplinés, ils avaient épargné les jeunes femmes et les enfants de sexe féminin. Les captives encore capables de marcher furent alignées et emmenées sous la garde d'une demi-douzaine d'hommes armés de lances. Celles dont les blessures étaient trop graves furent achevées sur place.

Alors qu'il observait cette scène macabre, Green sentit pourtant une partie de sa profonde angoisse se dissiper quelque peu. Amra était encore en vie!

Elle tenait Paxi sur son bras, alors que de l'autre elle poussait Soon, la fille qu'elle avait eue avec le sculpteur du temple. Bien qu'elle fût sans nul doute en proie à une extrême frayeur, elle faisait face à ses ravisseurs avec cette fierté qu'elle arborait toujours, que ce fût en présence d'un paysan ou d'un prince. Inzax, sa servante, marchait derrière elle.

Green estima préférable de suivre les prisonnières et les gardes en restant à bonne distance. Mais, avant qu'il lui fût possible de partir, il vit apparaître de nouveaux sauvages, des femmes et des adolescents qui tenaient des torches. Fort heureusement, aucun de ces nouveaux venus ne vint vers lui. Certains d'entre eux allèrent aussitôt mutiler les cadavres, en dansant autour des dépouilles et en hurlant, pour imiter les guerriers. Puis il se mirent sérieusement à l'ouvrage et commencèrent à dépecer les cadavres. Ces sauvages peinturlurés mangeaient de la chair humaine et n'en faisaient pas tout un plat. Ils allumèrent quelques feux, afin de se préparer un petit en-cas, avant de ramener leur réserve de viande fraîche vers l'emplacement où se trouvait leur village.

XVII

Green restait à bonne distance derrière les prisonnières et les sauvages, afin de ne pas courir le risque d'être vu si l'un des hommes se retournait. Le sentier qu'ils suivaient était étroit et serpentait entre des troncs serrés et des branches basses. Sous ses pieds, le sol était gras et souple, un humus composé par des générations de feuilles mortes. Green estimait qu'il devait avoir parcouru au moins un kilomètre, non à vol d'oiseau mais selon le chemin suivi par un homme ivre tentant de retrouver sa route. Puis, brusquement, la forêt prit fin et une clairière s'ouvrit devant lui. En son centre se dressait un village composé d'une dizaine de cabanes en rondins, aux toits de chaume. Six étaient des dépendances de taille modeste dont il ignorait l'utilité. Les quatre cabanes les plus importantes devaient être, supposa-t-il, de grandes maisons communautaires. Elles étaient regroupées autour d'un point central où l'on pouvait voir les cendres de plusieurs grands feux, sous des marmites et des broches de fer. Des réservoirs d'argile étaient disséminés ici et là, et contenaient de l'eau de pluie. Devant chacune des demeures se dressait un totem de six mètres de hauteur, peint de couleurs vives et entouré de nombreux piquets qui soutenaient des crânes humains.

Les captives furent conduites dans une des dépendances, dont la porte fut ensuite bloquée par une barre de bois. Un guerrier se mit en faction devant cette petite bâtisse. Il s'accroupit, le dos appuyé contre le mur, en gardant sa lance à la main. Les autres se rendirent auprès des vieilles femmes et des jeunes enfants qui étaient restés au village. Bien que Green n'eût pas la moindre connaissance de leur langage, il comprit que ces hommes leur expliquaient ce qu'ils avaient trouvé dans l'épave. Certaines vieilles femmes commencèrent alors à empiler des brindilles et des petites bûches sous une des marmites, et un feu aux flammes vives brilla bientôt. D'autres allèrent chercher des gobelets et des tasses de métal précieux... le butin récupéré dans un voilier échoué. Ils les emplirent d'une boisson locale, sans doute une sorte de bière à en juger par l'écume qui en débordait. Un des jeunes garçons se mit alors à tambouriner oisivement sur un tambour, et il battit bientôt un rythme simple et monotone. Tout pouvait laisser supposer qu'ils en avaient pour la nuit.

Mais, après n'avoir bu que quelques verres, les guerriers se levèrent et prirent des cruches de bière, avant de s'éloigner vers les bois en ne laissant qu'un homme pour monter la garde devant la cabane des prisonnières. Tous les enfants âgés de plus de quatre ans les suivirent au sein de l'obscurité, en dépit du fait que les hommes ne ralentissaient pas leur allure pour leur permettre de les rattraper.

Green attendit d'être certain que les guerriers se trouvaient à bonne distance, puis il se leva. Ses muscles protestaient contre tout mouvement et des élancements douloureux s'élevaient de son crâne, de ses genoux et de ses chevilles. Mais il l'ignora et fit le tour de la clairière en boîtant, à l'orée de la forêt, jusqu'au moment où il se trouva derrière une des longues bâtisses.

Il s'avança mais demeura sur le seuil. La pièce unique recevait bien plus de lumière qu'il ne l'avait supposé, en raison du grand nombre de larges fenêtres qui laissaient pénétrer le clair de lunes. Des poules ensommeillées caquetèrent et un des porcs nains lui adressa un grognement interrogateur. Soudain, quelque chose de doux se frotta contre ses chevilles. Surpris, il sauta de côté. Son cœur, qui battait déjà avec force, menaça de faire éclater sa cage thoracique. Il s'accroupit et scruta désespérément la pénombre, afin de découvrir de quoi il s'agissait. Puis un doux miaulement proche le renseigna. Il se détendit quelque peu et tendit la main, en disant :

– Viens, minet. Approche.

Mais le chat s'éloigna avec la queue dressée et disparut par la porte, après lui avoir adressé un regard dédaigneux. Cette rencontre rappela à Green une de ses inquiétudes. Les sauvages possédaient-ils des chiens? Mais il n'en avait pas encore vu un seul et, s'ils en avaient eu, il aurait depuis longtemps entendu ces créatures bruyantes. De plus, il avait la quasi-certitude qu'il aurait déjà eu à ses trousses toute une meute de monstres hargneux et grondants.

Silencieusement, il pénétra dans l'unique grande pièce allongée, au haut plafond. Des rideaux, à présent enroulés, étaient suspendus aux lourdes pourtres, et il supposa que ces pièces de toile devaient être descendues pour offrir un semblant d'intimité aux familles qui le souhaitaient. On avait également pendu aux poutres des légumes, des fruits et de la viande : poulets, lapins, cochons nains, écureuils, *hoobers* et venaison. Comme il n'y avait pas de viande humaine, il supposa que la chair de l'homme représentait moins la base de l'alimentation de ce peuple qu'une nourriture spirituelle, au caractère sacré.

Tout ce qu'il savait, c'était qu'il lui fallait emporter un peu de viande. Il réunit des bandes de *hoober* séché, les roula en boule et les fourra dans un sac. Puis il décrocha une lance à pointe de fer et un couteau d'acier à la lame tranchante de leur support mural. Avec le couteau glissé dans sa ceinture et la lance à la main, il sortit par la porte de derrière.

Une fois à l'extérieur, il s'arrêta pour écouter le roulement lointain des tambours et les chants des cannibales. Ils célébraient dignement la découverte de l'épave.

– Bien, se murmura-t-il. S'ils s'enivrent et s'endorment, je disposerai du temps nécessaire pour mener à bien mes projets.

Tout en restant sous la protection des ombres de la forêt, il revint vers l'arrière de la cabane dans laquelle étaient enfermées les prisonnières. D'où il se tenait, il pouvait voir qu'il ne restait que six vieilles femmes (sans doute le nombre maximum de bouches à nourrir inutiles que le permettaient les ressources de l'île, supposa-t-il) ainsi qu'une dizaine d'enfants, tous en bas âge. La plupart de ces derniers, après que l'excitation provoquée par les bruyants guerriers se fut apaisée avec leur départ, s'étaient allongés auprès du feu et s'étaient endormis. L'unique personne qui risquait de lui causer des problèmes, en plus du garde, naturellement, était le garçon de dix ans qui continuait de marteler doucement le tambour. Tout d'abord, Green ne put comprendre pourquoi il ne s'était pas rendu jusqu'à l'épave avec les autres enfants de son âge. Mais son regard vide et ses yeux qui ne cillaient pas, alors qu'il fixait le feu, lui en apprirent bientôt la raison. Green était certain que s'il s'était approché suffisamment du jeune garçon, il aurait constaté que ses globes oculaires étaient recouverts d'une fine pellicule blanchâtre.

La cécité n'était pas chose rare sur cette sale planète.

A présent qu'il connaissait l'emplacement occupé par chacun des sauvages, il rampa vers l'arrière de la cabane et en examina les murs. Ils étaient constitués de gros pieux de bois plantés dans le sol et liés entre eux par des cordes récupérées dans le gréement d'un voilier des plaines. Il y avait de nombreuses fissures qui lui permettaient de regarder dans la case, mais l'obscurité qui règnait à l'intérieur était si profonde qu'il ne pouvait discerner que de vagues silhouettes en mouvement.

Il colla sa bouche à l'un de ces orifices et murmura :

– Amra!

Quelqu'un hoqueta. Une petite fille se mit à pleurer, mais fut rapidement apaisée. Amra lui répondit, bouleversée par la joie.

– Alan! Ce ne peut être toi!

– Je ne suis pas le spectre de ton père! répliqua-t-il, tout en se demandant comment il parvenait à faire preuve d'une telle légèreté alors que la situation était à ce point dramatique. Il ne pouvait s'en empêcher. Peut-être n'était-ce pas le fruit d'un humour véritable, mais une réaction comparable aux rires nerveux d'une personne embarrassée ou hypertendue, le résultat de l'hystérie plus que de toute autre chose, sa soupape de sécurité personnelle.

– Voici ce que je vais faire, dit-il. Ecoute-moi bien, puis répète après moi ce que je vais te dire, afin que je sois certain que tu as bien compris.

Elle ne lui demanda qu'une seule fois de répéter ses paroles, avant de pouvoir citer ses instructions mot à mot. Il hocha la tête.

– Tu es une brave fille. J'y vais.

– Alan!

– Quoi? demanda-t-il avec impatience.

– Si ça ne marche pas... si quelque chose devait t'arriver... ou à moi... souviens-toi que je t'aime.

Il soupira. Même dans un moment aussi dramatique, l'éternel féminin reprenait le dessus.

– Je t'aime aussi. Mais ça n'a qu'un lointain rapport avec la situation.

Il s'éclipsa avant qu'elle ne pût lui répondre et leur faire encore perdre un temps précieux. Il contourna la cabane à quatre pattes. Lorsqu'il atteignit le point où un seul pas supplémentaire l'eût rendu visible au garde et aux vieilles femmes, il s'arrêta. Tout au long de sa progression, il avait compté les secondes. Dès qu'il fut parvenu à un total de cinq minutes (il avait cru que cela ne finirait jamais), il se releva et s'avança rapidement, en tenant la lance devant lui.

Le guerrier avait porté une chope à ses lèvres et buvait en gardant les yeux clos, la gorge à découvert. Il bascula, la lance de Green plantée dans la trachée, juste au-dessus du sternum. La chope tomba sur ses jambes et les couvrit de liquide ambre et de mousse.

Green retira la pointe de la lance du cou de l'homme et pivota sur lui-même, prêt à prendre en chasse quiconque eût tenté de fuir. Mais les vieilles femmes restaient à genoux, recroquevillées autour d'une grande planche sur laquelle elles roulaient de la farine tout en gloussant et en bavardant d'une voix aiguë. Le jeune aveugle continuait de frapper son tambour et fixait sans les voir les flammes du feu. Seul un enfant d'environ trois ans avait aperçu Green. Il fixait l'étranger avec de grands yeux ronds, en suçant son pouce. Mais soit il était trop horrifié pour pouvoir émettre un seul son, soit il ne comprenait pas la signification de la scène à laquelle il assistait et attendait les réactions de ses aînés pour calquer les siennes sur les leurs.

Green porta son index à ses lèvres, le geste universel pour imposer le silence, puis il se détourna et souleva la barre qui bloquait la porte. Amra se précipita à l'extérieur et prit la lance du garde. Inzax s'appropria un des couteaux du guerrier pendant que l'autre était subtilisé par Aga, une femme grande et musclée. Elle avait été quartier-maître des membres féminins de l'équipage de l'*Oiseau de Fortune* et avait autrefois tué un marin pour défendre un honneur passablement douteux.

A cet instant, le caquetage des vieilles femmes s'interrompit. Green pivota sur lui-même et ce brusque silence fut brisé par des hurlements aigus. Frénétiquement, les vielles femmes tentaient de se relever sur leurs genoux ankylosés, dans l'intention de prendre la fuite. Mais Green et les ex-captives les rattrapèrent avant qu'il leur fût possible de faire plus que quelques pas. Aucune des vieilles femmes n'atteignit l'orée de la forêt. C'était une tâche sinistre et répugnante que les femmes du clan Effenycan effectuèrent avec enthousiasme.

Sans perdre de temps à jeter un seul regard aux malheureuses, Green réunit les enfants et le jeune aveugle, qu'il poussa à l'intérieur de la prison. Puis il dut intervenir afin d'empêcher Aga de les massacrer. Il fut heureux de constater qu'Amra s'était tenue à l'écart, peu désireuse d'apporter sa contribution au carnage. Elle comprit la signification du regard rapide qu'il lui adressa.

– Je ne pourrais jamais tuer un enfant, même le fruit des entrailles de ces monstres sanguinaires. J'aurais l'impression d'égorger Paxi.

Green vit Paxi dans les bras d'une des femmes. Il courut vers elle, la prit et l'embrassa. Aussitôt, Soon, la fille du sculpteur et d'Amra, âgée de dix ans, vint timidement se placer à son côté, attendant qu'il notât sa présence. Il l'embrassa à son tour.

– Tu es à présent une grande fille, Soon, lui dit-il. Crois-tu que tu pourras suivre ta mère et porter Paxi à sa place? Amra doit tenir sa lance.

La fillette, une beauté rousse aux grands yeux, hocha la tête et prit le bébé.

Green examina les longues bâtisses, dans l'intention d'y mettre le feu. Puis il décida de s'en abstenir lorsqu'il prit conscience que le vent porterait des étincelles jusqu'à la cabane où étaient emprisonnés les jeunes sauvages. De plus, bien qu'un incendie eût semé la consternation au sein des cannibales qui festoyaient auprès de l'épave, et les eût occupés un bon moment, cela leur ferait également prendre plus rapidement en chasse les évadés. Il existait encore le risque de mettre le feu à toute la forêt, en dépit de son humidité, et Green n'avait pas la moindre intention de réduire en cendres le seul lieu où il leur serait possible de se dissimuler.

Il ordonna aux femmes de se rendre dans la longue bâtisse et de prendre le maximum de nourriture et d'armes qu'elles pourraient porter. Quelques minutes plus tard, le petit groupe était prêt à se mettre en route.

– Nous prendrons le chemin qui s'éloigne du village dans la direction opposée à celui qui conduit à l'épave, dit-il. Espérons qu'il mène jusqu'à l'autre rive de cette île et que nous pourrons trouver des petits chariots à voile sur lesquels il nous sera possible de fuir. Je suppose que ces sauvages possèdent de tels véhicules.

Ce sentier était aussi étroit et tortueux que le précédent. Il se dirigeait vers l'ouest, alors que les sauvages se trouvaient sur la rive est.

Leur chemin les conduisit tout d'abord vers les hauteurs, à travers des défilés formés par d'énormes rochers. A plusieurs reprises, ils durent contourner de petis lacs, des bassins de retenue des eaux de pluie. Une fois, un poisson sauta hors des flots, les effrayant. Cette île permettait à ses habitants de vivre en autarcie, avec ses poissons, ses lapins, ses écureuils, son gibier, ses cochons et ses divers légumes et fruits. Green estimait que le village se trouvait au centre de l'île, la surface de ce bloc errant devait être d'approximativement quatre kilomètres carrés. En raison de la nature accidentée du terrain et de la densité de la végétation qui le couvrait, une personne pourrait facilement se dissimuler sur cette île.

Une personne, oui, mais pas six femmes et huit enfants.

XVIII

Après avoir soufflé et haleté, murmuré des paroles d'encouragement et marmonné des jurons, ils atteignirent finalement le sommet de la colline de l'île. Ils se trouvaient devant une vaste clairière qui entourait sa cime. En face d'eux se dressait une forêt de petits totems qui luisaient faiblement sous la clarté lunaire. Au-delà s'ouvrait l'entrée béante d'une vaste caverne.

Green sortit des ombres de la forêt pour aller effectuer une reconnaissance des lieux.

– Il y a une petite cabane, à côté de la grotte, annonça-t-il à son retour. J'ai regardé par la fenêtre et j'ai vu une vieille femme endormie. Cependant, ses chats sont bien éveillés et il est probable qu'ils la réveilleront.

– Chacun de ces totems est orné de têtes de chats, fit remarquer Aga. Nous devons nous trouver dans leur site sacré. Le Saint des Saints probablement interdit à tous, à l'exception de la prêtresse.

– C'est possible, répondit Green. Mais ces sauvages doivent célébrer ici même certains sacrifices religieux. Il y a une importante pile de crâne humains, ainsi qu'un poteau maculé de taches de sang, de l'autre côté de la caverne. Nous avons le choix entre redescendre sur l'autre versant de la colline, puis sauter dans la plaine et tenter d'effectuer la traversée à nos risques et périls, ou nous dissimuler à l'intérieur de la grotte, en espérant qu'en raison du caractère sacré de ce lieu personne n'osera y pénétrer pour nous rechercher.

– Il me semble au contraire que c'est l'endroit qu'ils visiteront en premier, rétorqua Aga.

– Pas si nous parvenons à entrer sans éveiller la prêtresse.

Lorsque les sauvages viendront lui demander si elle a vu quelqu'un, ils obtiendront de sa part une réponse négative.

– Mais... et les chats?

Green haussa les épaules.

– C'est un risque que nous devons courir. Il est possible qu'ils se calment, si nous passons très rapidement devant eux et pénétrons immédiatement à l'intérieur de la grotte.

Il se référait aux miaulements des félins, qui commençaient à leur paraître menaçants.

– Non, insista Aga. Ce sera un signal pour les insulaires. Ils sauront immédiatement qu'il se passe quelque chose d'anormal.

– Eh bien, j'ignore ce que vous avez l'intention de faire, mais je compte pour ma part me réfugier dans cette grotte. Je suis trop fatigué pour aller plus loin.

– Nous aussi, déclarèrent les femmes. Nous sommes à bout de forces.

Il y eut alors un instant de silence qui fut brisé par une voix, celle d'un homme.

– N'ayez pas peur, je vous en prie, murmura-t-elle. Pas un bruit, ce n'est que moi...

Miran émergea hors des fourrés. Il gardait un doigt sur ses lèvres et son œil unique était rond et pâle, sous la clarté blafarde des lunes. C'était un capitaine en haillons, très différent du commandant à l'uniforme élégant de l'*Oiseau de Fortune* et du patriarche opulent du clan Effenycan. Mais il serrait un sac de toile dans son autre main. En le voyant, Green sut que Miran avait réussi non seulement à sauver sa peau mais également un trésor en pierres précieuses.

– Voyez, annonça-t-il en agitant le sac. Nous n'avons pas tout perdu.

Green pensa qu'il voulait parler des joyaux. Cependant, l'homme se tourna et fit un signe à une personne qui se trouvait encore dans l'obscurité de la forêt, derrière lui.

Grizquetr sortit de l'ombre. Des larmes brillaient dans ses yeux alors qu'il courait vers sa mère et se jetait entre ses bras.

Amra se mit à pleurer doucement. Jusqu'alors, elle était parvenue à contenir son chagrin pour les enfants qu'elle avait cru perdus à jamais. Elle avait concentré toutes ses pensées sur une seule chose : sa survie ainsi que celle des deux filles qui étaient encore auprès d'elle. A présent, de voir son fils aîné sortir des ténèbres, comme de sa tombe, provoqua la fonte du puits gelé de son chagrin.

– Je remercie les dieux de m'avoir rendu mon fils, sanglota-t-elle.

– Si les dieux sont si bons, pourquoi ont-ils voulu la mort de trois de vos enfants? demanda Miran d'une voix emplie d'amertume. Et pourquoi ont-ils permis le massacre des membres de mon clan, pourquoi ont-ils détruit mon *Oiseau?* Pourquoi?...

– Fermez-là! ordonna Green. Le moment n'est pas aux jérémiades. Une seule chose compte, pour l'instant : rester en vie. Si nous y parvenons, nous aurons ensuite le temps de philosopher et de geindre.

– Mennirox est un dieu ingrat, marmonna Miran. Quand je pense à tout ce que j'ai fait pour lui...

– Comment avez-vous pu leur échapper? demanda Amra après avoir séché ses pleurs. Je croyais que tous les hommes qui avaient survécu à l'accident avaient été massacrés par les sauvages.

– C'est le cas de la plupart d'entre eux, répondit Grizquetr. Mais je me suis réfugié dans la cale, puis je me suis glissé dans une cachette, sous un des bacs à poissons renversés. C'était un endroit humide et j'étais entouré de poissons morts, mais les sauvages ne m'ont pas découvert, bien qu'ils l'auraient certainement fait au moment du pillage de l'épave. C'est cette pensée qui m'a incité à me glisser de l'autre côté du voilier, loin de ces cannibales. J'ai alors découvert qu'il était possible de ramper dans les hautes herbes qui bordent le pourtour de cette île. Mais j'ai failli mourir de peur, parce que je suis entré la tête la première dans Miran, qui avait eu la même idée que moi.

– La collision m'a projeté hors du gaillard d'avant, expliqua à son tour le capitaine. J'aurai dû me rompre le cou, mais j'ai eu de la chance de choir dans une voile qui formait une poche à tribord, soutenue par le mât effondré. C'était un peu comparable à un hamac. Ensuite, je me suis laissé glisser jusqu'au sol puis je me suis faufilé vers la bordure de l'île, que j'ai ensuite suivie. J'ai bien failli tomber dans la plaine à plusieurs reprises, et je ne serais pas parmi vous si j'avais seulement eu une livre supplémentaire de graisse et deux centimètres de plus de tour de taille. C'était...

– Ecoutez, l'interrompit Grizquetr. Cette île est un *wuru*!

– Que veux-tu dire? lui demanda Green.

– Pendant que je suivais le rebord, j'ai pensé à me pencher au-delà, dans l'espoir de découvrir une cachette. Mais il n'en existait aucune, car la face inférieure de l'île flottante n'a pas la moindre aspérité. Je le sais, car le clair de lunes m'a permis de voir jusqu'à l'autre bord. Tout était lisse, aussi lisse qu'une plaque de métal.

– Et ce n'est pas tout! Vous savez que devant l'île l'herbe du Xurdimur était haute. Eh bien, sous elle, la prairie était taillée. Ou plutôt, la partie supérieure des brins d'herbe s'évanouissait, se volatilisait dans les airs! Et il ne restait ensuite qu'une pelouse de deux centimètres et demi!

– Cette île serait donc une énorme tondeuse à gazon, conclut Green. Voilà qui est fort intéressant, mais nous devrons attendre pour approfondir ce mystère. Pour l'instant...

Il se dirigea vers la petite case sise à côté de l'entrée de la grotte. Alors qu'il s'en approchait, plusieurs chats domestiques sortirent. Un instant plus tard, Green réapparut sur le seuil. Il arborait un large sourire.

– Cette femme ne se réveillera pas de sitôt. Il règne dans sa cabane une odeur de brasserie. Même les chats ont de la bière dans leurs écuelles. Ils la boivent dans des bols disposés sur le sol à leur intention, et ils titubent, miaulent et se battent. Si ce vacarme ne réveille pas la prêtresse, rien ne le pourra.

– J'ai entendu dire que les vieilles prêtresses s'enivrent fréquemment, fit remarquer Amra. Elles mènent une vie solitaire, car en raison du caractère sacré de leur personne nul ne les approche, hormis pendant la célébration de certains rites religieux. Elles n'ont que leurs chats et la boisson pour leur tenir compagnie.

– Ah, dit Miran. Vous pensez à l'*Odyssée de Samdroo*, l'agriculteur qui devint navigateur. Oui, on estime généralement qu'il s'agit d'une fable destinée à distraire les enfants, mais je commence à croire qu'elle contient un certain nombre de vérités. Souvenez-vous : on trouve dans ce récit la description d'une colline en tous points semblable à celle sur laquelle nous nous trouvons, avec la même grotte. Il y est également précisé que toutes les îles errantes possèdent un site tel que celui-ci et que...

– Vous parlez trop, l'interrompit sèchement Aga. Entrons dans cette caverne.

Green pouvait comprendre la signification profonde du commentaire d'Aga. Miran avait perdu tout son prestige, à présent qu'il avait laissé détruire son vaisseau et massacrer les membres de son clan. Pour Aga, de même que pour les autres femmes, il n'était plus le capitaine Miran, un riche patriarche. Il n'était plus que Miran, le navigateur qui avait fait naufrage. Un vieux coureur des plaines obèse. rien de plus.

Il aurait pu sauver son honneur par un suicide, mais son attachement à la vie avait eu pour résultat de le rabaisser encore plus dans leur estime.

Miran devait en avoir conscience, car il s'abstint de répondre et s'écarta du groupe.

Green pénétra dans la grotte et fit trente pas, avant de regarder derrière lui, par-dessus son épaule. L'entrée était toujours visible : une voûte sombre qui se découpait contre la clarté lunaire.

Quelqu'un toussa. Green allait les avertir de garder le silence lorsqu'il sentit des picotements dans ses narines et qu'il dut à son tour réprimer un violent éternument.

– De la poussière.

– Tant mieux, dit Green. Peut-être n'entrent-ils jamais dans cette caverne.

Le tunnel effectuait un brusque tournant à angle droit, sur la gauche, et le peu de lumière qui leur parvenait de l'entrée céda la place à une obscurité totale. Les survivants s'arrêtèrent.

– Et s'il y avait des pièges destinés aux intrus? gémit Inzax.

– C'est un risque que nous devons courir, grommela Green. Nous continuerons d'avancer au sein de l'obscurité jusqu'au prochain tournant. Ensuite, nous pourrons allumer une ou deux torches. Leur clarté ne sera plus visible depuis l'entrée.

Il avançait en tête et guidait ses pas en suivant de la main la paroi de gauche. Il s'arrêta brusquement et fut heurté par Amra qui marchait juste derrière lui.

– Que se passe-t-il? demanda-t-elle d'une voix inquiète.

– La paroi rocheuse a laissé la place à un mur de métal. Touche.

Il guida sa main.

– Tu as raison, murmura-t-elle. Il existe une jointure, et je perçois nettement la différence entre les deux!

– Le sol est métallique, lui aussi, précisa Soon. J'ai les pieds nus, je peux le sentir. Et la couche de poussière a disparu.

Green repartit et, après avoir fait trente autres pas, il arriva en un point où le tunnel tournait de quatre-vingt-dix degrés sur la droite. Les parois et le sol étaient toujours en métal froid et lisse. Après s'être assuré que tous les membres du groupe l'avaient rejoint, il dit à une femme d'allumer une des torches qu'elle avait prises dans les cases du village. Sa brillante clarté révéla les survivants qui fixaient avec de grands yeux ronds la vaste salle dans laquelle ils se tenaient.

Ils étaient entourés par des murs et un sol de métal gris et nu. La salle souterraine ne contenait pas le moindre meuble.

Et pas le moindre grain de poussière.

– Je vois une porte qui donne sur une autre pièce, dit-il. Nous ferions aussi bien de continuer.

D'une main, il prit la torche de la femme et de l'autre un coutelas, puis il ouvrit la marche. Une fois arrivé sur le seuil, il s'immobilisa.

Cette salle était encore plus vaste que la précédente et possédait quant à elle une sorte de mobilier. De plus, le mur qui leur faisait face n'était pas de métal, mais apparemment de terre.

Au même instant, cette pièce s'emplit d'une lumière provenant d'une source invisible.

Soon poussa un hurlement et se précipita vers sa mère, pour s'agripper désespérément à sa taille. Les bébés se mirent à pleurer et les adultes réagirent de diverses façons, selon leurs réactions face à la panique.

Seul Green resta imperturbable. Il savait ce qui se passait, mais il ne pouvait reprocher aux autres leur conduite. Ils n'avaient encore jamais entendu parler de cellules photoélectriques et il ne pouvait exiger d'eux qu'ils gardent leur calme.

Green ne redoutait qu'une seule chose : que leurs cris pussent êtres perçus par les sauvages, à l'extérieur de la grotte. Aussi se hâta-t-il d'affirmer aux femmes qu'elles n'avaient absolument aucune raison d'avoir peur de ce phénomène. Il ajouta que c'était chose courante, dans son pays. Un simple tour de magie blanche, à la portée du premier venu.

Elles se calmèrent un peu mais elles étaient toujours inquiètes. Les yeux écarquillés, elles vinrent se regrouper autour de lui.

– Les sauvages eux-mêmes n'en ont pas peur, leur dit-il. Ils doivent parfois venir jusqu'ici. Vous voyez? Ils ont érigé un autel contre le mur de terre. Et à en juger par la pile d'ossements qui se trouve à ses pieds, ils doivent y pratiquer des sacrifices humains.

Il chercha une autre porte du regard, mais n'en trouva aucune. Il éprouvait des difficultés à admettre qu'ils étaient dans un cul de sac. Il avait eu l'intime conviction que de grandes choses se trouvaient devant lui. Ces salles, ce système d'éclairage, tout cela prouvait l'existence d'une ancienne civilisation qui avait dû atteindre un niveau comparable à la sienne. Il savait que l'île elle-même devait être mue par une unité antigrav autonome, alimentée soit par l'énergie nucléaire soit par le champ magnéto-gravifique de la planète. S'il ignorait pour quelle raison cet énorme engin avait été dissimulé sous des roches, de la terre et des arbres, il avait eu la certitude de trouver dans les entrailles de cette masse flottante un lieu tel que celui-ci. Ainsi que bien d'autres choses. Où était le groupe moto-propulseur? En avait-on scellé l'accès de façon à ce que nul ne pût l'atteindre? Ou, hypothèse plus logique, existait-il une porte qui ne pouvait être ouverte à moins d'en posséder la clé, quelle qu'en fût la nature?

Il lui fallait en premier lieu découvrir cet accès.

Il examina attentivement l'autel. C'était une plate-forme d'un mètre carré de surface et d'approximativement quatre-vingt-dix centimètres de hauteur. Sur ce piédestal se dressait un siège composé d'éléments métalliques. De son dossier s'élevait une tige d'acier de trois mètres sur environ un centimètre de diamètre, dont l'extrémité inférieure était fixée à un pivot et retenue par une grosse fourche de fer. Lorsqu'on retirait cette fourche, la tige devait tomber en direction du mur de terre, alors que l'extrémité inférieure basculait entre les montants du pivot et, en fait, devait se coller à la nuque de toute personne alors assise sur ce siège.

– C'est étrange, déclara Green. S'il n'y avait pas ces idoles à tête de chat aux extrémités de la plate-forme, ainsi que ces ossements à sa base, je ne penserais pas que ce soit un autel. Les ossements! Ils sont noirs, calcinés.

Il examina à nouveau la tige de métal.

– Bon, dit-il, en se parlant à lui-même. Si je retire la fourche et que la barre bascule, elle atteindra le mur. C'est l'évidence même. Mais quelle peut bien être l'utilité de ce dispositif?

Amra vint lui apporter un long morceau de ficelle.

– Je l'ai trouvée à côté du mur, expliqua-t-elle.

– Oui? Ah! Voyons voir... si je fixais une extrémité de cette ficelle au sommet de la tige, et si quelqu'un montait sur l'autel et ôtait la fourche, je pourrais retenir la barre ou lui permettre de tomber vers le mur. Cela laisserait à l'acolyte chargé de retirer la fourche tout le temps nécessaire pour redescendre de l'autel et regagner le périmètre de sécurité, au-delà duquel se trouverait déjà l'officiant ou l'officiante, ainsi que le reste de l'assemblée. Le seul à plaindre serait le pauvre type assis sur le siège! Oui, je comprends tout, à présent.

Il releva les yeux de la ficelle qu'il tenait dans ses mains.

– Aga! cria-t-il d'une voix sèche. Ecartez-vous immédiatement de cette paroi!

La femme avait dépassé l'autel et s'approchait du mur, le coutelas à la main. En entendant Green, elle s'immobilisa un bref instant, adressa un regard surpris au Terrien, puis s'avança à nouveau.

– Vous ne comprenez pas, rétorqua-t-elle par-dessus son épaule. Cette cloison n'est pas solide. Elle est constitué d'une terre aussi tendre que le duvet d'un poussin, de poussière. J'estime qu'il doit être possible de la creuser, de nous y ouvrir un chemin. Il doit bien y avoir quelque chose, de l'autre côté...

– Aga! hurla-t-il. Non! Ne faites plus un seul pas!

Mais la femme avait déjà levé son couteau. Elle abattit la lame avec force, afin de lui prouver avec qu'elle facilité il était possible de creuser cette étrange matière.

Green saisit Amra et Paxi et se jeta sur le sol, les entraînant dans sa chute.

Le tonnerre gronda et des éclairs emplirent la salle, l'aveuglant et l'assourdissant. Au sein de cette explosion de lumière il put voir la silhouette sombre d'Aga pétrifiée, crucifiée dans cet enfer de flammes blanches.

XIX

Puis un épais nuage de poussière s'abattit sur Aga, la dissimulant aux regards, avant d'emplir toute la salle. Il fut accompagné par une onde de chaleur intense. Green ouvrit la bouche pour crier à Amra et Paxi de se couvrir le visage, et plus particulièrement le nez. Mais, avant qu'il pût lancer cet avertissement, ses narines et sa bouche, à présent béante, furent emplies d'une fine poussière. Il se mit à éternuer et à tousser convulsivement, pendant que ses yeux libéraient des torrents de larmes chargés d'entraîner les grains microscopiques qui s'y étaient collés et les brûlaient. L'explosion projeta sur lui des mottes de poussière, mais il n'en souffrit pas car elles étaient petites et très légères. Cependant, elles tombaient si rapidement et en si grand nombre qu'il se retrouva partiellement enseveli sous elles. Alors même qu'il était encore sous l'effet du choc, il ne pouvait s'empêcher d'être heureux d'avoir expiré au moment où la vague de chaleur l'avait atteint, car dans le cas contraire il eût empli ses poumons d'un air qui les aurait calcinés, et il serait probablement tombé raide mort. En fait, partout où son epiderme n'avait pas été protégé par ses vêtements, il avait l'impression d'avoir pris un mauvais coup de soleil.

Un effort douloureux lui permit de se relever sur ses mains et ses genoux, puis il se mit à avancer en direction de l'autre salle où, pensait-il, le nuage de poussière devait être moins dense. Au passage, il serra le bras d'Amra... tout au moins supposait-il qu'il s'agissait de son bras, étant donné qu'elle s'était trouvée juste à son côté lors de l'explosion. S'il avait fait cela, c'était pour l'informer qu'elle devait l'imiter. La femme se leva a son tour et le suivit, le heurtant de temps en temps. Finalement, elle s'arrêta et Green se tourna pour découvrir ce qui se passait, bien qu'il sût que ses poumons étaient à présent emplis de poussière et qu'il devait trouver sans attendre une atmosphère plus pure, sous peine de suffoquer. Il sut alors que cette femme était bien Amra, car elle portait dans ses bras un bébé. Ce dernier avait un châle sur la tête et Paxi était l'unique enfant ainsi paré.

En toussant violemment, il se releva et aida Amra à faire de même, puis il se dirigea rapidement vers ce qu'il espérait être la sortie. Il se rappelait qu'il était tombé la tête la première en direction de la porte. S'il avançait en ligne droite, il pourrait l'atteindre sans dévier latéralement.

Il découvrit assez rapidement qu'il se dirigeait dans la direction opposée, car il s'étala la tête la première sur un corps allongé sur le sol. Après s'être relevé, il fit courir ses mains sur ce corps. L'épiderme était friable et squameux. Le cadavre calciné d'Aga. Le coutelas qui se trouvait à proximité confirmait son identité.

Réorienté, il fit demi-tour en tirant toujours Amra par la main. Cette fois, il heurta un mur, mais il avait tendu son autre main devant lui, en prévision d'une telle éventualité. Frénétiquement, il tâtonna sur sa gauche, jusqu'au moment où il atteignit l'angle de la salle. A présent certain que la porte se trouvait sur la droite, il revint sur ses pas en suivant le mur jusqu'au moment où il atteignit l'ouverture. Il s'y précipita et faillit tomber dans l'autre pièce, qui était aussi sombre et emplie de poussière que la précédente. Il avança à l'aveuglette, heurta un autre mur, tâtonna sur sa droite, trouva l'issue suivante et s'y engouffra. En ce lieu, l'air contenait moins de poussière. Il pouvait discerner les silhouettes de ses compagnons, grâce à la clarté qui parvenait à percer le nuage moins opaque.

Cependant, tant Green que les autres toussaient et pleuraient, comme s'ils essayaient de se débarrasser de leurs poumons et de leurs yeux douloureux. Ils étaient secoués par un spasme après l'autre.

Green estima que cette salle n'était guère plus hospitalière que la précédente et il guida Amra et Paxi dans le tunnel obscur. Ici, ses spasmes violents s'apaisèrent quelque peu et, en cillant rapidement, ce qui provoquait des larmes, il parvint à chasser de ses yeux la majeure partie de la poussière qui les irritait. Avec inquiétude, il scruta le passage en direction de son extrémité, là où l'entrée de la grotte formait une voûte se découpant faiblement contre la clarté lunaire qui baignait l'extérieur.

C'était exactement ce qu'il avait craint. Une personne s'y tenait, inclinée en avant, scrutant la pénombre.

Il supposa que c'était la prêtresse, car la silhouette était menue et ses cheveux avaient été remontés sur son crâne, en une grande queue de cheval traversée par une plume. Et, surtout, quatre ou cinq chats étaient visibles à ses pieds.

Ses quintes de toux le trahirent, car la prêtresse pivota brusquement sur elle-même et s'éloigna en trottinant sur ses jambes grêles. Green lâcha la main d'Amra et se mit à courir, en tirant sa dague de sa ceinture, étant donné qu'il avait perdu son coutelas lors de l'explosion. Il devait absolument arrêter la prêtresse, bien qu'il ignorât à quoi cela pourrait servir. Tôt ou tard les sauvages monteraient jusqu'au sanctuaire pour lui demander si elle avait vu les fuyards. Et s'ils ne la trouvaient pas, ils devineraient immédiatement ce qui s'était passé. En fait, il était même probable qu'ils le savaient déjà. Le grondement de l'explosion avait dû leur parvenir.

Mais était-ce certain? Les ondes sonores devaient suivre plusieurs tournants perpendiculaires, avant d'atteindre l'entrée de la grotte, et il était possible que Green eût surestimé la puissance de ce son, pour la simple raison qu'il se trouvait très près de son point d'origine. Peut-être pouvaient-ils encore garder une bribe d'espoir?

Il courut dans la clairière se trouvant devant l'entrée de la caverne. Le soleil commençait juste à apparaître au-dessus de l'horizon et il pouvait à présent voir clairement ce qui l'entourait. La vieille femme n'était visible nulle part. Les uniques êtres vivants étaient plusieurs chats ivres. Un de ces derniers vint frotter son dos contre les chevilles de Green, en émettant des ronronnements sonores. Machinalement, Green se baissa et le caressa, sans cesser pour autant de porter son regard de tous côtés, en quête de la prêtresse. La porte de sa case était ouverte et, en raison de son exiguïté, il pouvait être certain qu'elle n'avait pu y trouver la moindre cachette. Elle devait avoir fui le long du sentier.

Si c'était le cas, elle l'avait fait avec discrétion. Elle ne poussait aucun cri pour appeler ses compagnons à la rescousse.

Il la trouva, gisant face contre terre, à mi-chemin du bas de la colline. Il pensa tout d'abord qu'elle faisait la morte, aussi la retourna-t-il, tenant sa dague prête à étouffer tout cri. Un regard à sa mâchoire pendante et à son teint livide le convainquit qu'elle ne jouait pas la comédie. Il crut qu'elle avait trébuché et s'était brisé le cou, mais un examen attentif démentit cette première hypothèse. L'unique explication plausible qu'il put alors trouver fut que son cœur âgé avait brusquement cédé, en raison de la panique et des efforts imposés par cette fuite éperdue.

Quelque chose frôla sa cheville. Il en fut à tel point alarmé, tellement convaincu qu'une lance venait de l'effleurer, qu'il bondit dans les airs et fit une pirouette. Puis il constata qu'il s'agissait du chat qui s'était frotté contres ses jambes lorsqu'il était sorti de la grotte. C'était en fait une grosse chatte au magnifique pelage noir, long et soyeux, et aux grands yeux dorés. Cet animal était en tous points semblable aux chats terrestres et descendait sans doute des mêmes ancêtres qu'eux. Partout ou l'Homo Sapiens s'était rendu, à une période impensablement lointaine, il semblait avoir emmené avec lui ses animaux de compagnie préférés, qu'il s'agisse de chiens ou de chats.

– Tu me trouves sympathique, pas vrai? Eh bien, j'avoue que je t'aime bien, moi aussi, mais ça ne pourra pas durer si tu me fais encore des frayeurs de ce genre. Au cours de cette nuit, j'ai eu ma dose de peur pour le restant de mes jours.

En ronronnant, la chatte s'avança vers lui à pas feutrés.

– Peut-être pourras-tu être utile, dit-il.

Il prit la chatte et la posa sur son épaule, où elle se blottit, vibrant de contentement.

– J'ignore ce que tu vois en moi, lui confia-t-il à voix basse. Je dois être une créature plutôt effrayante, ainsi recouvert de poussière, avec des yeux rouges et irrités. Mais tu n'es pas tellement attirante, toi non plus, avec ton haleine empestant la bière qui souffle sur mon visage. Je t'aime beaucoup, chatte inconnue. Quel est ton nom? Je vais t'appeler Dame Chance. Après tout, c'est juste après t'avoir caressée que j'ai découvert le corps de la prêtresse, privé de vie. Si elle n'était pas morte, elle aurait averti les cannibales. Et il semble que toi, sa chance, tu l'aies abandonnée pour me préférer. C'est décidé, tu es Dame Chance. Remontons vers le sommet de la colline, pour voir ce que deviennent nos amis.

Il trouva Amra assise à l'entrée de la grotte. Elle berçait Paxi, dans l'espoir de pouvoir l'apaiser. Il y avait également neuf autres personnes : Grizquetr, Soon, Miran, Inzax, trois femmes et deux petites filles. Les autres, supposa-t-il, gisaient sans doute, mortes ou inconscientes, dans la salle des saccrifices. Les survivants étaient couverts de poussière et avaient des yeux rougis. C'était un groupe épuisé, qui ne pourrait pas accomplir grand chose, hormis s'allonger sur le sol et dormir.

– Ecoutez, dit-il. Nous devons prendre du repos, quoi qu'il puisse arriver. Nous allons regagner la première salle, puis...

Comme un seul homme, toutes les femmes et Miran protestèrent qu'ils ne retourneraient pour rien au monde à proximité de cette abominable salle hantée. Green ne savait que faire. S'il pensait savoir avec précision ce qui s'était produit, il ne pouvait l'expliquer à ces personnes en termes qu'elles pourraient comprendre. Et il était probable que, s'il le faisait, elles éprouveraient ensuite une profonde méfiance envers lui.

Il décida de leur fournir l'explication la plus simple, bien que mensongère.

– Il est certain qu'Aga a dérangé une légion de démons, en frappant le mur situé derrière l'autel, dit-il. J'ai tenté de la mettre en garde, vous avez tous pu entendre. Mais ces démons ne nous ennuieront plus, car nous sommes à présent sous la protection du chat, l'animal sacré des cannibales. De plus, il est dans la nature des créatures infernales d'être paisibles et dociles, après avoir libéré leur fureur et fait quelques victimes. Il leur faut un certain temps pour reprendre des forces suffisantes pour pouvoir à nouveau nuire aux humains.

Ils acceptèrent cette version quelque peu fantaisiste des faits comme ils n'auraient jamais admis la vérité.

– Si vous passez en tête, dirent-ils, nous acceptons d'y retourner. Nous remettons nos vies entre vos mains.

Avant de pénétrer à nouveau dans la grotte, Green fit une pause, le temps d'examiner ce qui les entourait. Depuis ce point de clairière, situé presque au sommet de la colline, il dominait toute la forêt et son regard englobait la majeure partie de l'île, hormis là où d'autres éminences masquaient le paysage. L'île avait cessé de se déplacer et s'était posée sur la plaine. A présent, pour des yeux non avertis, cette masse ressemblait à un tas de terre, de roc et de végétation, qui s'élevait au-dessus de la plaine verdoyante. Elle demeurerait immobile jusqu'au crépuscule, moment où elle reprendrait son voyage vers l'est, à une vitesse d'approximativement huit kilomètres heure. Puis, après avoir atteint un point donné, elle inverserait son parcours et entamerait un pèlerinage nocturne vers l'ouest. L'île se déplaçait en avant puis en arrière et faisait la navette depuis combien de milliers d'années? Quelle était son utilité, et qui avaient été ses constructeurs? Ils n'avaient certainement pas pu imaginer, même dans leurs rêves rêves les plus insensés, qu'elle deviendrait un jour la forteresse mobile d'une tribu de cannibales.

Pas plus qu'ils n'avaient pu prévoir quelle utilisation serait donnée à leurs collecteurs de poussière. Comment auraient-ils pu se douter que, des millénaires plus tard, des hommes ignorant tout de leur destination première feraient de ces appareils les principaux éléments de leurs rituels religieux et les emploieraient pour leurs sacrifices humains?

Green laissa le petit groupe dans la salle précédant celle où avait eu lieu l'explosion. Les femmes et Miran s'allongèrent sur le sol et s'endormirent aussitôt. Cependant, Green avait la certitude qu'il restait certaines choses à effectuer, et qu'il était le seul physiquement capable de les accomplir.

XX

La perspective de regagner la salle des sacrifices ne l'enchantait guère, mais il prit sur lui-même et s'y rendit à nouveau. La scène de carnage était épouvantable, mais moins qu'il ne s'y était attendu. La poussière avait étendu un linceul gris miséricordieux sur les cadavres. Les victimes évoquaient à présent de paisibles statues. La plupart d'entre elles n'avaient pas eu le corps calciné, elles étaient mortes d'avoir respiré l'onde calorique qui avait brûlé leurs poumons. Cependant, en dépit de cette ambiance paisible qui évoquait l'antiquité, l'odeur de chair grillée qui émanait d'Aga prenait à la gorge. Dame Chance hérissa son pelage et arrondit son dos, et Green crut un bref instant qu'elle allait sauter de son épaule et prendre la fuite.

– N'aie pas peur, lui dit-il.

Puis il estima que la chatte devait avoir déjà souvent senti une pareille odeur. Sa réaction actuelle était sans doute dictée par son expérience. En de tels instants, il était probable que l'excitation des guerriers avait été grande. Les chats, en raison de leur statut d'animaux sacrés, devaient avoir tenu un rôle prépondérent au cours de ces rites sacrificiels.

L'homme s'approcha du mur de poussière qui se dressait derrière l'autel avec prudence, sans pour autant estimer qu'il pourrait représenter le moindre danger avant un certain temps. L'autel lui-même n'avait pratiquement pas été endommagé. Cela surprit Green qui fit courir sa main sur sa surface et découvrit qu'il était composé d'argile cuite, dure comme du roc. Le siège de métal n'avait pas été renversé par l'explosion. Il était solidement rivé à son support au moyen de gros clous qui avaient dû être prélevés sur l'épave d'un voilier des plaines.

Les victimes ligotées sur ce siège étaient assises face aux sauvages et tournaient le dos au mur de poussière. En conséquence, lorsque la tige métallique était libérée et établissait le contact entre la paroi et la victime, seule la tête de cette dernière était calcinée par la décharge. Un fait venait étayer cette hypothèse : seuls des crânes étaient empilés autour de l'autel des sacrifices. Ce qui restait de la tête était alors tranché, puis le corps était tiré à l'extérieur de ce temple souterrain, à des fins alimentaires ou autres.

Il restait cependant une chose que Green ne pouvait comprendre : comment les membres de l'assistance parvenaient à échapper à la violence de la décharge et à ne pas être incommodés par la poussière, même s'ils se tenaient à l'autre bout de la salle. Fermement décidé à apprendre ce qui devait se produire en de tels instants, il regagna la porte. Juste au-delà, dans la seconde salle, il découvrit un objet dont il n'avait pas noté auparavant la présence, sans doute parce qu'il était placé contre un mur et était tourné vers ce dernier, ne laissant voir que son dos, fait du même métal que la paroi. Lorsqu'il le fit pivoter afin d'examiner son autre face, il se vit dans un miroir d'environ deux mètres de hauteur sur un mètre vingt de large.

A présent, il pouvait s'imaginer comment se déroulaient ces cérémonies macabres. La victime était liée sur le siège, puis une corde était attachée à la tige métallique. Les personnes présentes, à l'exception de la prêtresse ou de quiconque effectuait le sacrifice, quittaient la salle où se trouvait l'autel. Le célébrant, ou la célébrante, venait se placer sous la porte puis lâchait la corde. Avant que la tige métallique eût le temps d'établir le contact, l'exécuteur des hautes œuvres se réfugiait dans la seconde salle. Et là, toutes les personnes présentes pouvaient voir dans le miroir (qui était disposé devant la porte afin de réfléchir l'intérieur de la salle des sacrifices) la puissante décharge d'électricité statique exécuter la victime. Ensuite, elles ne devaient sans doute plus rien voir, en raison du nuage opaque qui envahissait les deux salles.

Magie surnaturelle et puissante, pour ces sauvages. Quels mythes avaient-ils dû forger autour de cette salle, quels récits de dieux ou de démons épouvantables et puissants emprisonnés au sein de cette muraille de poussière? Les vieilles femmes de la tribu murmuraient certainement aux enfants réunis autour d'elles, les yeux écarquillés, des récits narrant la façon dont le Grand Chat-Esprit avait été capturé par le héros et sauveur légendaire local, équivalent autochtone d'Hercule, de Gilgamesh ou de Thor. Elles devaient également expliquer comment il était possible de garder prisonnier le Grand Chat-Esprit grâce aux pratiques magiques de la tribu, en ajoutant qu'il devait être apaisé régulièrement par le sacrifice de prisonniers d'autres tribus, faute de quoi son irritation serait telle qu'il bondirait à travers les parois de terre de sa prison et dévorerait jusqu'au dernier habitant de l'île flottante!

Green avait parfaitement conscience qu'il serait inutile de tenter de traverser ce mur, même s'il restait déchargé plusieurs jours. S'il pouvait n'avoir que quelques mètres, il était possible qu'il en eût une dizaine, ou plus.

Mais, quelle que fût son épaisseur, il était certain que toute personne disposant du matériel, du temps et des forces nécessaires pour la forer, trouverait plusieurs gros collecteurs de poussière perdus au sein de cette gangue. Il ignorait naturellement quelle était leur forme, car tout était fonction de la culture de ceux qui les avaient fabriqués. Et, en matière de décoration, les goûts de cette société devaient avoir été fort différents de ceux de la civilisation de Green, qui avait vu le jour bien des millénaires plus tard. Cependant, si ces personnes avaient eu des concepts architecturaux semblables à ceux des Terriens actuels, ils auraient donné à ces collecteurs l'apparence de bustes, de têtes d'animaux, ou même de bibliothèques aux étagères garnies de fausses reliures : des livres qui étaient en fait des chargeurs et des filtres. Ces bustes ou ces livres, percés d'innombrables trous microscopiques, attiraient les grains de poussière qu'ils brûlaient ensuite.

En regardant le mur de poussière qui se dressait devant lui, Green put reconstituer ce qui s'était passé au fil des siècles. Un élément de l'ensemble d'incinération était tombé en panne... destin habituel de tous les mécanismes de l'univers. Mais l'effet de charge électrostatique ne s'était pas interrompu pour autant et, pendant que la poussière s'accumulait autour des collecteurs, les champs extraordinairement puissants avaient continué d'agir, même à travers cette épaisse couche. A l'origine, naturellement, ces champs électrostatiques n'étaient pas dangereux pour les êtres humains, mais les batteries devaient avoir été conçues pour fournir autant d'énergie que nécessaire, même si leurs constructeurs n'avaient pu deviner à quel point cette demande serait un jour importante. Cependant, lorsque le besoin s'en était fait sentir, les batteries avaient été à la hauteur de leur tâche, et quand les sauvages avaient découvert cette salle, le passage était déjà obstrué par cet imposant mur de poussière.

La mort de certains membres de la tribu leur avait permis de découvrir que le simple fait de toucher ce mur provoquait une impensable décharge d'électricité statique. La fabrication de la chaise électrique et l'élaboration du rituel accompagnant les exécutions étaient venues ensuite, en toute logique, religieusement parlant.

De frustration, Green lâcha un juron. Qu'il aurait aimé pouvoir traverser le mur de poussière, avant qu'il ne fût rechargé à nouveau! De l'autre côté devait se trouver une porte donnant accès aux salles de pilotage et de contrôle. S'il avait pu y pénétrer, puis apprendre à se servir des commandes, il aurait retourné cette île comme une crêpe et fait tomber tous ces cannibales. Rien n'aurait pu alors l'en empêcher!

Il se remémora l'histoire de Samdroo, l'agriculteur qui était devenu navigateur. Selon cette légende, Samdroo après que son voilier des plaines se fut échoué sur une île en tous points semblable à celle-ci, s'était aventuré dans une grotte puis dans des salles identiques. Mais il n'y avait trouvé aucun mur de poussière chargé d'électricité statique et il avait pu pénétrer dans une pièce emplie de nombreuses choses étranges. L'une d'elles était un grand œil qui permettait à Samdroo de voir ce qui se passait à l'extérieur de la grotte. Une autre était un panneau qui contenait un grand nombre de visages ronds sur lesquels couraient des petits gribouillis et des lignes. Naturellement, cette histoire donnait des explications fantaisistes quant à la nature de ces objets, mais Green n'aurait pu manquer de reconnaître des écrans de télévision, des oscilloscopes, ainsi que bien d'autres appareils électroniques.

Malheureusement, ses connaissances ne lui était d'aucune utilité. Il lui était impossible de franchir la couche de poussière et, de toute façon, il ne disposait pas du temps nécessaire pour la traverser et l'explorer. Chaque minute passée sur cette île le ramenait vers Quotz et sa duchesse vindicative, en l'éloignant d'Estorya où se trouvaient les deux Terriens et leur vaisseau spatial. Il lui fallait trouver au plus tôt une solution qui lui permettrait de quitter cette île et de disposer d'un moyen de transport.

Il quitta la salle des sacrifices et gagna la pièce précédente. Après s'être allongé contre le mur, entre Amra qui tenait

Paxi entre ses bras et Inzax qui tenait Grizquetr entre les siens, il mâchonna un peu de viande séchée. Dame Chance lui adressa un miaulement et il lui donna volontiers autant de viande qu'elle le voulait. Lorsqu'il eut avalé toute la nourriture que pouvait contenir son estomac et qu'il eut fait glisser le tout avec de grandes gorgées de bière tiède et douceâtre, qu'il avait prise dans la case de la prêtresse, il ferma les yeux. C'était là à présent au tour de son Gardien biologique de prendre la relève et de se servir de cette nourriture pour reconstituer les tissus endommagés, dissiper les effets de l'auto-intoxication, redonner de la tonicité à ses muscles las, détendre ses nerfs, régler sa balance hormonale...

XXI

Green rêva que sa bouche et son nez étaient obstrués par de la poussière et qu'il suffoquait. Il s'éveilla pour découvrir que, bien que n'étant pas couvert de poussière, il éprouvait effectivement des difficultés à respirer. Il y remédia en repoussant le chat de son visage, puis il se leva.

– Que veux-tu? demanda-t-il à l'animal.

Dame Chance miaula et lui donna un petit coup de patte.

Puis la chatte s'éloigna en direction de la porte qui s'ouvrait sur la grotte, et Green s'imagina qu'elle désirait qu'il la suivît. Il prit son coutelas à la main et lui emboîta le pas jusqu'au tunnel conduisant vers l'entrée de la grotte. Ce ne fut qu'à cet instant qu'il entendit le grondement lointain des canons.

La chatte émit un miaulement plaintif. De toute évidence, elle avait déjà eu l'occasion d'entendre des canonnades et n'avait pas dû en apprécier les effets.

Une fois hors de la grotte, Green s'immobilisa pour regarder le soleil. L'astre avait dépassé le zénith et descendait vers l'horizon. Il devait être environ quatre heures de l'après-midi. Le Terrien s'était accordé approximativement dix heures de sommeil.

Comme il ne pouvait pas voir grand-chose, depuis le point où il se trouvait, il grimpa sur les rochers qui surmontaient la grotte et se dressa bientôt au sommet de l'éminence, un petit plateau d'environ un mètre carré de superficie. De là, il avait la meilleure vue de l'île qu'il était possible de voir.

Trois longs voiliers des plaines, à la coque basse et noire, aux roues énormes et aux voiles écarlates, louvoyaient autour de l'île. Par instants, une langue rouge jaillissait d'un des sabords de ces vaisseaux, un grondement atteignait les oreilles de Green quelques secondes plus tard, et il voyait une boule de fer s'élever de plus en plus haut, puis tomber en direction du village. Un des arbres entourant la clairière perdait alors une branche, ou un petit nuage de poussière indiquait le point d'impact du boulet, dans la clairière elle-même. Les toits de deux des maisons communautaires avaient été perforés et le village lui-même avait été évacué, étant donné que nulle personne sensée n'aurait pu envisager d'y demeurer. Aucun cannibale n'était visible, mais ce n'était guère surprenant, si l'on tenait compte que la forêt était extrêmement touffue.

Green espérait que les Vings ne tarderaient pas à débarquer et à exterminer les sauvages. Cela lui laisserait les coudées franches, ainsi qu'aux autres membres de son groupe, à moins que les pirates ne décident d'explorer la grotte le jour même. S'ils ne le faisaient pas, les fuyards pourraient abandonner cette île et s'éloigner dans la plaine à la faveur de la nuit.

Avec impatience, Green suivit du regard le sentier qui partait du sommet de la colline où il se tenait et descendait selon un parcours tortueux jusqu'au village. En raison de l'étroitesse de cette piste, il la perdait souvent de vue. Mais il existait toujours une différence entre les ombres des cimes des arbres bordant le chemin et le reste de la forêt. Il put suivre des yeux ces ombres jusqu'au village et au-delà, jusqu'à la rive de l'île.

Ce fut là qu'il trouva la première raison d'espérer depuis le naufrage de l'*Oiseau de Fortune.* Il s'agissait d'une petite percée au sein de la végétation qui s'étendait sans interruption jusqu'à la bordure de l'île, une saillie de terre qui semblait uniforme et qui était en partie dissimulée à son regard par la déclivité du terrain. En fait, il parvenait à peine à l'apercevoir et aurait pu ne pas la remarquer, s'il n'avait vu les mâts de trois petits voiliers s'élever au-dessus de la pente et s'il ne les avait pas suivis vers le bas, en direction des coques. Tous trois étaient des yachts qui ne paraissaient pas être de fabrication locale. Derrière eux se dressaient des bossoirs dissimulés derrière un mur de branchages, qui les camouflait aux yeux de quiconque se trouvait dans la plaine mais pas à ceux d'un observateur placé au centre de l'île.

Green ne parvint qu'avec peine à contenir un hurlement de joie. Ils ne seraient pas contraints de s'aventurer à pied sur les plaines dangereuses. Ils pourraient naviguer et bénéficier d'une relative sécurité. Pendant que les cannibales sans défense s'abritaient du bombardement, Green guiderait les siens à travers bois jusqu'aux yachts. Et lorsque viendrait le crépuscule et que l'île se remettrait en mouvement, ils n'auraient qu'à descendre un yacht jusqu'à la plaine, puis hisser la voile.

Il regagna l'entré de la grotte. Tous étaient éveillés et attendaient son retour.

Il leur fit part de ce qu'il venait de voir et ajouta :

– Si les Vings débarquent sur l'île, nous profiterons de la confusion pour nous éclipser.

Miran regarda le soleil, puis secoua la tête.

– Les Vings n'attaqueront plus, à présent. La nuit ne tardera pas à tomber et les pirates voudront avoir tout un jour devant eux. Ils suivront l'île durant la nuit et ne débarqueront que lorsque l'aube se lèvera et que l'île s'immobilisera à nouveau.

Je ne puis que m'incliner devant votre science, dit Green. Mais je voudrais vous poser une question. Pourquoi les Vings ne lancent-ils pas leurs canots à la faveur de l'obscurité et ne débarquent-ils pas des petits groupes d'hommes?

Miran parut surpris.

– Personne ne ferait une chose pareille! C'est impensable! Ne savez-vous donc pas que les plaines abondent d'esprits et de démons, au cours de la nuit? Les Vings auraient trop peur que la magie des sauvages se déchaîne contre eux à la faveur de l'obscurité.

– Je connaissais cette tendance générale, mais je l'avais oubliée, admit Green. Mais en ce cas, pourquoi avez-vous tous accepté de venir jusqu'ici au sein de la forêt, la nuit où l'*Oiseau de Fortune* a fait naufrage?

– En raison des circonstances, nous avons estimé préférable de courir le risque hypothétique de rencontrer des démons à la certitude d'être massacrés par les cannibales, répondit Miran.

– Pour être franche, » intervint Amra, j'avais bien trop peur pour penser encore aux spectres. Si je l'avais fait, je serais peut-être restée où je me trouvais... Non, certainement pas. Je n'avais jamais vu de fantômes, alors que je venais de voir ces cannibales à l'ouvrage.

– Eh bien, vous feriez mieux de vous préparer à vous déplacer au sein de l'obscurité, en dépit des fantômes, des démons et des hommes, leur lança Green. Nous devrons laisser derrière nous ceux qui n'en auront pas le courage.

Il commença à donner des ordres et, peu après, les survivants dépenaillés et sales, aux yeux ensommeillés, furent prêts à partir. Green se détourna pour observer le pillonage de l'île.

– Je crois qu'ils veulent pousser à bout les insulaires, déclara-t-il. Ils ignorent si ces bois dissimulent une centaine d'indigènes, ou un millier, ou encore si ces derniers sont armés de lances ou de canons et de mousquets. Ils souhaitent que les sauvages ripostent, afin de jauger les forces qu'il leur faudra affronter.

Il se tourna vers Miran.

– Ce qui me fait penser à une chose. Pourquoi les indigènes n'utilisent-ils pas d'armes à feu ? Ce n'est certainement pas ce qui doit manquer, dans les épaves.

Le gros marchand haussa les épaules et fit rouler son œil unique, pour indiquer qu'il n'avait aucune certitude et qu'il faisait une simple supposition.

– L'utilisation de telles armes doit leur être tabou. Quelle qu'en soit la raison, le fait qu'ils ne les emploient pas leur est préjudiciable. Voyez comme ils sont peut nombreux. Seulement une cinquantaine de guerriers. Ils ont dû subir des pertes importantes, suite aux raids d'autres tribus, tant celles vivant dans la plaine elle-même que celles des autres îles errantes. Ils en sont arrivé à un stade où ils devront disparaître dans moins d'une génération, même sans l'intervention de ceux-là, dit-il, en désignant les voiliers des Vings.

– Oui, je suppose que durant le jour, lorsque l'île reste immobile, des chats de prairies et des chiens sauvages y montent. Ils doivent, eux aussi, prélever un lourd tribut au sein de la population.

Il reporta à nouveau son regard sur les voiles rouges et les roues démesurées des voiliers Vings.

– J'aurais pensé que ces pirates prenaient possession de toutes les îles qu'ils rencontraient, afin de les utiliser comme bases à partir desquelles ils pourraient effectuer leurs raids.

– C'est effectivement le cas, intervint Amra. Voici une génération que les Vings écument les plaines, en recherchant les îles et en exterminant les sauvages qui y vivent. Ils en ont fortifié certaines, et il serait presque possible de dire que de nos jours le Xurdimur est passé sous leur coupe. Mais le fait d'avoir une île comme point d'attache a également ses inconvénients. Aucun gros voilier ne peut s'en approcher, hormis pendant la journée. Ils doivent prendre la plaine chaque soir et suivre leur base à bonne distance, jusqu'au lever du jour. De plus, bien que les Vings se soient bien installés sur de nombreuses îles errantes, ils font souvent l'objet d'attaques des flottes de diverses nations, et en sont parfois chassés. La contrée qui prend alors possession de l'île trouve une jolie petite base toute prête. Et, naturellement, il arrive fréquemment qu'elle l'utilise pour commettre des actes de piraterie contre des voiliers appartenant à des pays amis.

– Oh, le Xurdimur est une plaine ou chaque homme est dressé contre les autres. On peut y faire fortune et y laisser sa vie au cours d'une seule nuit. Mais tu ne le sais que trop.

– Nous laisserons les Vings derrière nous, ainsi que ces sauvages, dès que les lunes apparaîtront dans le ciel, l'interrompit Green. J'espère seulement qu'il n'y a pas d'autres pirates dans les parages.

– La volonté des dieux s'accomplira, répliqua Miran.

La tristesse de son visage indiquait que si lui, le favori de Mennirox, avait été éprouvé par les dieux, Green devait s'attendre à connaître un sort encore plus tragique le sien.

Lorsque la nuit fut tombée, Green sortit de la grotte et s'avança au sein de l'obscurité, sous la pluie. Il était suivi par Amra, qui avait placé une main sur son épaule et tenait Paxi de l'autre. Derrière eux venait le reste de la colonne, dont chaque membre avait placé une main sur l'épaule de la personne qui le précédait.

La chatte noire se trouvait, quant à elle, sous le manteau de Green, dans une grande poche. Elle lui avait fait clairement comprendre qu'elle le suivrait, où qu'il aille. Et Green, qui désirait éviter des histoires et qui commençait à s'attacher à cet animal, lui avait permis de l'accompagner.

Leur descente de la colline fut un voyage marqué par l'inquiétude et les chutes. Après avoir avancé à tâtons le long du sentier, Green dut admettre qu'il ignorait totalement où il se trouvait. Ce chemin faisait tant de détours qu'il ne savait plus s'il se dirigeait vers l'est, le nord, le sud, ou dans la bonne direction : l'ouest.

En fait, cela n'avait guère d'importance, à condition qu'ils finissent par atteindre la bordure de l'île. Ils pourraient alors suivre le rivage jusqu'au moment où ils atteindraient les yachts qui leur fourniraient l'opportunité de prendre la fuite.

Toute le problème consistait à trouver cette bordure. Il avait peur de suivre un parcours en cercles et en huit jusqu'au lever des lunes. Ensuite, s'ils pourraient enfin s'orienter, la clarté relèverait leur présence aux cannibales. De plus, s'ils découvraient qu'ils se trouvaient par exemple sur la rive est, leur voyage autour de l'île serait des plus périlleux.

Des rares éclairs illuminaient le ciel et ils pouvaient alors discerner leur environnement immédiat. Cependant, ces brêves apparitions du paysage ne leur étaient guère utiles. Tout ce que Green parvenait à apercevoir était une muraille d'arbres et de buissons.

Brusquement, Amra s'adressa à lui.

– Crois-tu que nous nous approchons du but?

Il s'arrêta si brusquement que toute la file le heurta. La foudre tomba, relativement près. Le chat, pelotonné dans la poche de son manteau, cracha et tenta de se rouler en une boule encore plus serrée. Distraitement, Green tapota la poche dans laquelle se trouvait l'animal.

– Tu mérites vraiment ton nom de Dame Chance, dit-il. Je viens d'apercevoir le village. Maintenant nous allons vraiment quelque part. J'avais bien besoin d'un point de repère.

Il ne redoutait guère les habitants du village. Ces derniers avaient dû se réfugier sous l'abri des toits de leurs longues demeures et devaient prier leurs dieux pour qu'ils n'envoient pas la foudre sur leurs têtes. Le danger eût été minime même si les fugitifs avaient traversé la grand-place du village, mais Green n'avait pas l'intention de courir le moindre risque. Il ordonna aux membres du groupe de le suivre sur le pourtour de la clairière.

– Nous n'en n'avons plus pour longtemps, à présent! dit-il en s'adressant à Amra. Annonce-le aux autres, cela leur redonnera courage.

Une demi-heure plus tard il regretta de ne pas avoir gardé cela pour lui. Il était exact qu'ils avaient suivi le chemin tortueux qui menait à la crique où il avait aperçu les yachts. Cependant, il retint aussitôt sa respiration, en raison d'une surprise douloureuse.

Un éclair avait illuminé les parois rocheuses de la crique, sa large saillie et les hauts bossoirs de métal.

Mais pas les yachts. Ces derniers avaient disparu!

XXII

Green estimerait par la suite que s'il y avait eu un moment où il aurait dû flancher, c'était bien celui-là : lorsqu'il avait ressenti cette impression de perte irrémédiable, aussi violente et soudaine que l'éclair lui-même.

Ses compagnons laissèrent échapper des cris, en raison de leur déconvenue et de leur surprise, mais Green demeura aussi silencieux que la saillie rocheuse sur laquelle il se trouvait. Il ne pouvait se mouvoir ou émettre le moindre son. Tout lui paraissait à présent inutile, alors pourquoi aurait-il pris la peine de bouger ou de parler?

Cependant, Green était un être humain et, en tant que tel, il nourrissait de l'espoir même lorsque rien ne pouvait le justifier. De plus, il ne pouvait demeurer figé jusqu'au moment où le prochain éclair révélerait aux survivants la profonde prostration dans laquelle leur chef avait été plongé. Il « devait » agir. Etait-ce important, que ses actes n'eussent pas la moindre signification? Le simple fait de se mouvoir répondrait aux exigences de son corps, et à cet instant seul ce dernier pouvait encore réagir. Son esprit restait, quant à lui, totalement paralysé.

Il cria aux autres de se disperser et de chercher dans les fourrés, sans pour autant s'éloigner, puis il entreprit de gravir la colline. Lorsqu'il en eut atteint le sommet, il quitta le sentier et pénétra dans la forêt, sur sa droite. Il se basait sur l'hypothèse que si les yachts étaient encore sur l'île, ce devait être en ce lieu. Il disposait de deux théories pouvant expliquer leur disparition. La première était que les Vings avaient repéré les embarcations et avaient envoyé une yole occupée par des hommes chargés de les pousser dans la plaine. Auquel cas, lorsque l'île avait entamé son voyage nocturne, les petits voiliers étaient restés derrière elle.

L'autre théorie était également liée à la présence des Vings. Les sauvages avaient pu dissimuler leurs yachts après avoir envisagé la première hypothèse. Si c'était le cas, ils les avaient halés vers le haut de la pente la plus douce de la crique.

Et lorsque Green atteignit le point où, en toute logique, les indigènes auraient dû passer une corde autour d'un arbre et utiliser cette dernière pour hisser les yachts vers le haut de la colline, il vit les trois embarcations qui avaient disparu. Elles étaient serrées côte à côte, dans une légère dépression se trouvant juste au-delà du sommet de la pente, et leurs coques avaient été dissimulées par des piles de buissons disposées devant eux. Toute personne qui n'aurait pas examiné attentivement la scène aurait naturellement pris leurs mâts pour des troncs d'arbres.

Green poussa un cri de joie, puis pivota sur lui-même et redescendit en courant annoncer la bonne nouvelle à ses compagnons. Il entra en collision violente avec un tronc. Il se releva, en jurant parce qu'il s'était écrasé le nez, trébucha sur un obstacle invisible, et tomba à nouveau. Ensuite, il lui sembla vivre un cauchemar de frustrations. Il se trouvait placé dans une situation où la nuit et les arbres s'étaient ligués contre lui, afin de le retenir et de le retarder. S'il n'avait rencontré aucune difficulté particulière pour gravir l'éminence, lors de la descente il ne cessait de s'égratigner les jambes, de meurtrir son nez, et de s'extirper hors des buissons d'épines. Sa confusion ne diminua pas le moins du monde lorsque l'orage cessa, car il s'était jusqu'alors guidé grâce aux fréquents éclairs. Et Dame Chance, qui n'appréciait guère les chocs qu'elle recevait, se glissa hors de la poche et disparut au sein de la forêt. Il lui cria de revenir, mais elle en avait assez de sa compagnie, pour l'instant tout au moins.

Il envisagea brièvement de s'agripper à la queue de l'animal et de se laisser guider au sein de l'obscurité. Mais Dame Chance était déjà loin et, de toute façon, il n'aurait jamais pu mettre cette idée en pratique. Il était plus que probable que la chatte se serait retournée contre lui et lui aurait griffé et mordu les doigts, tant qu'il ne l'aurait pas lâchée.

Il n'avait d'autre choix que de reprendre sa pénible descente.

Après s'être frénétiquement débattu pendant dix minutes, période au cours de laquelle il avait brusquement pris conscience qu'il s'était dirigé dans la mauvaise direction et s'était éloigné de la rive, il vit les nuages disparaître. En même temps que les lunes, il retrouva la vue et sa lucidité. Il rebroussa chemin et regagna rapidement la crique.

– Où étais-tu passé? lui demanda Amra. Nous pensions que tu avais dû tomber dans la plaine.

– C'est à peu près la seule chose qui ne me soit pas arrivée, dit-il, à présent irrité de s'être perdu si facilement.

Il leur apprit où se trouvaient les yachts et ajouta :

– Il va falloir en faire redescendre un en le retenant par une corde, avant de pouvoir l'attacher aux bossoirs. Nous devrons pousser et tirer, nous aurons besoin de toutes les forces disponibles. Tout le monde sur la colline, y compris les enfants!

Avec lassitude, ils gravirent la pente jusqu'au sommet puis poussèrent un des voiliers vers le haut de la légère dépression dans laquelle ils se trouvaient, jusqu'au sommet de la colline elle-même. Green prit une des cordes humides posées sur le sol et la passa autour de l'arbre. Le tronc possédait un sillon dans lequel de nombreux câbles s'étaient creusé un chemin, au cours de semblables opérations. Il divisa les survivants en deux groupes et tendit une extrémité de la corde à l'un d'eux, dont il nomma Miran responsable. Puis il noua l'autre extrémité à un gros anneau métallique fixé à la poupe du yacht. Il ordonna alors à l'autre moité des femmes de l'aider à pousser et fit franchir au voilier le sommet de l'éminence. Le véhicule se mit à rouler vers le bas de la pente, pendant que le groupe qui retenait la corde donnait du mou à la double boucle entourant l'arbre.

Lorsque le voilier fut arrêté à la hauteur des bossoirs, Green détacha le câble. La prochaine opération consisterait à pousser le yacht entre les appareils de levage, afin qu'il fût possible d'y attacher les câbles et de le soulever. Heureusement, un treuil était à leur disposition. Malheureusement, le treuil en question était manuel et avait été grippé par la rouille. Il ne fonctionnerait qu'en opposant une forte résistance et en émettant des grincements stridents. Non que ce bruit supplémentaire eût beaucoup d'importance, d'ailleurs, car les fugitifs avaient été tellement bruyants que seul le vent d'est avait pu empêcher les sauvages d'apprendre où ils se trouvaient.

Ce fut comme si le simple fait de penser à eux les avait fait surgir du néant. Grizquetr, qui s'était posté dans un arbre pour monter la garde, leur cria :

– J'aperçois une torche! Elle se trouve quelque part dans les bois, à environ huit cents mètres. Oh! Il y en a une autre! Et une autre!

– Crois-tu qu'ils suivent le chemin qui conduit jusqu'ici? lui demanda Green.

– Je ne sais pas. Mais ils viennent dans cette direction, en zigzaguant. Ils errent comme Samdroo, lorsqu'il s'est perdu dans le labyrinthe de Miroirs de Gil-Ka-Ku le Ténébreux! Oui, ils doivent suivre ce sentier!

Green se mit fièbreusement à attacher les cordes des bossoirs aux extrémités des essieux du chariot. Il était en sueur et lâchait des jurons chaque fois que ses doigts maladroits venaient se placer sur le chemin de sa hâte. Mais en réalité l'opération consistant à réaliser les quatre nœuds lui prit moins d'une minute, bien que le temps lui eût semblé s'écouler à une vitesse vertigineuse.

Après avoir ainsi fixé les câbles, il dut ordonner de descendre de l'embarcation à certaines femmes qui y avaient déjà pris place. Seules celles qui devaient s'occuper de très jeunes bébés et les enfants reçurent l'autorisation de rester à bord.

– D'après vous, qui va actionner le treuil? aboya-t-il aux impatientes. Maintenant, au travail!

– Allez-vous rester sur cette île et nous abandonner sur ce yacht, en plein cœur de Xurdimur? gémit une des femmes qui avaient pris place dans le petit voilier.

– Non, répondit-il, de la voix la plus calme possible. Nous allons vous descendre dans la plaine, mais ensuite nous regagnerons le sommet de la colline et lancerons les autres voiliers, afin d'empêcher les sauvages de les utiliser pour nous prendre en chasse. Dès que nous aurons terminé, nous sauterons dans le Xurdimur et irons vous rejoindre.

Notant que les femmes n'étaient toujours pas convaincues, et touché par leurs regards malheureux, il appela Grizquetr.

– Descends de cet arbre et monte à bord!

Le jeune garçon courut vers le bas de la pente et vint se placer à son côté, la respiration hachée et le regard relevé vers lui, attendant ses ordres, Green lui dit :

– Je te confie la garde des femmes et des bébés jusqu'au moment où nous irons vous rejoindre. D'accord?

– D'accord, répondit Grizquetr qui souriait et gonflait la poitrine, en raison de l'importance de ses responsabilités. Je serai le capitaine jusqu'au moment où tu viendras me relever, c'est ça?

– Tu seras le capitaine, et un bon, répondit Green en lui donnant une légère tape sur l'épaule.

Puis il donna l'ordre d'actionner le treuil et de soulever le petit voilier des plaines à une dizaine de centimètres au-dessus du sol. Dès que les rouages rouillés eurent rempli en gémissant leurs fonctions, il fit pousser le yacht au-delà de la bordure de l'île, puis le fit descendre vers la plaine. Le contact avec le sol s'effectua sans heurt. Les roues du yacht se mirent à tourner; l'avant se dressa légèrement en raison de la traction plus importante exercée par les câbles fixés à la proue; ils laissèrent filer les câbles de poupe afin d'équilibrer la tension puis, obéissant à un geste de Green, les femmes qui se trouvaient à bord tirèrent sur les boucles qui se défirent simultanément. Ce ne fût qu'à cet instant que Green parvint à respirer presque normalement, car si l'un, ou plusieurs de ces nœuds avait refusé de se défaire aussi rapidement que les autres, le yacht aurait été tiré d'un côté ou de l'autre et se serait en conséquence renversé.

Durant quelques secondes, il regarda le voilier qui s'éloignait, restant à leur hauteur en raison de son élan, mais s'écartant du rivage. Puis le yacht s'arrêta et se mit à diminuer au fur et à mesure que l'île poursuivait sa route. Il entendit s'élever du yacht le léger vagissement de sa fille Paxi. Cela brisa l'envoûtement qui l'avait momentanément paralysé. Il se mit à courir vers le haut de la pente, et cria :

– Suivez-moi!

Lorsqu'il atteignit le sommet de la colline, bien avant les autres, il prit le temps de porter son regard en direction des bois. Les torches s'agitaient, comme sur les vagues de la mer, et disparaissaient derrière chaque tronc. Et, d'un point de l'île, s'élevait le roulement des tambours.

Dame Chance jaillit hors des fourrés et sauta sur le genou de Green puis escalada sa chemise et alla se jucher sur son épaule.

– Ah, tu as été traîner avec des chats de gouttière. Mais je savais que tu ne pourrais résister à mon charme, pas vrai?

Dame Chance ne répondit pas, mais fixa avec crainte la forêt.

– N'aie pas peur, ma belle. Ils ne toucheront pas à un seul cheveu de ma jolie tête blonde. Ni un seul poil soyeux de la tienne.

Entre-temps, les autres avaient finalement atteint le sommet de l'éminence, en soufflant et en haletant. Il leur fit prendre place derrière le yacht et leur ordonna de le pousser. Une minute plus tard, l'embarcation roulait vers le bas de la colline. Lorsqu'elle bondit par-dessus le rebord puis retomba dans la plaine, où elle s'écrasa, les rescapés du naufrage durent faire des efforts pour ne pas hurler leur joie. C'était une bien maigre vengeance pour tout ce qu'ils avaient enduré, mais c'était malgré tout une vengeance.

– A l'autre, maintenant, dit Green. Ensuite, prenez vos jambes à votre cou comme si vous aviez tous les démons de Gil-Ka-Ku à vos trousses.

En grognant, ils poussèrent le dernier voilier vers le haut de la légère déclivité, puis ils unirent leurs forces pour la poussée finale qui l'enverrait à son tour faire son dernier voyage.

Et, à cet instant, des sauvages qui avaient précédé les porteurs de torches jaillirent hors de l'obscurité des bois.

Green leur jeta un bref coup d'œil et comprit qu'ils allaient se trouver entre la rive et leur groupe. Non seulement ils surpassaient en nombre ses propres troupes, car ils étaient une dizaine, mais il s'agissait également de guerriers redoutables contre lesquels il ne pouvait opposer que des femmes. Et les sauvages étaient armés de lance, alors qu'ils ne disposaient que de coutelas.

Il ne perdit pas de temps à étudier la situation.

– Tout le monde à bord, à l'exception de Miran et de moi! ordonna-t-il d'une voix forte. Ne discutez pas! Montez! Nous allons passer au milieu de leur groupe! Couchez-vous sur le pont!

En hurlant, les femmes enjambèrent le bastingage et s'allongèrent. Dès que la dernière fut à bord, le Terrien et Miran collèrent leurs épaules contre la poupe et poussèrent. Durant une seconde, ils crurent que leurs forces réunies ne pourraient suffire et regrettèrent que les femmes n'aient pas poussé le yacht un peu plus loin.

– Nous n'avons pas le temps de les faire redescendre pour venir nous prêter main fort, haleta Green. Allez-y, Miran, remuez votre graisse! Poussez, bon Dieu, poussez!

Il lui sembla que sa clavicule allait se briser et qu'il n'avait jamais trouvé du bois aussi dur et tranchant de toute sa vie. Il était certain que l'embarcation refuserait avec obstination de bouger d'un millimètre, jusqu'au moment où les cannibales arriveraient in extremis pour la sauver de la destruction, comme la cavalerie. Ses jambes tremblaient et ses intestins se tordaient en tous sens, tels des serpents, heurtant ça et là les parois de son ventre, à la recherche du point faible par lequel ils pourraient jaillir à l'extérieur, loin de cet homme qui les soumettait à de pareilles contraintes.

Ils entendirent les hurlements poussés par les guerriers rassemblés en contrebas, puis le martellement de leurs pieds, alors qu'ils montaient à la charge.

– C'est maintenant ou jamais! cria Green.

Son visage avait un grand nombre de points communs avec ses veines, et il était certain qu'il allait éclater sous la pression sanguine. Mais le yacht avançait finalement, avec lenteur et en gémissant (à moins que ce fût lui?), et il commença à prendre de la vitesse, trop de vitesse, vers le bas de la pente. Trop de vitesse, car il lui fallait à présent le rattraper à la course, saisir la lisse et se hisser à bord. Et, comme si cela ne suffisait pas, il devait également tirer par la main Miran, qui n'était pas assez leste pour y parvenir seul.

Heureusement, Amra eut la présence d'esprit d'agripper la chemise de Miran et d'aider à le hisser. Il bascula par-dessus le bastingage, en hurlant de douleur comme son gros estomac était éraflé par l'ébène, mais sans lâcher pour autant sa bourse emplie de pierres précieuses.

Dame Chance avait déserté l'épaule de Green lorsque ce dernier avait commencé à pousser. A présent, elle miaulait doucement se serrait contre lui, effrayée par les soubresauts du pont et le grondement des roues, pendant que le petit voilier gagnait encore de la vitesse sur la pente.

Green attira l'animal dans le creux de son bras, afin de le protéger, puis il se recula sur son coude dans le but de voir ce qu'il serait possible de voir. Ce qu'il vit n'était autre qu'une lance qui volait droit sur lui. Elle passa si près qu'il crut sentir le tranchant acéré de sa pointe l'égratigner, mais le cri de femme qui s'éleva aussitôt n'était pas le fruit de son imagination. Cette voix était trop semblable à celle d'Amra pour qu'il pût douter qu'elle avait été blessée. Cependant, il n'eut pas le temps de se tourner pour s'en assurer. Un insulaire venait d'apparaître sur le côté du yacht et, comme le pont était au niveau de sa poitrine, cet homme pouvait les voir sans peine. Son bras se lança en arrière puis bondit en avant, et la lance qu'il tenait s'envola en direction de Green.

Non, pas de Green, mais de Dame Chance. Un autre guerrier, qui se trouvait un peu plus bas sur la pente, hurla quelque chose et visa à son tour la chatte. De toute évidence, les félins avaient perdu leur statut de créatures sacrées, sur cette île. Leurs anciens adorateurs devaient se considérer trahis par leurs mascottes et estimaient qu'elles méritaient la mort.

Cependant, Dame Chance avait le bonheur d'appartenir à une espèce possédant neuf vies. Aucune de ces pointes tranchantes comme des rasoirs ne tomba très près d'elle. Et, quelques secondes plus tard, ils laissèrent derrière eux les sauvages qui gesticulaient et hurlaient sur la pente, ou gisaient inconscients, au point où le voilier les avait heurtés. Ce dernier accéléra encore, en raison de la déclivité, bondit violemment lorsqu'il s'engagea sur la saillie rocheuse, et s'envola. Green se colla contre le pont, en espérant ainsi amortir quelque peu la chute d'un mètre vers la plaine.

Cependant, il se sépara du pont, flotta dans les airs, et vit le plancher se ruer vers lui.

Il se produisit un bref interlude d'obscurité, avant que Green ne s'éveillât et ne prît conscience que la rencontre entre le pont et son visage n'avait fait aucun bien à ce dernier et pouvait au contraire avoir provoqué des dommages importants. Il en eut la confirmation lorsqu'il cracha ses deux incisives. Cependant, la souffrance était largement compensée par l'onde de joie qui l'avait envahi, en constatant qu'ils avaient réussi. Car l'île s'éloignait sur l'étendue plane et baignée par le clair de lune du Xurdimur, pendant que les cannibales hurlaient et bondissaient de colère et de frustration sur sa rive, incapables de se décider à sauter dans la plaine et poursuivre les fuyards. Leurs foyers se trouvaient dans cette île, et ils n'étaient pas disposés à les abandonner par simple désir de vengeance.

– J'espère que les Vings vous extermineront au lever de l'aube, marmonna Green.

Avec lassitude, il effectua une opération douloureuse. Il se releva et parcourut du regard ce qui subsistait du clan Effenycan. Amra était indemne. Si c'était bien elle qui avait hurlé, lorsque la lance était passé juste au-dessus de Green, il s'était agi d'un simple cri de frayeur. Quant à la lance, elle s'était plantée à la base du mât et sa pointe disparaissait de moitié dans le bois.

Il descendit sur le sol afin d'examiner les dommages provoqués par cette chute d'un mètre. Une des roues s'était déboîtée et l'essieu était faussé. En secouant la tête, il s'adressa à ses compagnons.

– Ce yacht est inutilisable. Il va falloir se mettre en route, nous avons un voilier à prendre.

XXIII

Deux semaines plus tard, le yacht filait sur la prairie, propulsé par un bon vent arrière. Il était midi et tous déjeunaient, à l'exception d'Amra et de Miran qui étaient à la barre. Ils mangeaient des steaks découpés dans un *hoober*, que Green avait abattu depuis le pont, et qu'ils avaient fait cuire sur un foyer protégé par un auvent, derrière le petit gaillard d'avant. Ils ne manquaient pas de nourriture, en dépit du fait que la cambuse du yacht avait été vide lorsqu'ils s'en étaient emparés. Fort heureusement, les sauvages n'avaient pas pris la peine de se débarrasser des pistolets, des barils de poudre, et des sachets de balles qui s'étaient trouvés dans le coffre de l'embarcation. Grâce à ces armes et ces munitions, Green pouvait abattre suffisamment de cerfs et de *hoobers* pour pourvoir à leur alimentation. Amra complétait ce régime riche en protéïnes par un apport de verdure : l'herbe de la prairie que ses talents culinaires permettaient d'accommoder en salades presque acceptables. Parfois, lorsqu'ils approchaient d'un bosquet, Green faisait arrêter le yacht. Ils allaient alors cueillir des baies et une variété particulière de plantes qui, une fois attendries par battage et additionnées d'eau, formaient une pâte qu'ils pétrissaient et cuisaient, ce qui leur fournissait une sorte de pain.

C'était lors d'une de ces brèves escales qu'un chat de prairie avait jailli de derrière un arbre, puis avait bondi vers Inzax. Green et Miran avaient fait feu en même temps et avaient abattu le prédateur à dix mètres de la servante blonde.

Les chats de prairie, de gros félins semblables à des guépards, qui possédaient de longues pattes conçues pour une course rapide, ne représentaient un danger que lorsque les humains débarquaient. Si ces animaux auraient pu facilement sauter à bord du voilier lorsqu'il filait dans la plaine, ils s'abstenaient de tenter une pareille aventure. Il leur arrivait parfois de suivre le yacht sur un ou deux kilomètres, avant de renoncer et de s'éloigner avec mépris.

Green eût aimé pouvoir en dire autant des chiens sauvages. Ces derniers, qui étaient presque aussi gros que les félins, formaient des meutes composées de six à douze bêtes. D'aspect menaçant, avec une robe grise et noire tachetée, des oreilles pointues évoquant celles des loups et une mâchoire massive, ils couraient jusqu'aux roues, en hurlant et en faisant claquer leurs crocs jaunâtres et démesurés. L'un d'eux avait alors l'idée de sauter à bord du yacht, pour découvrir quel goût avaient ses occupants. Il bondissait et franchissait sans difficulté le bastingage. Habituellement, un coup de lance bien placé, ou l'estafilade infligée par un coutelas à la lame tranchante, suffisait pour le persuader de renoncer à ses projets. Parfois, les passagers rataient le prédateur qui pouvait ainsi atteindre le pont. L'équipage tentait à nouveau sa chance, avec de bien meilleurs résultats. Le cadavre de l'animal était ensuite jeté par-dessus bord, rendu à ses compagnons qui, pour la plupart, renonçaient à la poursuite pour le dévorer. Ceux trop obstinés pour abandonner la chasse tentaient de faire mieux que le chien malchanceux. Ils sautaient sur le pont en grondant de façon menaçante. Ils espéraient effrayer les humains au point de les paralyser de frayeur, et ils y parvenaient parfois.

Si les chiens sauvages ne leur avaient fait subir aucune perte, ils portaient tous des cicatrices de leurs morsures. Seule Dame Chance était parvenue à rester indemne. Chaque fois qu'elle entendait les hurlements lointains des prédateurs, elle escaladait le mât et n'en redescendait que lorsque tout danger avait disparu.

Ce jour-là, ils n'avaient pas été menacés. Tous étaient détendus et bavardaient en mâchonnant joyeusement des morceaux de viande de *hoober*, fade mais nutritive. Miran se dressait sur le gaillard d'avant et il visait le soleil avec le sextant qu'ils avaient trouvé dans le coffre, en même temps que les armes et quelques cartes du Xurdimur. Sur ces dernières, toutes les indications étaient portées dans un alphabet inconnu des personnes se trouvant à bord. Cependant, Miran avait mentalement comparé ces cartes avec celles qu'il avait dû laisser à bord de l'épave de l'*Oiseau de Fortune*. Il avait biffé les noms illisibles et les avait remplacés par leurs équivalents en écriture Kilkrzan. Il n'avait accepté de le faire que sur l'insistance de Green, qui ne faisait guère confiance au capitaine et qui préférait pouvoir lire les indications sans devoir faire appel à lui. Ce n'était pas tout, il avait également contraint le négociant à lui enseigner, ainsi qu'à Amra, comment utiliser ce sextant rudimentaire et compliqué, mais relativement précis.

Green et son épouse avaient commencé à apprendre à utiliser cet instrument de navigation depuis quelques jours, lorsqu'il s'était produit un incident qui avait contraint Green à prendre des mesures complémentaires pour assurer sa sécurité. Lui et Miran se trouvaient en poupe, avec leurs pistolets chargés, pendant qu'Amra tenait la barre et avait viré en direction d'une harde de *hoobers*. Ils venaient d'entamer la manœuvre à présent classique qui consistait à poursuivre les animaux jusqu'au moment où ils pourraient être rattrapés en raison de leur épuisement. Juste à l'instant où ils arrivaient à la hauteur d'un étalon orangé qui filait au grand galop, Green avait levé son arme. Ce faisant, il avait pris vaguement conscience que Miran l'imitait tout en reculant derrière lui, latéralement. Conscient du fait qu'ils devaient économiser leurs munitions, Green s'était tourné pour dire à Miran de ne tirer que s'il ratait sa cible. C'était alors qu'il avait vu le canon dévier vers sa nuque. Il s'était baissé, s'attendant à sentir son cerveau exploser avant qu'il pût crier un avertissement. Mais Miran, en le voyant agir ainsi, avait abaissé son arme et avait demandé à Green la raison d'une telle conduite, apparemment déconcerté.

Green n'avait pas pris la peine de répondre. Il s'était contenté de prendre le pistolet de la main flasque de Miran, puis il avait silencieusement remis l'arme dans le coffre. Ni lui ni le marchand ne devaient reparler de cet incident, et Miran ne lui demanderait pas pourquoi il était désormais exclu des parties de chasse. Cela convainquit Green que l'ex-capitaine avait bien eu l'intention de l'assassiner, puis de prétendre qu'il s'était agi d'un stupide accident.

Afin d'empêcher toute autre tentative d'« accident », Green avait donné à Amra l'ordre de faire exécuter et jeter par dessus bord une certaine personne, s'il devait lui arriver malheur au cours d'une nuit noire. S'il s'était abstenu d'indiquer le nom de la personne en question, il avait par contre précisé son sexe, et comme Miran était le seul autre homme présent à bord, il ne pouvait subsister le moindre doute quant à son identité. Par la suite, Miran s'était montré bien plus coopératif, il souriait et plaisantait toujours. Cependant, il était parfois arrivé à Green de le surprendre alors qu'il fronçait les sourcils et avait une expression pensive. En de tels instants, Miran jouait avec sa dague ou tâtait le sac de joyaux qu'il gardait sous sa chemise. Green pouvait facilement comprendre qu'il faisait des projets pour le moment où ils atteindraient Estorya.

Ce jour-là, deux semaines après leur départ de l'île, Miran faisait le point et Green attendait qu'il eût terminé pour effectuer une vérification de ses calculs. S'ils étaient exacts, le yacht devait se trouver à deux cents miles au sud d'Estorya. Et s'ils gardaient leur vitesse moyenne de vingt-cinq miles à l'heure, ils atteindraient le coupe-vent dans guère plus de huit heures.

Le négociant adipeux détacha son œil unique de l'oculaire du sextant et se rendit dans le cockpit où se trouvaient les cartes et autres documents. Green prit l'appareil et fit le point à son tour, puis il alla comparer ses mesures avec celles de Miran, dans le cockpit étroit et encombré.

– Nous sommes d'accord, dit Green en désignant de la pointe de son crayon un cercle écarlate sur la carte. Nous devrions arriver en vue de cette île dans moins de quatre heures.

– Oui, répondit Miran. C'est un très vieux point de repère. Il se trouvait déjà à cent miles à l'est d'Estorya avant la naissance de mon grand-père. C'était autrefois une île errante, mais elle a depuis longtemps cessé de se déplacer et s'est immobilisée en cet endroit. Ça n'a rien de surprenant, et chaque capitaine connaît bien ces îles éparpillées dans tout le Xurdimur. Il nous arrive régulièrement de devoir rajouter un nouveau point rouge sur nos cartes, parce qu'une île a interrompu à tout jamais sa course vagabonde.

Il fit une pause, puis ajouta une parenthèse qui accéléra le rythme des pulsations cardiaques de Green.

– Ce qui est par contre surprenant, c'est que cette île ne se soit pas arrêtée toute seule. Elle a été immobilisée par la magie des Estoriens, qui sont parvenus à la maintenir à la même place depuis lors.

– Que voulez-vous dire?

Green avait posé cette question avec excitation et l'œil rond et bleu pâle du capitaine le fixa, sans comprendre.

– Que voulez-vous dire par ce que je veux dire? Je ne voulais dire que ce que j'ai dit, rien de plus.

– Quelle magie ont-ils utilisée pour obliger cette île errante à interrompre ses déplacements?

– Eh bien, ils ont érigé des tours sur le parcours de l'île et, lorsque cette dernière a reculé pour se sortir de ce piège et le contourner, ils ont amené d'autres tours pour lui bloquer toute retraite. Ces structures étaient dotées de nombreuses roues bien lubrifiées et pouvaient être assez facilement déplacées. Une fois le cercle refermé, l'île ne pouvait plus aller nulle part. Et elle n'a plus bougé depuis.

– Ces tours m'intriguent. Comment les Estoriens pouvaient-ils connaître la méthode permettant d'immobiliser les îles? Et s'ils sont parvenus à en arrêter une, pourquoi n'ont-ils pas fait de même avec les autres?

– Je l'ignore. Peut-être parce que ces tours sont énormes et coûteuses, et qu'il faut énormément de temps pour les conduire d'un point à un autre. Il est encore possible que les Estoriens n'aient pas jugé l'opération rentable. Quant au système qui permet de les immobiliser, j'estime qu'il doit s'agir de connaissances qui leur ont été léguées par leurs ancêtres. Ce sont les arrière-arrière-arrière grands-pères des Estoriens actuels qui ont autrefois construit la cité d'Estorya au centre du Xurdimur, et qui l'ont protégée des collisions avec les îles errantes en érigeant sur son pourtour un barrage de tours. Mais cette réalisation leur a coûté énormément de bois et de temps, et peut-être n'ont-ils pas jugé utile de renouveler l'expérience.

Miran désigna un château dessiné à côté du cercle rouge.

– Ce symbole indique qu'une fortification militaire ou navale a été construite en ce point de l'île. C'est la garnison estorienne située le plus à l'est. Lorsque nous arriverons en vue de ce fort, nous devrons nous présenter au rapport. Cependant, si vous souhaitez l'éviter, nous pouvons mettre le cap au nord puis au sud, et contourner la place forte. Mais ensuite nous devrons nous présenter à la capitainerie du coupe-vent de la cité, et les capitaines qui ne se sont pas présentés au contrôle de Fort Shimdoog sont assez mal vus. Même si leur voilier est aussi petit et inoffensif que celui-ci. Les Estoriens sont des gens extrêmement suspicieux.

Oui, pensa Green, et je parie que tu as la ferme intention d'accroître leur méfiance envers moi en leur fournissant certaines informations sur mon compte.

Il se leva du cockpit et entendit au même instant Amra l'appeler depuis la barre.

– Ile à l'horizon, disait-elle. De nombreux objets blancs et luisants se dressent devant elle.

Green s'abstint de faire un commentaire, mais il eut des difficultés à dissimuler son excitation qui grandissait à chaque tour de roue. Il fit les cents pas, s'interrompant par instants pour couvrir ses yeux de sa main et examiner longuement les grandes tours blanches. Finalement, lorsqu'ils furent suffisamment près pour qu'il ne subsistât plus le moindre doute concernant la taille ou la forme de ce qu'il voyait, il ne put contenir plus longtemps sa joie.

Il poussa un hurlement d'allégresse et embrassa Amra sur les joues, avant de se mettre à danser une gigue endiablée sur le gaillard d'avant, pendant que les femmes le fixaient, gênées et inquiètes, et que les enfants riaient, se demandant tous s'il n'était pas devenu fou.

– Des fusées! Des fusées! hurlait-il en anglais. Des douzaines! Il doit s'agir de toute une expédition! Je suis sauvé, sauvé! Des fusées! Des fusées!

XXIV

Ces nombreux cônes pointés vers le ciel, à des hauteurs vertigineuses, avec leurs trains d'atterrissage écartés qui s'enfonçaient dans le sol meuble, étaient magnifiques à voir! Leurs coques en éternum blanc luisaient sous le soleil et aveuglaient les personnes qui recevaient leurs reflets dans les yeux. Ces vaisseaux étaient splendides, ils étaient les symboles de l'incommensurable sagesse et de la technique avancée de la plus grande civilisation de la galaxie.

Il n'est pas étonnant que je danse et que je crie pendant que ces barbares me regardent comme si j'étais devenu fou, pensa Green, et qu'Amra secoue la tête en pleurant et en marmonnant. Que pourraient comprendre ces êtres incultes à la signification de ces choses magnifiques?

Quoi, vraiment?

– Hé, cria Green. Hé, je suis là! Un Terrien! Je ressemble peut-être à ces barbares, avec mes cheveux longs, ma barbe embroussaillée et ma crasse, mais je n'en suis pas un. Je suis Alan Green, un Terrien!

Ils n'auraient naturellement pas pu l'entendre à une telle distance, et même s'il s'était trouvé à la base des vaisseaux. Mais il hurlait de joie, sans s'inquiéter de gaspiller son haleine et d'irriter sa gorge.

Finalement, Amra vint l'interrompre.

– Que se passe-t-il, Alan? As-tu été becqueté par le Grand Oiseau dû Bonheur qui vole parfois au-dessus de ces plaines? Ou est-ce l'Oiseau Blanc de la Terreur qui t'a mordu pendant que tu dormais sur le pont?

Green interrompit ses hurlements et la fixa avec gravité. Pouvait-il lui révéler la vérité, à présent qu'il était si proche du salut? Il ne craignait pas qu'Amra ou les autres pussent l'empêcher de prendre contact avec les membres de l'expédition. Rien ne pourrait plus l'arrêter, à présent, il le savait.

Il hésitait tout simplement à lui annoncer qu'il allait la quitter. L'idée de lui faire de la peine le torturait.

Il s'adressa à elle en anglais, en prit conscience, et répara son erreur.

– Ces vaisseaux... ils ont amené mes semblables à travers l'espace qui sépare les étoiles. Je suis venu jusqu'ici dans un appareil identique, un voilier des cieux, si tu veux. J'ai fait naufrage et j'ai été contraint de descendre sur ce... sur ton monde. Puis j'ai appris qu'un autre vaisseau s'était posé près d'Estorya et que le roi Raussmig avait jeté son équipage en prison, et qu'il allait sacrifier ces hommes pour la Fête de l'Œil du Soleil. Le temps m'était compté, si je voulais atteindre Estorya à temps, alors j'ai persuadé Miran de me conduire jusqu'ici. C'est pour cette raison que je t'ai quittée et que...

Il ne termina pas sa phrase, car il était déconcerté par l'expression de son épouse. Elle ne paraissait pas blessée, ainsi qu'il s'y était attendu, et elle n'était pas non plus rendue furieuse par son explication. S'il avait pu donner un nom à ce qu'il lisait sur son visage, il eût appelé cela de la pitié.

– Mais, Alan, de quoi parles-tu?

Il tendit le doigt vers la file de vaisseaux spatiaux.

– Ils viennent de la Terre, ma planète natale.

– J'ignore ce que tu veux dire par : planète natale, répondit-elle, toujours compatissante. Mais ce ne sont pas des vaisseaux, ce sont les tours que les Estoriens ont construites il y a des milliers d'années.

– Que... veux-tu dire?

Sidéré, il les regarda à nouveau. Si ce n'était pas des vaisseaux spatiaux, il voulait bien manger les voiles du yacht. Oui, et les roues également.

Sous la forte brise, le yacht approchait rapidement de son but, alors que Green se tenait derrière Amra et pensait qu'il allait se briser en menus morceaux si sa tension ne pouvait se libérer.

Cette dernière trouva finalement un exutoire. Des larmes emplirent ses yeux et il étouffa. Il avait l'impression que ses poumons allaient continuer d'enfler et éclater.

Que les anciens constructeurs avaient fabriqué ces tours avec adresse! Les trains d'atterrissage, les gros ailerons, les longues lignes qui s'incurvaient en direction de la proue effilée, tout devait avoir été copié sur un vaisseau spatial. Il était impossible d'éviter cette conclusion, les simples coïncidences ne pouvaient suffire pour expliquer une telle ressemblance.

– Ne pleure pas, Alan, lui dit Amra. L'équipage va penser que tu es faible. Les capitaines ne pleurent jamais.

– Moi si, répliqua-t-il.

Il pivota sur lui-même et se rendit jusqu'à la poupe. Il se pencha sur la lisse afin que nul ne pût le voir, alors qu'il était secoué par les sanglots.

Finalement, il sentit une main se poser sur son épaule.

– Alan, lui dit doucement Amra. Dis-moi la vérité. Si ces tours avaient été des vaisseaux à bord desquels tu aurais pu quitter ce monde et voyager dans les cieux, m'aurais-tu emmenée avec toi ? Penses-tu encore que je ne suis pas... pas assez bien, pour toi ?

– Ce n'est pas le moment d'en parler. Je ne le pourrais pas. De plus, trop de personnes nous écoutent. Plus tard, lorsque tout le monde dormira.

– Entendu, Alan.

Elle retira sa main et le laissa seul, sachant que tel était son désir. Il l'en remercia mentalement, car il savait ce que cela lui avait coûté. A tout autre moment, dans une situation semblable, elle aurait pris le premier objet qu'elle aurait eu sous la main et le lui aurait lancé au visage.

Après avoir partiellement retrouvé son calme, il regagna le gaillard d'avant et prit la barre des mains de Miran. A partir de cet instant, il fut trop affairé pour pouvoir repenser à sa profonde déception. Il dut se présenter au rapport devant le capitaine du port et lui narrer leurs mésaventures, ce qui lui prit des heures, car l'officier appela ses collègues afin qu'ils pussent eux aussi entendre ce récit stupéfiant. Puis ils questionnèrent Miran et Amra. Green écouta avec angoisse les explications du négociant, redoutant que cet homme ne révélât qu'il soupçonnait Green de ne pas être ce qu'il prétendait. Cependant, si Miran avait de telles intentions, il avait dû décider d'attendre leur arrivée à Estorya pour faire ses révélations.

Tous les officiers reconnurent que, s'ils avaient entendu maintes histoires merveilleuses de la part des navigateurs, aucune ne pouvait rivaliser avec celle-ci. Ils insistèrent pour donner un banquet en l'honneur de Miran et de Green. Ce qui eut pour résultat de permettre à Green de satisfaire certains besoins impérieux et désirés : un bain, une coupe de cheveux et un rasage. Mais il fut par contre contraint d'assister à un repas interminable au cours duquel il dut se gaver, afin de ne pas offenser ses hôtes, et également participer à un concours du meilleur buveur avec les jeunes militaires de la garnison. Son Gardien biologique pouvait encaisser d'importantes quantités de nourriture et d'alcool, et Green dût sembler être une sorte de surhomme, aux yeux des soldats. A minuit, le dernier officier laissa descendre sa tête sur le plateau de la table, ivre mort, et Green put alors se lever pour regagner le yacht.

Il lui fallait malheureusement porter le gros négociant sur ses épaules. Une fois à l'extérieur de la salle de banquet, il trouva des conducteurs de pousse-pousse réunis autour d'un feu, pelotonnés l'un contre l'autre, attendant un client ivre au point de ne plus redouter ni les voleurs ni les spectres. Il tendit une pièce à l'un d'eux et lui donna pour instruction de ramener Miran à bord.

– Et vous, honorable capitaine? Ne désirez-vous pas regagner votre vaisseau?

– Plus tard, répondit Green en relevant les yeux au-delà du fort, en direction des collines. J'ai l'intention d'aller faire une petite promenade. Un peu d'air frais devrait m'éclaircir les idées.

Avant que les jeunes gens pussent lui poser d'autres questions, il plongea au sein de la nuit et s'éloigna d'un bon pas vers le plus haut sommet de l'île.

Deux heures plus tard, il regagna le coupe-vent sous la clarté des lunes, passa devant de nombreux vaisseaux amarrés pour la nuit, et se glissa furtivement à bord de son propre yacht. Il parcourut le pont du regard et constata que tous dormaient. Il passa à pas feutrés auprès d'Amra. Le visage tourné vers le ciel et les mains sous la nuque, il fixa la lune. Son expression était pensive.

– Alan, murmura Amra. Je croyais que nous devions avoir une explication, ce soir.

Il se raidit, mais ne tourna pas la tête pour la regarder.

– En effet, mais les officiers nous ont retardés. Miran n'est-il pas rentré?

– Si, environ cinq minutes avant toi.

Green se leva sur un coude et lui adressa un regard pénétrant.

– Quoi?

– Qu'est-ce que cela a d'étrange?

– Seulement qu'il était à tel point ivre qu'il s'est endormi et qu'il ronflait comme un porc. Ce gros fils d'*izzot*! Il devait jouer la comédie! Et il a dû...

– Il a dû quoi?

– Je ne sais pas! répondit-il en haussant les épaules.

Il ne pouvait lui révéler que Miran l'avait certainement suivi dans les collines. Et que, si c'était effectivement le cas, il avait pu assister à des choses vraiment troublantes.

Il se redressa et fixa attentivement les silhouettes sombres étendues de toutes parts. Miran dormait sur une couverture, derrière la barre. A moins qu'il feignît de dormir.

Devait-il le tuer? Si Miran le dénonçait aux autorités d'Estorya...

Il s'assit à nouveau et joua avec sa dague.

Amra devait avoir deviné ses pensées, car elle lui demanda :

– Pourquoi veux-tu l'éliminer?

– Tu le sais. Parce qu'il pourrait me faire envoyer au bûcher.

Elle prit une profonde inspiration sifflante.

– Alan, ce n'est pas vrai! Tu ne peux pas être un démon!

Il trouvait cette accusation si ridicule qu'il ne prit même pas la peine de répondre. C'était une erreur qu'il n'aurait pas dû commettre, car il ne savait que trop que les habitants de ce monde prenaient de telles choses au sérieux. Cependant, il était tellement préoccupé par le problème posé par Miran, la façon de le rendre inoffensif, qu'il oublia totalement Amra. Ce furent ses sanglots étouffés qui le tirèrent de ses profondes méditations.

– Ne t'inquiète pas. Ils ne réussiront pas à me faire griller, dit-il, surpris.

– Non, ils ne le feront pas, répondit-elle, en s'étranglant à chaque mot. Peu m'importe que tu sois un démon. Je t'aime et j'irais en enfer, pour toi, ou avec toi!

Il lui fallut quelques secondes pour assimiler le fait qu'elle le prenait vraiment pour une créature infernale mais que c'était pour elle sans importance. Ou, plutôt, qu'elle était fermement décidée à en ignorer l'importance. Quelle avait dû lutter contre sa nature, par amour pour lui! Comme tout habitant de ce monde, elle avait été conditionnée depuis l'enfance à rester toujours sur ses gardes contre les démons qui prenaient une apparence humaine. Quel abîme avait-elle dû franchir pour surmonter sa répulsion profonde! En un sens, son exploit était plus grand que celui de franchir le néant séparant les étoiles.

– Amra, dit-il, profondément ému.

Il se baissa pour l'embrasser mais, à sa grande surprise, elle détourna la tête.

– Tu sais que ma bouche ne crache pas de flammes comme celle des démons de vos légendes, dit-il, à la fois en plaisantant et en s'apitoyant. Rassure-toi, je n'aspirerai pas ton âme par ma bouche.

– Tu l'as déjà fait, dit-elle, toujours sans le regarder.

– Oh, Amra!

– Oui, tu l'as déjà fait! Autrement, pourquoi t'aurais-je suivi lorsque tu m'as abandonnée pour t'enfuir à bord de l'*Oiseau de Fortune*? Et pourquoi aurais-je encore voulu te suivre, rester avec toi, même si ces tours avaient été des vaisseaux du ciel et que tu sois parti dans les airs? Pourquoi une femme non possédée voudrait-elle faire une chose pareille? Dis-le-moi!

Elle se releva à son tour sur un coude, le visage à présent tourné vers le sien. Il la reconnut à peine, tant elle était pâle et méconnaissable.

– Au cours de ce voyage, j'ai souvent souhaité que tu meures. Pourquoi? Parce que je savais qu'après ta mort je ne devrais plus souffrir à la pensée du moment où tu quitterais ce monde, où tu m'abandonnerais pour toujours! Mais chaque fois que tu étais en danger, j'étais moi aussi à l'agonie, et je comprenais que je ne souhaitais pas vraiment que tu disparaisses. Que c'était une réaction due à mon orgueil bafoué. Je ne pouvais supporter cette attente du moment où tu me quitterais! Ou le fait que tu puisses appartenir à une race supérieure, à un peuple plus proche des dieux que des démons!

» Oh, je ne savais quoi penser! J'ignorais si tu étais un diable ou un dieu, ou simplement un homme supérieur à tous ceux que j'ai connus. S'il m'était possible de ne pas tenir compte de certaines choses : par exemple le fait que tes blessures se cicatrisent plus vite qu'elles ne le devraient, puis qu'elles disparaissent totalement, je ne pouvais pas ignorer que tu avais su qu'Aga serait tuée, si elle touchait cette paroi, dans la grotte sacrée; ni que tes dents avaient repoussé, après que tu les aies perdues, lorsque nous avons quitté l'île des cannibales; ni l'intérêt évident que tu portes aux deux démons qui sont gardés prisonniers à Estorya; ni...

– Pas si fort, Amra, l'interrompit-il. Tu vas réveiller tout le monde.

– D'accord, d'accord. Il vaut mieux que je me taise et que je feigne d'être une idiote. Mais je ne le peux pas. Ce n'est pas dans ma nature. Alors... que vas-tu faire, Alan?

– Faire? Faire? répéta-t-il pitoyablement. Eh bien, je vais me débrouiller d'une façon ou d'une autre pour libérer ces deux pauvres diables, puis m'enfuir à bord de leur vaisseau.

– Diables? Alors, ce sont bien des démons!

– Oh, non, c'est simplement une façon de parler. J'ai dit pauvres diables en raison de ce qu'ils ont dû subir dans cette prison barbare. Tu sais, il n'existe aucune différence entre se trouver aux mains des cannibales ou à la merci des prêtres de cette foutue planète.

– Oui, c'est bien ce que tu penses de nous, n'est-ce pas? Que nous sommes tous des sauvages malodorants, sales, et sanguinaires.

– Oh, pas tous. Pas toi, Amra. Quelles que soient les normes auxquelles on se réfère, tu restes la plus merveilleuse des femmes.

– Alors, pourquoi est-ce que je ne...

Elle se mordit la lèvre et se détourna. Elle refusait de s'abaisser au point de lui demander de l'emmener avec lui. C'était à Green de le lui proposer.

Ce dernier ignorait quoi répondre, bien qu'il sût qu'il était indispensable de le faire sans attendre.

Mais il n'arrivait tout simplement pas à s'imaginer comment elle aurait pu s'adapter à la civilisation terrienne.

En effet, comment lui faire admettre que, lorsqu'une personne antipathique serait en désaccord avec elle, elle devrait s'abstenir de lui ouvrir le ventre, ou d'avoir recours à des assassins professionnels pour effectuer cette tâche, si la personne en question était trop forte pour qu'elle pût s'en débarrasser personnellement?

Comment pourrait-il lui apprendre à aimer ce qu'il aimait, la musique et la littérature propres à sa culture? Les racines d'Amra plongeaient dans une civilisation totalement différente. Elle ne pourrait comprendre ce qu'il comprenait, vibrer devant ce qui le faisait vibrer, saisir les nuances qu'il saisissait, voir tout ce qui se dissimulait derrière les subtilités de sa civilisation. Elle serait étrangère dans un monde qui n'était pas fait pour elle.

Naturellement, il existait un grand nombre de femmes,

tant sur la Terre que sur ses colonies stellaires, qui ne partageaient pas la même culture que lui, bien qu'ayant été élevées en son sein. Cependant, dans leur cas, il s'agissait simplement d'une question de goûts personnels. Et ces femmes pouvaient malgré tout partager un certain nombre de choses avec lui, simplement parce qu'elles respiraient la même atmosphère et employaient les mêmes mots. Non qu'il eût souhaité vivre avec elles, car ce n'était pas le cas. Mais Amra, si désirable dans tant de domaines, ne pourrait comprendre ce qui se passerait autour d'elle, ou dans l'esprit de ceux avec qui elle devrait vivre.

Il abaissa le regard vers sa femme. Elle lui avait tourné le dos et respirait paisiblement, comme plongée dans un profond sommeil. S'il doutait fortement qu'elle pût dormir, il décida d'accepter la situation selon les apparences. Il ne lui répondrait pas immédiatement, tout en sachant qu'à l'aube les yeux de son épouse lui poseraient la même question, même si elle ne la formulait pas à haute voix.

Il estima alors que cet incident avait eu au moins un côté positif. Il avait distrait la curiosité d'Amra de ses faits et gestes de la nuit. Or, il ne tenait pas que quelqu'un fût au courant, pas avant que le moment de passer aux actes fût venu.

A condition, naturellement, qu'il pût alors agir. Ce soir-là, il avait découvert certaines choses qui pouvaient lui apporter le salut, s'il savait en tirer profit, bien sûr.

C'était le hic, ainsi qu'un poète et un autre l'avait autrefois exprimé.

Se demandant qui pouvait bien être à l'origine de cette phrase toute faite, il s'endormit. Rêvasser était toujours son occupation favorite, lorsque son entourage le laissait tranquille et qu'il avait le loisir de s'adonner à ce passe-temps. C'était le hic. On ne le laissait jamais tranquille.

XXV

Peu après le lever de l'aube, le yacht appareilla et mit le cap à l'ouest, en direction de la cité d'Estorya dont il était encore séparé par cent miles. Une forte brise soufflait à trente-cinq miles à l'heure, annonçant les vents violents qui rugiraient sur tout le Xurdimur durant la saison des pluies. Green fit hisser chaque centimètre carré de voile disponible et prit lui-même la barre. Guider l'embarcation devenait une tâche de plus en plus difficile, car la circulation était à présent bien plus dense. En une heure, il vit une quarantaine de voiliers des plaines qui allaient des petits caboteurs, guère plus gros que son propre yacht, aux énormes voiliers des plaines à trois ponts de Batrim-la-lointaine qui convoyaient des vaisseaux de commerce encore plus gros, aux poupes vertigineuses et richement décorées. Puis, alors qu'ils arrivaient à cinquante miles de leur destination, de petits yachts de plaisance apparurent en nombre toujours croissant. Et quand les tours d'Estorya se dressèrent d'un bout à l'autre de l'horizon, Green était en sueur. Il était pris de panique en voyant les voiliers qui le précédaient déboîter et filer à des vitesses folles.

– Cette nation est entourée de toutes parts par ces tours, ainsi que par de nombreuses forteresses disséminées entre elles, fit remarquer Miran. A l'intérieur de cette immense barrière circulaire, les Estoriens possèdent des fermes importantes dans la plaine. La cité elle-même, cependant, a été construite sur trois îles errantes qui ont été immobilisées grâce à leur magie voici de nombreux siècles.

Green haussa les sourcils en apprenant cette information.

– Vraiment? Et où se trouve le vaisseau dans lequel les deux démons sont descendus des cieux?

Miran regarda le Terrien, l'air déconcerté, bien qu'il eût parfaitement conscience que Green éprouvait un intérêt extrêmement vif pour les soi-disant démons.

– Oh, il se trouve à proximité du palais royal. Mais pas sur les collines, il s'est posé dans la plaine.

– Hmmm. Et les étrangers seront brûlés vifs lors de la célébration de la Fête de l'Œil du Soleil, je crois?

– En effet... s'ils vivent encore.

Green répugnait à admettre qu'ils avaient pu mourir. S'ils n'étaient plus de ce monde, la question était réglée. Il demeurerait sur cette planète jusqu'à la fin de ses jours et devrait tenter d'y vivre le plus agréablement possible.

Il devait admettre une chose. C'était que le fait d'avoir Amra pour épouse rendait cette éventualité moins épouvantable. Cette femme parvenait à le tenir si occupé que le temps s'écoulerait rapidement, même sur un monde aussi barbare que celui-ci.

En ce cas, pensa-t-il, pourquoi hésitait-il à la ramener sur Terre, s'il en avait la possibilité? Peu importait le monde, elle veillerait toujours à ce que sa vie fût un tourbillon d'action. Et elle n'avait fait que commencer à lui révéler ce dont elle était capable. Si elle avait l'opportunité de recevoir une certaine éducation, quelle femme fantastique pourrait voir le jour!

Mais qu'est-ce qui te prend, Green? se dit-il. Ne te connais-tu donc pas? Toi qui est si fort pour régler les problèmes d'ordre matériel, pourquoi fais-tu un tel gâchis lorsqu'il s'agit de questions d'ordre psychique? Pourquoi...?

– Attention! hurla Miran.

Et Green dut tourner violemment la barre pour ne pas entrer en collision avec un petit cargo. Le capitaine du vaisseau de transport se tenait sur le gaillard d'avant, derrière son timonier. Il se pencha par-dessus le bastingage et leva le poing en direction de Green, tout en criant un flot d'insultes. Le Terrien l'injuria à son tour, mais ensuite il s'interdit de repenser à Amra tant qu'il n'aurait pas fait pénétrer le voilier dans l'abri du coupe-vent.

Il passa le reste de la journée à effectuer les formalités auprès des autorités portuaires. Il avait heureusement obtenu une lettre du commandant de l'île-forteresse. Elle expliquait pour quelle raison Green était en possession d'un bâtiment étranger, et conseillait d'offrir à ce valeureux capitaine la possibilité de s'engager dans la flotte d'Estorya, si tel était son désir. Même ainsi, Green dut répéter le récit de leurs aventures tant de fois, devant un auditoire admirateur et surprenamment crédule, que la nuit tomba avant qu'il lui fût possible de quitter les bureaux de douane. Il trouva Grizquetr qui l'attendait devant la porte du bâtiment.

– Où est ta mère? lui demanda Green.

– Oh, comme elle savait que tu en aurais pour longtemps, elle est allée retenir une chambre dans une auberge. Pendant la Fête de l'Œil du Soleil, il est très difficile d'en trouver une, c'est en fait pratiquement impossible. Mais tu connais maman, ajouta l'enfant en clignant de l'œil. Elle obtient toujours ce qu'elle désire, toujours.

– Oui, je le crains en effet. Bon, où se trouve cette auberge?

– De l'autre côté de la ville, mais de ses fenêtres on peut voir le mur qui a été érigé autour du vaisseau des deux démons.

– Formidable! Les chambres doivent y être encore deux fois plus difficile à trouver qu'à la périphérie de la cité. Comment Amra a-t-elle pu réussir un pareil exploit?

– Elle a versé au propriétaire le triple du prix habituel, qui était déjà exorbitant. L'aubergiste a trouvé un prétexte pour se quereller avec un homme qui avait réservé une chambre depuis longtemps, ensuite il l'a jeté dehors et nous a donné sa chambre!

– Ah? Et où a-t-elle trouvé cet argent?

– Elle a vendu un rubis à un joallier qui tient une boutique non loin du coupe-vent. Ce type est un filou, car il est loin d'avoir donné à maman la valeur de la pierre.

– Bon, maintenant explique-moi où elle a obtenu ce rubis, ou toute autre pierre précieuse?

Grizquetr fit un sourire grimaçant, mais ravi.

– Oh, j'imagine qu'un certain capitaine-marchand borgne et obèse, dont nous tairons le nom, devait avoir un ou deux rubis dans la bourse qu'il gardait sous sa chemise.

– Oui, je peux me l'imaginer, moi aussi. Ce que je me demande, c'est comment elle l'a obtenu de Miran? Il préférerait perdre une pinte de sang, plutôt qu'une de ses précieuses gemmes. Et il noterait sa disparition plus rapidement qu'il ne le ferait pour son sang.

Grizquetr était pensif.

– Sincèrement, je ne sais pas. Maman ne m'a pas expliqué.

Son visage s'illumina en un large sourire, pour ajouter :

– Mais j'aimerais bien le savoir! Peut-être qu'elle me l'apprendra un jour.

– Elle semble effectivement avoir un tas de choses à nous apprendre, tant à moi qu'à toi, répondit Green, avant de pousser un soupir. Enfin, je suis donc condamné à être éternellement son débiteur. Je ne peux pas en sortir. Prenons un pousse-pousse et allons voir la résidence qu'elle nous a choisie.

Ils s'intallèrent sur le siège à haut dossier du véhicule et les deux hommes qui le tiraient partirent en trottant lentement au sein des rues bondées de passants. Ce ne fut qu'alors que Green s'adressa à Grizquetr.

– Sais-tu où peut se trouver Miran?

– Je le crois. Il a été retenu par les autorités portuaires, lui aussi. Il devait faire une déclaration concernant la disparition de son voilier des plaines. Ensuite, il a pris un pousse-pousse et est parti très rapidement. Il était accompagné par un officier. Ce dernier n'appartenait pas à la capitainerie du port, c'était un soldat du palais, un des gardes du roi.

Green éprouva une sensation de vide au creux de l'estomac.

– Déjà? Dis-moi, sait-il dans quelle auberge nous sommes descendus?

– Oh, non. Lorsque je l'ai vu sortir du bureau de la douane, je me suis dissimulé derrière une balle de coton. Maman m'avait dit de ne pas me laisser voir. Elle m'a expliqué à quel point cet homme est perfide, et qu'il te hait parce qu'il est persuadé que tu lui as porté malchance.

– Ce n'est que la moitié de la vérité.

Green resta un instant silencieux. Il réfléchissait, pendant que son regard se promenait oisivement sur la foule. Les étrangers étaient nombreux, dans cette cité. Green voyait des navigateurs de tous les pays qui avaient une frontière avec le Xurdimur, des pèlerins appartenant à la religion de la Déesse-Poisson qui étaient venus assister à la célébration de la Fête de l'Œil du Soleil. Cependant, la majorité des passants étaient des Estoriens : des êtres grands, bruns ou rouquins, aux yeux de type mongolique verts ou bleus, aux nez volumineux et aux bouches lippues. Ils parlaient une langue gutturale, polysyllabique et semi-analytique. Ils portaient des chapeaux aux larges bords en forme d'ombrelle, des chemises aux cols serrés par de longs lacets, et des pantalons qui moulaient le corps de l'aine jusqu'aux genoux, puis qui bouffaient sur les mollets. De petites clochettes tintaient à leurs chevilles et les femmes tenaient des cannes. Tous avaient l'image d'un poisson, d'une étoile ou d'une tour en forme de fusée tatouée sur la joue.

Le long de l'étroite ruelle tortueuse se trouvaient maintes échoppes, où l'on vendait des articles fort divers. Green était intrigué par des amulettes dont les mérites étaient vantés de toutes parts. Le modèle le plus répandu représentait une tour miniature, la réplique des énormes structures qui encerclaient ce pays. Sur Terre, on aurait pris ces objets pour des jouets : des modèles réduits de vaisseaux spatiaux. Il en acheta un. L'amulette était en bois peint en blanc, et elle avait approximativement dix-huit centimètres. Les grands ailerons et les trains d'atterrissage étaient assez fidèlement reproduits, mais on ne trouvait pas autant de détails que sur un jouet terrestre. Dans la poupe et la proue, aucune cavité ne représentait les sorties des tuyères, les sas et les détecteurs étaient également absents.

Il donna l'objet à Grizquetr et se carra confortablement dans le siège, pour poursuivre ses méditations. L'amulette ne l'avait pas déçu, car il ne s'était attendu à rien de plus que ce qu'il avait trouvé. Si, les premiers temps, ces modèles avaient dû être fidèles dans le moindre petit détail, l'écoulement de nombreux milliers d'années les avait érodés et les avait réduits à leur état actuel de grossières représentations symboliques. Le temps ronge les choses, n'en laissant que le squelette.

Il se demanda comment la fabrication de telles amulettes avait pu se poursuivre jusqu'à l'époque actuelle, car plus de vingt millénaires avaient dû s'écouler depuis que leurs modèles, les vaisseaux véritables, avaient disparu et que l'homme était retombé dans la barbarie. Pour quelle raison les traces de ce lointain passé avaient-elles subsisté sur ce monde, alors que cela ne s'était produit nulle part ailleurs, pas même sur Terre?

Brusquement, il se rendit compte que le pousse-pousse s'était arrêté.

– Un cortège de prêtres qui se rendent au palais royal, où ils passeront la nuit à sermonner le démon, commenta un des conducteurs de pousse-pousse, avant de bâiller et de s'étirer. Je suppose que nous assisterons à une belle exécution, étant donné que les prêtres ont prédit que le soleil brillerait, demain à midi. Enfin, ils ne risquaient rien en annonçant une chose pareille, puisque depuis un millier d'années le soleil a toujours été présent, le jour de la Fête.

Green se pencha en avant, les doigts serrés sur les accoudoirs de son siège.

– Le démon? Vous vouliez dire « les » démons, n'est-ce pas? demanda-t-il. Ils sont deux, je crois?

– Oh, oui, ils étaient effectivement deux. Mais le second est mort voici deux jours. Il s'est pendu, d'après les bruits qui courent, bien que je ne pourrais pas le jurer étant donné que les prêtres n'ont pas révélé les détails. Les saints hommes ont dû faire passer un mauvais moment à ces démons.

– Ces démons? répéta Grizquetr avec un reniflement d'incrédulité et de mépris. Le simple fait que l'un d'eux se soit suicidé ne prouve-t-il pas que ce ne sont pas des démons? Tout le monde sait que les créatures infernales ne peuvent s'ôter la vie.

– Tout à fait exact, mon petit ami, répondit l'homme. Les prêtres ont reconnu leur erreur. Ils sont sincèrement désolés... C'est ce qu'ils affirment, en tout cas.

– Mais, ils ne vont pas libérer l'autre prisonnier?

– Oh, non. Car rien ne prouve que celui-ci ne sorte pas tout droit de l'enfer. Demain, à midi, il sera conduit sous l'Œil du Soleil et trouvera la seule mort qu'un démon puisse connaître. *Il est né par le feu, par le feu il périra.* Chapitre vingt, verset soixante-deux. Enfin, c'est ce qu'à dit le Grand Grauchning dans son sermon d'hier. Pour ma part, je ne suis pas très porté sur la lecture. J'ai déjà bien trop à faire simplement pour gagner ma vie. J'use mes jambes et je me tue au travail pour que ma femme et les mômes aient de quoi manger et puissent se mettre quelque chose sur le dos.

Green entendit à peine les paroles de ce conducteur de pousse-pousse loquace, tant il était ébranlé par la nouvelle. Etait-il arrivé trop tard? Et si c'était le pilote qui n'était plus de ce monde, et que l'autre ne sût pas piloter?

Durant le reste du trajet, il resta plongé dans de si sombres méditations qu'il vit à peine les nombreuses choses que Grizquetr lui désignait. Mais il sortit de sa torpeur lorsque le jeune garçon lui annonça :

– Regarde, papa, c'est le palais du roi, au sommet de la colline! Le vaisseau des démons se trouve juste derrière. On ne peut pas le voir d'ici, mais tu le verras demain, en te rendant sur les lieux de l'exécution. »

– Ne sois pas si insensible, lui reprocha Green.

Mais il examina attentivement le grand bâtiment de marbre qui couvrait la colline. Il savait que quelque part au-dessous, probablement emplie de poussière et sans nul doute oubliée, se trouvait l'entrée d'une grotte semblable à celle de l'île des cannibales. Il en avait également découvert une sur l'île-forteresse de Shimdoog, la nuit précédente, lorsqu'il était parti explorer les lieux, suivi par Miran.

Il trouvait le palais beau et romantique, ainsi auréolé par la brume qu'embrasait le soleil couchant. Probablement lui aurait-il paru très différent en plein jour, lorsqu'il aurait pu voir la saleté et les piles d'immondices.

L'auberge où Amra avait retenu une chambre se trouvait dans un quartier autrefois occupé par des bourgeois et des nobles, mais qui avait été laissé à l'abandon lorsque l'aristocratie avait déménagé pour un autre point de l'île. Le bâtiment devant lequel s'arrêta le pousse-pousse était une pile de blocs de granit s'élevant sur trois étages. Il possédait un porche démesuré, soutenu par six gros piliers à l'image de la Déesse-Poisson. Green ne put s'empêcher d'admirer l'immeuble, en dépit de son état actuel de délabrement, car il savait que sa construction avait dû coûter une fortune. Il avait fallu faire venir le granit par voiliers des plaines, de l'autre bout du Xurdimur, étant donné qu'on ne trouvait aucune carrière dans le voisinage. Il supposa que le propriétaire devait réclamer des prix très élevés et qu'Amra avait dû verser une somme vraiment rondelette, si elle avait payé le triple du prix habituel. Il y avait une chose qu'on pouvait dire à son sujet : lorsqu'elle se déplaçait, elle le faisait avec classe.

Les cariatides de la Déesse-Poisson suscitaient également son intérêt, et en toutes autres circonstances il les eût examinées attentivement à la lueur des torches des serviteurs qui se tenaient à leur côté. Le culte de cette déesse indiquait que les anciens Estoriens devaient avoir émigré de la rive océane vers le centre de cette plaine immense, où ils avaient érigé cette cité imposante qui deviendrait un jour un grand centre commercial. Son emplacement central faisait d'Estorya la plaque tournante de toutes les denrées en provenance de chaque contrée bordant le Xurdimur.

Il se demandait s'il fallait attribuer au hasard le fait qu'ils avaient apporté avec eux ces amulettes en forme de vaisseaux spatiaux? Et si c'était également par hasard qu'ils avaient découvert que les tours façonnées à l'image des amulettes pouvaient immobiliser les îles errantes?

Quelle que fût la réponse, elle se trouvait enfouie dans les strates de la préhistoire.

– Dépêche-toi, lui dit Grizquetr en le tirant par la main. Maman a une surprise pour toi, mais ne lui dis pas que je t'ai mis au courant.

– C'est gentil, répondit distraitement Green dont les pensées revenaient toujours sur la mort du terrien.

Bon Dieu, pourquoi devait-il toujours vivre dans l'angoisse, improviser à chaque instant, être constamment dans l'incertitude, ne jamais savoir ce qui allait se produire ni ce qu'il allait devoir faire? Oh, que n'aurait-il pas donné pour disposer finalement d'un jour de calme et de certitudes!

– Papa!

– Hein, quoi? demanda Green, brusquement tiré de sa rêverie.

Il s'arrêta au centre des marches du porche et une petite chose noire bondit soudain vers lui pour aller se jucher sur son épaule.

– Dame Chance! Pourquoi trembles-tu comme ça?

– Vaudrait mieux filer, p'pa! Voilà Miran qui sort, suivi par des soldats! dit Grizquetr, qui termina sa phrase par un gémissement : *Mamaaaaaaan!*

De voir Amra et ses filles emmenées avec Inzax, entre des gardes, fut suffisant pour Green. Il se détourna et s'adressa à l'enfant, d'une voix feutrée mais autoritaire.

– Tourne-leur le dos! Ne regarde pas! Nous sommes suffisamment loin pour que l'obscurité les empêche de nous reconnaître. Surtout au sein de cette cohue!

Une minute plus tard, Green, le jeune garçon et le chat observaient la scène de derrière l'angle d'un immeuble. Ils virent les soldats réquisitionner un pousse-pousse et y faire monter les prisonnières. Puis quatre militaires suivirent le véhicule qui s'éloignait.

– Elles... elles vont être jetées dans la Tour du Chat de Prairie, dit Grizquetr, en tremblant de rage. Oh, démon de Miran! Ce démon gras et répugnant! C'est lui qui a accusé maman de sorcellerie! Je le sais! Je le sais!

– Ce n'est pas Amra qu'il a accusée, mais moi, le reprit Green. Elle n'est coupable que d'être ma femme. Enfin, au moins saurons-nous où elles se trouvent.

– Miran et ses hommes regagnent l'hôtel.

– Pour nous y attendre, mais ils risquent de trouver le temps long. Eh bien, en route. Chaque chose en son temps. Nous allons nous offrir un billet d'entrée et aller voir le vaisseau. Je dois connaître son emplacement exact, savoir quel est son type, et caetera. Il doit me rester de quoi prendre ces billets, mais ensuite nous serons à sec. As-tu de l'argent?

– Dix *axar.*

– Ce n'est pas grand-chose, mais ça devrait suffire pour règler la course en pousse-pousse jusqu'au coupe-vent.

Au guichet, Green acheta deux billets puis grimpa la volée de marches abruptes, accompagné de Grizquetr. Au sommet, il se retrouva au sein d'un important groupe de personnes qui se tenaient sur une estrade protégée par un toit de bois. Cette plate-forme était destinée à recevoir les curieux qui ne pouvaient attendre pour voir le vaisseau des démons. Le lendemain, les portes seraient ouvertes pour laisser entrer une foule importante qui irait s'asseoir sur les sièges de bois dur des gradins qui avaient été érigés à côté du vaisseau.

L'appareil était un patrouilleur de la flotte terrestre, un engin de reconnaissance, dont l'équipage était composé de deux hommes. Posé sur ses huit propulseurs, il pointait sa proue vers le ciel et luisait sous la clarté des lunes. L'emblême de la flotte spatiale : une sphère verte traversée par une fusée et un rameau d'olivier, n'était qu'une tache au sein des ombres. Cependant, Green parvenait à le discerner. Il sentit sa poitrine s'enfler et le mal du pays lui serra la gorge.

– Ah, dire que je me trouve à la fois si près et si loin, murmura-t-il. Même si je parvenais à l'atteindre, que ferais-je ensuite? Et si le pauvre diable qui a survécu est le navigateur? Cependant, il est peut-être assez calé pour pouvoir faire décoller cet engin et gagner l'espace. Et, une fois là, avec la propulsion interstellaire, nous devrions pouvoir rentrer à la maison.

Il avait conscience qu'il devait avoir une voix plaintive, car il savait à quel point l'espace était vaste et à quel point les astro-mathématiques étaient compliquées. Et rien ne permettait d'affirmer que le Terrien était un astronavigateur. Il pouvait s'agir d'un simple officier ou peut-être d'un civil, qui avait été contraint d'emprunter un moyen de transport très rapide.

Et il existait encore l'épouvantable possibilité que ce vaisseau se fût posé sur ce monde en raison d'une avarie, et qu'il ne pourrait décoller à nouveau, même avec un équipage au complet. En fait, c'était l'explication la plus logique à sa présence sur cette planète.

Il soupira et se tourna vers le jeune garçon.

– C'est peut-être inutile, mais nous ne pouvons nous contenter de rester assis à attendre. Nous allons nous rendre au coupe-vent.

– Et ensuite? demanda Grizquetr, alors qu'ils redescendaient les marches.

– Eh bien, nous n'allons pas regagner le yacht. Des soldats doivent nous y attendre, pour nous arrêter. Non, nous irons de l'autre côté du coupe-vent. Le fait de voler un voilier ne peut pas nous attirer plus d'ennuis que nous n'en n'avons déjà.

Le jeune garçon écarquilla les yeux.

– Et après?

– Nous retournerons dans l'île-forteresse de Shimdoog.

– Quoi? Mais, elle est à cent miles d'ici!

– Oui, je sais. Et nous ne pourrons pas rouler aussi rapidement que lorsque nous sommes arrivés. Il nous faudra louvoyer et cela nous fera perdre du temps. Mais nous n'avons pas le choix.

– Si c'est toi qui le dis, papa. Mais qu'y a-t-il de particulier, sur Shimdoog?

– Pas *sur* Shimdoog. *Dans.*

Grizquetr était un garçon éveillé. Il resta silencieux durant une minute, si silencieux que Green crut entendre des rouages tourner à l'intérieur de son crâne.

– Il doit y avoir une grotte, dans Shimdoog, comme dans l'île des cannibales, dit il finalement. Et tu as dû t'y rendre, la nuit où nous sommes restés à l'abri du coupe-vent. Je me suis réveillé et je t'ai entendu parler avec maman. Tu disais que Miran t'avait suivi.

Grizquetr fit une pause, avant d'ajouter :

– S'il y a là-bas l'entrée d'une caverne, pourquoi personne n'y a pénétré?

– Parce qu'elle a été déclarée tabou, que son accès a été interdit par les prêtres d'Estorya. Il y a de cela si longtemps, que j'imagine que les prêtres eux-mêmes ont oublié le pourquoi de cette interdiction. Mais il n'est guère difficile d'en reconstituer les raisons historiques. Je suppose qu'autrefois cette île était peuplée par des cannibales. A l'époque où les Estoriens l'immobilisèrent, ils exterminèrent les indigènes, puis ils découvrirent que la grotte était pour eux un lieu sacré et, en croyant qu'elle contenait des démons (ce qui était exact, dans un certain sens), ils firent ériger un mur autour de la caverne. Ensuite, ils placèrent face à l'entrée une statue de la Déesse-Poisson qui tenait dans sa main un symbole, un objet magique interdisant aux créatures démoniaques de sortir. Ce symbole, naturellement, est le même que celui des amulettes qui sont vendues dans les boutiques des ruelles d'Estorya, identique aux tours qui cernent ce pays et l'île de Shimdoog. Identique au vaisseau spatial qui s'est posé à côté du palais royal.

Green héla un pousse-pousse et poursuivit son récit pendant qu'ils roulaient dans les rues toujours bondées de passants. Le bruit était tel que le Terrien estimait pouvoir parler sans courir de risques, à condition de ne pas élever la voix.

Lorsqu'ils atteignirent l'extrémité nord du coupe-vent, Green avait expliqué à Grizquetr tout ce qu'il estimait utile qu'il sache pour l'instant. S'ils parvenaient à atteindre Shimdoog, il lui fournirait alors des explications complémentaires.

Pour l'instant, il tentait de trouver le meilleur moyen pour se procurer un véhicule. La chance leur souriait et ils découvrirent presque aussitôt un joli petit yacht aux lignes aérodynamiques. L'embarcation devait appartenir à un homme très riche, car un veilleur de nuit était assis à son côté, devant un petit feu, juste à l'extérieur de sa cabane. Green s'avança vers le garde et, lorsque ce dernier se leva, la main suspicieusement posée sur sa lance, le Terrien le frappa à la mâchoire puis lui lança un direct du droit au creux de l'estomac. Grizquetr termina le travail en assénant sur le crâne de l'homme une longueur de tuyau qu'il avait trouvée sur le sol.

Green vida la bourse du veilleur de nuit et fut heureux de constater qu'elle contenait plusieurs pièces de diverses valeurs.

– Sans doute les économies de toute sa vie, dit-il. J'ai des scrupules à les lui voler, mais nous avons besoin d'argent. Grizquetr, tu te souviens de ces esclaves qui buvaient et jouaient à l'extérieur de *La taverne du Singe Rayé*? Va les voir et propose-leur six *danken* pour nous haler hors du coupe-vent. Précise que nous les payons ce prix en raison de l'heure tardive, et également pour qu'ils restent discrets.

Grizquetr sourit et partit en courant. Green tira le corps

inerte du gardien inconscient derrière la cabane, puis il le ligota et le bâillonna, et jeta une toile sur lui.

Grizquetr revint avec six hommes tonitruants et titubants, solidement charpentés, aux jambes et aux dos puissamment musclés d'avoir tiré tant de vaisseaux.

Tout d'abord, Green pensa qu'il devait tenter de les faire taire, puis estima que leur départ paraîtrait moins suspect s'il les laissait parler aussi fort qu'ils le désiraient. Ce soir-là, une atmosphère de fête régnait dans toute la cité, et plusieurs yachts quittaient le port pour aller effectuer des promenades nocturnes et romantiques.

Une fois dans la plaine, Green lança l'argent promis aux esclaves.

– Amusez-vous bien, leur cria-t-il, avant d'ajouter intérieurement : car demain soir vous serez peut-être morts.

Il avait déjà le pressentiment de ce qui pourrait se produire, s'il parvenait à mener à bien ce qu'il se proposait de faire. Il était impossible de savoir quelles forces il allait libérer. Ainsi qu'il l'avait déclaré un peu plus tôt à Grizquetr, des démons étaient emprisonnés dans les entrailles de l'île de Shimdoog.

XXVI

Juste avant l'aube, le yacht s'immobilisa contre les hauts murs de pierre de la rive nord de l'île-forteresse de Shimdoog. Green avait ferlé la voile et, après avoir calculé avec précision leur vitesse, il avait guidé l'embarcation jusqu'au moment où la lisse avait presque raclé la muraille. Dès que le voilier des plaines fut à l'arrêt, Green glissa Dame Chance dans un sac attaché à sa ceinture et lui dit de garder le silence. Puis il entreprit l'escalade des échelons du mât. Suivi par Grizquetr, il s'avança sur la vergue, puis noua une longue corde à l'extrémité de l'espar, avant de se laisser glisser jusqu'au sol, de l'autre côté du mur.

Lorsque le jeune garçon l'eut rejoint, ils firent une pause de quelques instants, accroupis, prêts à prendre la fuite au moindre indice pouvant indiquer qu'ils avaient été aperçus. Mais tout était paisible.

La lune principale était bas sur l'horizon, mais sa clarté était suffisante pour leur permettre de progresser rapidement. Green guidait la marche vers le haut d'une série d'éminences, se dirigeant en suivant un chemin détourné vers la plus élevée. Il avait dû à deux reprises s'arrêter et mettre en garde Grizquetr contre les tours qui se dressaient devant eux, et dans lesquelles étaient postées des sentinelles. Dame Chance semblait avoir compris qu'elle devait rester silencieuse. Ses yeux luisaient et elle découvrait ses crocs, mais elle n'émettait qu'un grondement inaudible.

Ils virent les feux de camp des gardes, et les entendirent murmurer à voix basse, mais aucun soldat ne les aperçut. Les sentinelles ne relevaient sans doute jamais le regard, car elles ne pouvaient supposer qu'un homme sain d'esprit pouvait errer au sein de l'obscurité où, comme chacun sait, les spectres et les démons guettent les mortels imprudents.

Juste avant d'entamer l'ascension de la dernière colline, Green murmura :

– Cette île est pratiquement identique à celle des cannibales. Je pense qu'elles ont toutes été construites sur le même modèle : une base de quatre kilomètres carrés en éternum, ou l'équivalent de l'éternum, entièrement recouverte de roche et de terre, d'arbres et de végétation, peuplée d'oiseaux et d'animaux sauvages. Je suppose que si les constructeurs ont confié cet engin à un paysagiste, c'est pour des raisons purement esthétiques. Il faut reconnaître qu'une plaque de métal surmontée par quelques cubes, également métalliques, manquerait un peu de grâce et renverrait des reflets aveuglants, en plein soleil.

– Uh, répondit Grizquetr, qui ne comprenait pas.

– Tu sais, le plus surprenant, c'est que j'avais raison lorsque j'ai ironiquement qualifié ces îles errantes de tondeuses à gazon.

– Quoi?

– Oui, à l'origine leur nombre devait être bien plus important que de nos jours. Elles étaient sans doute suffisamment nombreuses pour pouvoir garder le Xurdimur impeccable et bien entretenu. Elles taillaient l'herbe, empêchaient les forêts de s'étendre au-delà de limites bien précises, et caetera. Mais lorsqu'il ne resta plus suffisamment d'hommes pour assurer leur entretien, elles s'arrêtèrent, les unes après les autres. De nos jours, seule une centaine doit être encore en activité. Cependant, je ne sais pas, il peut y en avoir plus. Quoi qu'il en soit, chaque fois que les batteries de l'une d'elles sont déchargées ou qu'elle tombe en panne, pour une raison ou une autre, elle est rapidement détruite par une île encore en fonctionnement.

– Détruite?

– Oui, car il est évident que les îles ont d'autres fonctions que de tailler la pelouse. Elles doivent dégager la plaine de tout ce qui l'encombre et qui ne devrait pas s'y trouver. Or, une île morte est justement un tel élément perturbateur.

– C'est possible, papa, mais je n'arrive pas à comprendre. Je dois être stupide, dit Grizquetr d'une voix grêle.

– Loin de là. Tu apprendras avec le temps. Quoi qu'il en soit, j'aurais dû deviner quelle est leur véritable nature en entendant les récits des membres de l'équipage de l'*Oiseau de Fortune*. Tu te souviens de cette histoire concernant un grand trou creusé par une météorite, une cavité qui avait ensuite été mystérieusement comblée et recouverte d'herbe? Et celle des épaves de voiliers qui disparaissaient jusqu'au dernier boulon, de même que les squelettes de l'équipage? Il y a aussi l'odyssée de Samdroo, l'agriculteur devenu navigateur, ainsi que la description de ce qu'il a trouvé dans ces salles aux parois de métal, à l'intérieur de l'île. Le grand œil blanc à travers lequel il voyait ce qui se passait à l'extérieur. Et tous les autres objets mystérieux. Ils n'appartenaient pas à un méchant sorcier, ainsi que le veut la légende. Tout Terrien aurait reconnu un écran de télévision et de radar, des cadrans et des commandes.

– Explique-moi encore ces choses.

– Je n'y manquerai pas, dès que nous aurons franchi ce mur.

Green venait de s'arrêter devant une muraille de pierre qui avait au moins douze mètres de hauteur. C'était une sinistre couronne qui coiffait tout le sommet de la colline.

– Il devait être autrefois très difficile de l'escalader, mais le mortier s'est effrité par endroits, et des plantes grimpantes se sont collées à cette paroi jusqu'à son sommet. Suis-moi, et mets les mains et les pieds exactement aux mêmes endroits que moi.

Il sauta sur une légère saillie, agrippa une grosse plante grimpante et se hissa vers une autre petite corniche.

Sans hésiter, le jeune garçon s'éleva derrière lui. En haletant, ils atteignirent la cime, où ils prirent un peu de repos et essuyèrent le sang qui maculait leurs doigts. Le chat était le seul qui paraissait ne pas être inquiet. En silence, Green désigna du doigt la statue de six mètres de la Déesse-Poisson qui leur tournait le dos et menaçait l'entrée de la caverne de son amulette en forme de fusée.

Pour la première fois, Grizquetr parut terrorisé. Comme tous les habitants de ce monde, il avait une peur malsaine de tout ce qui touchait de près ou de loin au surnaturel. Ce lieu, clos par ces murs, à l'aspect si antique, à tel point investi des attributs des choses taboues, si évocateur des horribles récits de démons et de dieux irrités, l'affectait profondément. Seule l'indifférence apparente de son père, en face de tous les démons qu'ils pourraient rencontrer, le retenait de faire demi-tour et de redescendre la paroi qu'il venait de gravir.

– Je parie une chose : c'est que Miran ne m'a pas suivi jusqu'ici et est resté sur le sol. Avec sa panse, il ne serait jamais parvenu au sommet. Il aurait basculé en arrière comme un gros cafard bien gras et se serait écrasé à la fin de sa chute, également comme un cafard. Voilà qui aurait été épouvantable! Cependant, il n'avait pas besoin de me suivre jusqu'au bout. Le fait que j'aie osé pénétrer dans cette zone interdite suffit pour me faire condamner. J'aurais dû lui trancher la gorge, lorsqu'Amra m'a appris qu'il m'avait filé. Mais je ne pouvais faire une chose pareille sans preuves irréfutables, et même si j'avais disposé de ces dernières je suppose que je suis trop civilisé pour pouvoir tuer quelqu'un de sang-froid.

– Tu aurais dû m'en parler, papa, lui reprocha Grizquetr. J'aurais planté une dague dans son suif, entre deux côtes.

– Je ne doute pas que tu en aurais été capable, tout comme ta mère d'ailleurs. Bon, descendons.

Il donna l'exemple en faisant passer ses jambes sur le faîte du mur puis en se laissant glisser, avec quelques précautions. La descente était encore pire que la montée, mais il ne prit pas la peine de le dire au jeune garçon. Le temps qu'il s'en rende compte, il serait au bas de la muraille.

Même ainsi, lorsqu'il retrouva le sol, il estima que Grizquetr ne pouvait trembler plus que lui. Douze mètres représentaient une hauteur très, très importante, lorsqu'on se trouvait au sommet et qu'on portait son regard vers le bas, surtout sous le clair de lunes.

– C'est la deuxième fois que je franchis ce mur, mais je ne pense pas avoir le cran nécessaire pour le faire une troisième fois.

– Mais nous devrons bien repartir, n'est-ce pas?

– Oh, nous devrons naturellement retourner de l'autre côté, c'est certain, mais je pense que ce mur sera alors bien moins haut, répondit Green avec un air de mystère.

– Que veux-tu dire?

– Eh bien, que j'espère que toutes ces pierres se seront effondrées sur le sol. En fait, c'est ce qui se produira certainement, si nous parvenons à mener à bien mes projets.

Il prit l'enfant déconcerté par la main et le guida au-delà de la statue froide et silencieuse, jusqu'à l'entrée de la grotte.

– Une torche nous aurait été utile, déclara Green. Mais elle nous aurait gênés au cours de l'escalade, et nous pourrons avancer à tâtons jusqu'aux pièces éclairées.

Etrange que le passage ne soit pas lui aussi doté d'un

système d'éclairage? pensa-t-il. Il était possible que les sauvages qui avaient occupé ces îles eussent ajouté cette grotte, afin que leur *sanctum sanctorum* ne pût être atteint qu'en traversant ce conduit obscur. Les primitifs avaient pu construire un tel vestibule afin que les initiés dussent progresser dans l'obscurité, tant littérale que symbolique, et connaître finalement l'illumination, qui était elle aussi autant matérielle que psychique. Il l'ignorait et ne pouvait le savoir. Il ne lui était possible de faire que des suppositions.

Mais il pouvait tirer avantage de ce qu'il avait sous la main, conclut-il en serrant les dents avec détermination.

Sous ses pieds, la couche de poussière céda la place au métal. Ils franchirent un tournant et se retrouvèrent dans une salle en tous points semblable à celle de la première île, hormis que celle-ci était encore meublée. Un squelette gisait au centre de la pièce et un trou béant était visible à l'arrière de son crâne.

– Il peut se trouver là depuis un millier d'années, ou plus, dit Green. J'aimerais bien connaître son histoire, mais je ne la saurai jamais.

– Tu crois que c'est la Déesse qui l'a tué?

– Non, pas plus que les démons. C'est la main de l'homme qui lui a ôté la vie, mon garçon. Tu cherches les raisons d'une mort violente, alors n'essaye pas de la puiser dans le surnaturel. Il y a suffisamment de violence dans le cœur des êtres humains pour fournir une explication à tous les crimes.

Une fois à l'intérieur de la troisième salle, Green lui dit encore :

– Ici, aucune cloison de poussière ne nous barre le passage. Les charges ioniques n'ont pas cessé leur œuvre. Note comme tout est propre. Ah, nous y voici! Devant la porte!

Grizquetr parut déconcerté.

– La porte? Je ne vois qu'un mur.

– C'est ce que j'ai cru, moi aussi, et c'est ce que je croirais toujours si je ne m'étais souvenu de l'odyssée de Samdroo.

– Explique-moi comment tu es entré, demanda Grizquetr avec excitation. Je ne sais à quoi tu as pensé, ce que tu as fait. Tu t'es tenu devant le mur et tu as tracé ce signe sur la paroi!

Il joignit le geste à la parole et dessina le contour grossier d'une fusée sur le métal blanc et froid.

– ... Le mur a brusquement glissé de côté et tu as eu une porte devant toi. Vois!

Une section de la paroi s'était silencieusement rétractée dans le mur, découvrant un passage circulaire.

– Oui, je me suis souvenu de l'histoire de Samdroo et, tout en estimant qu'il était ridicule de croire que ça pourrait marcher, j'ai imité le navigateur. Rappelle-toi que les cannibales le poursuivaient et qu'il s'était réfugié dans une telle grotte, avant d'arriver devant un mur semblable à celui-ci. Et Samdroo, qui désirait simplement se protéger des mauvais esprits qui devaient occuper cette caverne, traça le signe qui, supposait-il, les empêcherait de s'attaquer à un homme. C'est alors que la porte s'ouvrit et qu'il se précipita dans l'antre du sorcier, pendant que les sauvages hurlaient de rage derrière lui.

– J'ai fait exactement comme Samdroo, et ce signe s'est avéré être un *Sésame ouvre-toi.*

– Un quoi?

– Sans importance. L'important, c'est par contre que les anciens membres du service d'entretien devaient faire un tel geste pour ouvrir la porte, ou qu'ils l'utilisaient en même temps que d'autres moyens. Et s'ils faisaient cela, c'est qu'ils devaient également être les techniciens réparateurs des vaisseaux qui se posaient ici. Le signe de la fusée était peut-être le symbole secret de leur guilde. Je ne sais pas, mais ça me semble être une explication plausible.

En ignorant le flot de questions de Grizquetr, il se rendit dans une vaste salle. Lorsqu'il y avait pénétré pour la première fois, il avait été surpris de constater qu'elle contenait moins de choses qu'il ne l'avait pensé. Quatre machines, ou leurs alimentations, étaient dissimulées dans de gros conteneurs de métal. Au centre de la pièce se dressaient un siège et un pupitre de contrôle. Ce dernier était occupé par six écrans de télévision, plusieurs oscilloscopes, et des cadrans dont il ignorait la fonction. Mais les commandes présentes dans les accoudoirs du fauteuil lui paraissaient d'une relative simplicité.

– Le seul problème, dit-il, c'est que j'ignore où se trouve le contact. J'ai essayé de le trouver, l'autre soir, mais je n'y suis pas parvenu. Cependant, il doit être tellement visible que j'aurai l'impression d'être le roi des imbéciles lorsque je le découvrirai.

Il tira vainement sur les petits leviers disposés sur les accoudoirs.

– Je n'ai pas pu mettre en marche le système, et c'est la raison pour laquelle je suis revenu à bord du yacht, pour gagner Estorya. Naturellement, il fallait que je m'y rende pour faire le point sur la situation, et pouvoir étudier mon plan de bataille. Peut-être que si j'étais resté ici, et que j'avais couru le risque de gagner la cité sans reconnaissance préalable des lieux, nous nous en serions mieux tirés. Tout au moins, ta mère et tes sœurs ne seraient-elles pas prisonnières et n'aurions-nous pas à aller les délivrer.

Il se leva du siège et se mit à faire les cent pas.

– Quelle ironie du sort! Nous avons atteint notre but, et nous ne pouvons aller plus loin. Mais, à quoi aurais-je dû m'attendre? C'était à moi de résoudre ce problème, et je ne suis pas infaillible, omniscient. Cet engin devrait fonctionner. Je sais que le cercle de fausses fusées a paralysé cette île et qu'elle ne peut bouger. Cependant, à moins qu'il s'agisse d'un fusible qui a grillé, qu'elle ait fait une névrose par frustration, ou qu'elle soit tout simplement à court d'énergie, il devrait y avoir quelque chose indiquant qu'elle est toujours en activité.

– Que veux-tu dire? demanda Grizquetr. Comment une île pourrait-elle être paralysée?

Green interrompit ses allées et venues pour désigner les écrans radar.

– Tu vois ça? Eh bien, on devrait y voir de drôles de petits gribouillis qui se tortillent, des petits points qui se déplacent, ou des arcs qui se promènent. Ils indiqueraient la forme des objets qui se trouvent dans le voisinage immédiat de l'île, ainsi que le relief du terrain. Je suppose que, dans l'ancien temps, lorsque l'île repérait la silhouette d'une fusée (qui était alors une fusée authentique, pas un simulacre), elle faisait un détour pour l'éviter. Toute l'île était, dans une de ses fonctions, un jardinier, un nettoyeur. Elle enlevait de la plaine tout ce qui était censé ne pas s'y trouver. C'est pourquoi elles s'attaquent à présent aux voiliers des plaines, qu'elles les écrasent et désintègrent les morceaux qui tombent sous leur base. Cela explique pourquoi une île peut être prise au piège et immobilisée par des tours en forme de vaisseaux spatiaux. Le radar détecte un cercle complet autour de lui et, étant dans l'incapacité d'endommager tout objet ayant la forme d'une fusée, l'île se pose à l'endroit où elle se trouve pour attendre que ses batteries soient déchargées ou que les fusées s'en aillent.

– Naturellement, l'île fonctionnait en position automatique. Mais il existe des commandes destinées à permettre à l'homme d'en prendre le contrôle, lorsqu'il a un travail particulier à faire, ou qu'il doit la conduire en un lieu où elle ne se rend pas lorsqu'elle est en position automatique. Les commandes en question doivent être celles-ci.

Le problème est le suivant : l'île passe-t-elle périodiquement de marche à arrêt, et étudie-t-elle durant ses périodes d'activité tout ce qui l'entoure, afin de découvrir si ces objets inhibitoires ont disparu ? Si c'est le cas, il est impossible de deviner combien de temps s'écoulera avant la prochaine remise en activité. Et nous ne pouvons attendre !

Il était soumis à une véritable torture. Tant qu'il pouvait garder son corps et son cerveau en activité, il sentait qu'il progressait. Mais dès qu'il devait attendre sans pouvoir rien tenter, ou qu'il était confronté à un problème apparemment insoluble, il était perdu. Il manquait tout simplement de patience.

Dame Chance poussa un gémissement plaintif. Elle estimait qu'elle était prisonnière dans le sac fixé à la ceinture de Green depuis trop longtemps et que sa patience avait des limites.

Distraitement, il la sortit de sa prison et la posa sur la console. Dame Chance s'étira, bâilla, se lècha les babines, puis traversa le plateau. Sa queue, qui se balançait à droite et à gauche, frôla la surface de l'écran central.

Immédiatement, une sphère de métal se mit à rougeoyer sur la console et un sifflement aigu s'éleva. Deux secondes plus tard, tous les écrans étaient en activité.

XXVII

– Oh, ma douce, ma belle, ma divine Dame Chance! Que deviendrais-je sans toi? s'écria Green.

Il se pencha en avant pour caresser la chatte, mais l'animal, brusquement apeuré, sauta de la console et courut se réfugier à l'autre extrémité de la salle.

– Reviens, reviens! lui cria-t-il. Je ne ferai pas le moindre mal à un seul de tes magnifiques poils noirs et lustrés. Je te donnerai du poisson et de la bière jusqu'à la fin de tes jours. Ton avenir est assuré, tu n'auras plus à travailler!

– Mais, que se passe-t-il? s'enquit Grizquetr.

Green l'embrassa, puis alla s'asseoir sur le siège.

– Rien, si ce n'est que cette chatte extraordinaire vient de m'apprendre comment mettre en marche ces appareils. Il suffit d'effleurer cet écran de la main. Regarde, je parie que la méthode est identique pour tout arrêter!

Il passa la main sur l'écran central. Le sifflement s'éleva, la sphère de métal cessa de luire, et la console s'éteignit. Il frôla à nouveau l'écran et la salle revint à la vie.

– Ce n'est pas compliqué, mais je n'aurais probablement jamais trouvé la bonne méthode, tant elle est simple.

Son excitation commençait à s'apaiser.

– Mais il faut se mettre au travail. Voyons...

Les six écrans donnaient une vision du nord, de l'est, du sud, de l'ouest, ainsi que de ce qui se trouvait au-dessus et au-dessous de l'île. Comme pour l'instant cette dernière était posée sur le sol, il était tout naturel que rien n'apparût sur le dernier écran.

– Nous y remédierons. Mais j'estime que nous devrions en

premier lieu vérifier si nous pouvons modifier le champ de vision.

Il testa les leviers. Lorsqu'il abaissa le second, la salle fut ébranlée par une violente secousse et Green ramena hâtivement la commande au point neutre.

– Eh bien, nous avons au moins découvert à quoi sert ce levier. Je parie que les militaires qui se trouvent à l'extérieur ont cru qu'il s'agissait d'une légère secousse sismique. Ils n'ont encore rien vu. Hmmmm. Je crois que voilà ce que je cherche.

Il tourna un bouton de l'accoudoir de droite. Sur les écrans, le champ de vision se réduisait. En tournant le bouton en sens inverse, cependant, le champ s'élargissait et les objets qui y apparaissaient devenaient naturellement plus petits.

Après cinq minutes supplémentaires d'essais prudents, il estima qu'il pouvait passer aux choses sérieuses. Il souleva l'île à approximativement six mètres du sol et lui imprima un mouvement de balancement. Dame Chance bondit sur ses genoux et s'y pelotonna. Grizquetr, qui se retenait à la console, était livide.

– Détends-toi, petit, lui dit Green. Dès l'instant où tu te trouves embarqué dans cette galère, essaye de prendre les choses du bon côté.

Grizquetr fit un vague sourire, mais lorsque son père lui dit de venir se placer à son côté, afin qu'il pût lui aussi apprendre à manœuvrer l'île flottante, il reprit des couleurs et de l'assurance.

– Lorsque nous atteindrons Estorya, je serai sans doute contraint de quitter cette salle, et il faut que quelqu'un puisse suivre mes déplacements par le circuit vidéo et répondre à mes signaux. Tu es candidat. Tu n'es peut-être qu'un gosse, mais un gosse qui peut froidement envisager de planter un couteau entre les côtes d'un homme doit avoir ce qu'il mérite.

– Merci, murmura sincèrement Grizquetr.

– Voilà ce que je compte faire. Je vais continuer d'imprimer un mouvement de balancement à cette île, jusqu'au moment où les soldats de la garnison seront morts de peur, victimes du mal de mer, et où les murs qui entourent la grotte s'effondreront. Alors, nous nous poserons sur le sol et laisserons à ces rats une occasion d'abandonner le navire. Mais nous ne sommes pas en train de couler, loin de là. Lorsque tous ceux qui en seront encore capables auront fui dans la plaine, nous partirons à la vitesse maximale en direction d'Estorya.

Fasciné, le jeune garçon fixait les écrans. On y voyait, sous les premières lueurs de l'aube, des soldats qui prenaient la fuite en hurlant, les yeux exorbités et la bouche béante de terreur. Certains blessés s'éloignaient en rampant.

– Je suis désolé pour eux, mais on ne peut faire d'omelette sans casser des œufs. Et s'il doit y avoir des victimes, je préfère que ce ne soit pas nous.

Il désigna les oscilloscopes sur lesquels apparaissait toujours le cercle de tours.

– Tant que cette île restait en position automatique, elle ne pouvait franchir ce barrage. Mais j'ai annulé cette inhibition en abaissant cet interrupteur. Maintenant, nous allons passer : non en survolant les tours, ainsi que nous pourrions facilement le faire, mais en les renversant. Je crois que le rapport des forces est en notre faveur.

Il y eut un petit choc et les salles tremblèrent, puis les tours qui se dressaient devant eux disparurent. Ils glissaient rapidement dans la plaine. Green augmenta progressivement leur vitesse, jusqu'au moment où il estima qu'ils devaient filer à approximativement deux cents kilomètres heure.

– Notre vitesse est probablement indiquée sur un de ces cadrans, mais je ne connais pas cet alphabet, ou ces signes numériques, dit Green en s'adressant à Grizquetr. Cependant, c'est sans la moindre importance.

Il riait en voyant les voiliers virer brusquement à bâbord ou à tribord, afin de s'écarter frénétiquement de leur chemin. Les bastingages et les lisses étaient surmontés de visages livides, lambeaux de terreur flottant dans le sillage de l'île.

– S'ils pouvaient faire parvenir un message à Estorya, j'imagine que nous trouverions devant nous toute la flotte estorienne. Quelle jolie bataille! Ou plutôt, quel massacre, car cet engin a été conçu pour avaler des armadas complètes.

– Papa, nous pourrions devenir les rois du monde entier, nous pourrions gouverner le Xurdimur et réclamer un droit de passage à chaque voilier qui voudrait en effectuer la traversée!

– Oui, je suppose que ce serait effectivement possible, petit barbare, répliqua Green. Mais ce n'est pas mon intention. Nous utilisons cet engin dans un seul but : délivrer le Terrien et ta mère, ainsi que tes sœurs. Ensuite...

– Oui?

– Je ne sais pas encore.

Green plongea à nouveau dans de profondes réflexions, pendant que la plaine glissait rapidement sous eux et que les taches blanches des voiliers des plaines enflaient pour occuper tout l'écran, avant de redevenir tout aussi rapidement des points minuscules.

Finalement, il chassa ses pensées et commença à fournir des explications au jeune garçon.

– Vois-tu, il y a de cela des milliers d'années, existait une grande civilisation. Il y avait de nombreuses machines qui t'auraient semblé encore plus fantastiques que celle-ci. Ce peuple voyagea jusqu'aux étoiles et, là-bas, il trouva des mondes qui ressemblaient beaucoup à celui-ci, et il y fonda des colonies. Les humains de l'époque avaient des vaisseaux très rapides qui pouvaient franchir d'un bond l'abîme séparant ces mondes, ce qui leur permettait de rester en contact.

» Mais, un jour, quelque chose se produisit, une catastrophe. Il est impossible de savoir quoi exactement. Il serait intéressant d'en apprendre la cause, mais tout ce que nous pouvons connaître, ce sont les résultats. Les contacts furent rompus et, avec le temps, les colonies qui ne devaient pas être très importantes virent disparaître leur civilisation. Sans doute dépendaient-elles étroitement de l'approvisionnement qui leur était envoyé par vaisseau, et n'y trouvait-on qu'un nombre restreint de scientifiques et de spécialistes. Quoi qu'il en soit, quelles qu'en soient les raisons, ces gens retournèrent à la barbarie. Et c'est bien des ères plus tard que certaines de ces colonies, sans le moindre souvenir de leur glorieux passé, hormis peut-être sous forme de mythes et de légendes, ont retrouvé une technologie avancée. D'autres sont restées à un stade primitif. D'autres encore, comme sur ton monde, Grizquetr, se trouvent à un stade transitoire. Ta culture est approximativement analogue à celle qui existait sur Terre entre le deuxième et le onzième siècle après J.C. Je sais que ces dates ne peuvent absolument rien signifier, pour toi, mais permets-moi de t'affirmer que nous autres, les Terriens actuels, nous considérons que cette époque était, eh bien... plutôt dangereuse, et que les humains manquaient de bon sens.

– Je ne comprends qu'en partie, répliqua le jeune garçon. Mais n'as-tu pas dit qu'aucun vestige de la sagesse des anciens ne subsiste sur ta planète? Alors, pourquoi en trouve-t-on ici? Ces îles doivent être l'œuvre de cette antique civilisation.

– Exact! Et ce n'est pas tout. Le Xurdimur également.

– Quoi?

– Oui, il me semble évident que cette planète était autrefois un immense terrain d'atterrissage, une plaque tournante pour les vaisseaux spatiaux. Ces plaines ne peuvent avoir une origine naturelle. Elles ont dû être nivelées par des machines. On a dû semer une herbe dont la variété, créée en laboratoire, possédait toutes les caractéristiques nécessaires pour assurer la stabilité du sol et empêcher son érosion. De plus, les îles elles-mêmes étaient en quelque sorte des balayeuses chargées de l'entretien du terrain d'atterrissage.

– Dieu, je peux m'imaginer quel trafic devait connaître cette planète, pour qu'on y fasse un tel terrain d'atterrissage! Quinze milliers de kilomètres de largeur! L'esprit recule devant cette pensée. Ils devaient faire les choses en grand, à l'époque. Ce qui rend encore plus difficile d'imaginer ce qui a pu détruire cette civilisation. Saurons-nous un jour quelles forces l'ont réduite à néant?

Grizquetr n'était naturellement pas mieux placé que Green pour répondre à cette question. Aussi restèrent-ils silencieux un moment, avant de pousser simultanément un cri en voyant les cimes des tours effilées qui entouraient Estorya luire à l'horizon. Sur un des écrans clignota une série de traits représentant ces structures côniques.

– Abats-les.

– Telle est bien mon intention. Mais pas tout de suite. Voyons... Je me demande jusqu'où cette île peut s'élever. Il n'existe qu'une façon de le découvrir. Yop-là!

Il tira le levier et l'île commença à prendre de l'altitude, tout en restant parfaitement horizontale.

– Tout comme nous, les anciens savaient construire des machines antigrav. Et ils ont également dû continuer de donner à leurs vaisseaux spatiaux la forme classique de fusées, bien après que ce soit devenu inutile. Peut-être ont-ils voulu leur laisser une silhouette facile à identifier par les îles. C'est possible. Personne ne peut le savoir.

Il se parlait à lui-même, tout en fixant l'écran sur lequel apparaissait une vue plongeante de la plaine et de la cité d'Estorya. Cette image se rétrécissait au fur et à mesure que l'île gagnait de la hauteur.

– Fais-moi une faveur, Grizquetr. Cours jusqu'à l'entrée de la grotte et reviens me dire si le mur d'enceinte s'est effondré. Et, au retour, ferme la porte de la salle. Il commence à faire frais et l'air va se raréfier. Je suppose que cette salle est dotée d'un système automatique de chauffage et d'alimentation en oxygène, mais si ce n'est pas le cas, je préfère l'apprendre immédiatement.

Grizquetr revint en courant.

– Les murs se sont bien écroulés, annonça-t-il, le souffle court. Mais la Déesse-Poisson est tombée de son piédestal et sa tête bloque presque l'entrée de la grotte. J'ai pu me glisser entre elle et la paroi sans difficulté, et je pense que tu devrais pouvoir en faire autant.

Green fut gagné par une légère nausée. Il n'avait pas envisagé cette possibilité. Quelle ironie du sort, si la statue avait complètement bloqué l'entrée et s'il avait dû rester prisonnier à l'intérieur de la grotte et finalement mourir d'inanition. Les Estoriens auraient naturellement considéré sa mort comme un cas de justice poétique... Non, il ne serait pas mort! Il n'aurait eu qu'à regagner les commandes et incliner latéralement l'île jusqu'au moment où la tête de la statue aurait basculé loin de l'entrée. Mais si les gros blocs de pierre du mur s'étaient effondrés sur la statue, l'immobilisant irrémédiablement? Il fut en sueur à cette pensée et il adressa un regard reconnaissant à la chatte noire. Il n'était pas superstitieux, loin de là, mais il lui semblait que la chance avait tourné en sa faveur dès l'instant où l'animal l'avait adopté. Naturellement, une telle attitude n'avait rien de scientifique. Cependant, le simple fait de savoir qu'elle était à son côté le réconfortait.

A présent, il pouvait englober tout Estorya d'un seul regard. Et le ciel s'assombrissait.

– Nous sommes suffisamment haut.

Il immobilisa son île.

– Si des membres de la garnison n'ont pas gagné la plaine alors qu'il en était encore temps, ils doivent tous être morts, en raison de la raréfaction de l'air. Et j'avais raison, il existe bien un système automatique de chauffage et de renouvellement de l'atmosphère. C'est confortable, ici. Je regrette seulement que nous n'ayons rien à manger.

– Pourquoi ne pas descendre à une altitude où je pourrai sortir et aller chercher de la nourriture dans les cuisines du fort? proposa Grizquetr. Il ne doit plus y avoir personne pour m'en empêcher.

Green estima que c'était une suggestion valable. Il avait faim, car il devait toujours manger pour deux : son corps et son Gardien biologique. Si le symbiote qui vivait à l'emplacement de son appendice lui fournissait de l'énergie et des forces supplémentaires, il exigeait en retour des calories pour fonctionner. Et, privé de nourriture, il se mettait à puiser dans le corps de son hôte. Un Gardien biologique n'avait pas que des avantages, il avait également ses dangers.

Green fit descendre l'île à approximativement six cents mètres d'altitude, ramena les commandes sur le point neutre, puis estima qu'il pouvait accompagner le jeune garçon. Cependant, lorsqu'il atteignit la porte, il commença à éprouver de l'inquiétude et à se demander ce qu'il ferait si, pour une raison qu'il ignorait, la porte se refermait et ne pouvait ensuite plus être ouverte. Il se trouverait dans une mauvaise passe, ainsi coincé à six cents mètres d'altitude, sans parachute!

Peut-être était-il ridiculement, absurdement prudent, mais il n'avait pas l'intention de courir le moindre risque. Il adressa un sourire penaud à Grizquetr et lui annonça qu'il devrait se rendre au fort sans lui. Il avait décidé d'étudier les commandes de plus près et de peaufiner son plan d'attaque.

Lorsque Grizquetr revint avec un panier empli de nourriture et de vin, Green s'injuria pour sa pusillanimité, puis il oublia l'incident. Après tout, la prudence était mère de la sûreté et il avait simplement voulu mettre toutes les chances de leur côté.

Avec appétit, il dévora la nourriture et but la moitié d'une bouteille de vin, sachant que le Gardien biologique absorberait l'alcool avant la nourriture solide et que seule une infime quantité gagnerait son sang avant d'être consumée. Entre deux bouchées, il expliqua son plan à Grizquetr.

– Nous descendrons dès que nous aurons terminé de nous restaurer. J'écrirai une lettre que tu iras lancer sur les marches du palais. Par ce message, nous avertirons le roi qu'il aurait tout intérêt à libérer ses prisonniers sans leur faire de mal, juste à l'extérieur du coupe-vent. Lorsqu'ils seront là-bas, nous pourrons facilement les prendre à bord puis filer dans les airs. S'il refuse, nous descendrons sur Estorya, juste au-dessus du Temple que nous écraserons, ainsi que la statue d'or et de gemmes de la Déesse-Poisson. Et s'il n'est toujours pas convaincu, nous détruirons le palais, pour ne pas parler de la barrière de tours qui protègent la cité et que nous renverserons. Naturellement, avant de lui transmettre ce message, nous en abattrons quelques-unes, simplement pour lui prouver que nous ne plaisantons pas.

Les yeux de Grizquetr brillèrent.

– Cette île peut-elle écraser un gros immeuble?

– Oui, et il est probable que nous pourrions tout aussi aisément le désintégrer. Je me suis demandé comment cette île taille l'herbe, et je suis arrivé à la conclusion que le procédé doit être plus ou moins semblable à celui utilisé sur Terre. Un rayon large d'une seule molécule coupe les objets en brisant leur structure atomique. Lorsqu'elle fait office de tondeuse à gazon, l'île doit émettre un tel rayon, seulement sous sa base. Naturellement, il doit exister d'autres machines chargées de débarrasser le sol des épaves et de toutes les choses qui, selon ses banques de mémoire, ne devraient pas se trouver sur un terrain d'atterrissage. Cependant, j'ignore comment faire fonctionner ces dispositifs.

Grizquetr lui adressa un regard de reproche.

– Eh bien, je ne sais pas tout. Je ne suis pas un surhomme, pas vrai?

L'enfant ne répondit pas, mais à son expression il était facile de deviner qu'il avait justement pensé le contraire. Green haussa les épaules et envoya le jeune garçon lui chercher du papier, une plume et de l'encre dans le fort. Lorsque l'enfant revint, Green avait abaissé l'île à environ quinze mètres au-dessus du palais. Il écrivit hâtivement le message, le plaça dans le panier qui avait un couvercle pouvant être refermé, et dit à Grizquetr d'aller jusqu'au bord de l'île et de lancer le tout sur les marches du palais.

– Je sais que tu dois être épuisé, à force de faire des allées et venues, mais tu dois tenir bon. Tu es grand et fort.

– Oui, je suis grand et fort, répondit Grizquetr.

Il gonfla sa poitrine, se rua hors de la salle, faillit trébucher en franchissant la porte, recouvra son équilibre, et disparut. En souriant, Green se mit à observer la foule qui s'était réunie sous l'île flottante. Finalement, il vit le panier tomber vers des prêtres qui occupaient le grand escalier. Son sourire s'élargit encore lorsque le groupe se dispersa, pris de panique, et que plusieurs ecclésiastiques trébuchèrent et roulèrent au bas des marches.

Il attendit que l'un d'eux eût retrouvé suffisamment de courage pour revenir sur ses pas et ouvrir le panier. Il abaissa alors l'île de six mètres supplémentaires. Au même moment, il nota que des soldats tiraient un canon sur la place située devant le palais, et que la gueule de la pièce d'artillerie était levée dans sa direction.

– Il faut reconnaître que ces barbares sont courageux, murmura-t-il. Ou complètement fous, je ne sais pas. Eh bien, allez-y, tirez les amis.

Ils ne le firent pas, car un prêtre alla en courant les en empêcher. De toute évidence, le message de Green, bien qu'écrit en Huinggro, avait été rapidement traduit et les Estoriens ne voulaient pas agir de façon irréfléchie.

– En attendant qu'ils prennent une décision, nous allons leur donner un avant-goût de ce qui les attend, s'ils ne se montrent pas raisonnables, annonça Green.

Il entreprit de renverser une vingtaine de tours, juste à l'extérieur du coupe-vent. Il trouvait cette occupation extrêmement amusante et aurait aimé en abattre encore une centaine, ou plus, mais il était impatient d'apprendre quelle décision avait été prise par les Estoriens. Il regagna le point qu'il avait quitté, juste au-dessus des marches du palais.

Il attendit impatiemment pendant dix minutes qui lui parurent durer dix heures. Finalement, lorsqu'il estima qu'il ne pourrait supporter plus longtemps cette attente, il grommela :

– Je vais me poser sur le toit du temple. Ça devrait les inciter à se hâter. Est-ce qu'ils se croient à une conférence diplomatique pour lambiner comme ça?

– Non, papa, s'écria Grizquetr. Les voilà! Maman, Paxi, Soon et Inzax! Et un étranger! C'est sans doute le démon!

– Démon, mon sabot fourchu! Cet homme est aussi humain que moi. Mais ce pauvre type a dû vivre l'enfer. En dépit de notre altitude, je peux voir qu'il a passé un mauvais moment. Regarde, deux soldats doivent l'aider à marcher.

Il fut heureux de constater qu'Amra et les enfants ne semblaient pas avoir souffert de leur captivité.

Cependant, il resta inquiet à leur sujet tout au long de leur traversée des ruelles de la ville, jusqu'au coupe-vent. Les Estoriens avaient peut-être l'intention de lancer une attaque surprise, sans toutefois pouvoir espérer le surprendre, étant donné que depuis le point où il se trouvait Green repérerait immédiatement toute concentration de troupes. Un prêtre fanatique pourrait brusquement décider de tuer les prisonniers.

Aucune de ces deux possibilités ne se réalisa. Les prisonniers furent libérés au-delà des tours effondrées et les soldats regagnèrent la cité. Grizquetr quitta la salle de contrôle pour aller les accueillir. Un quart d'heure plus tard, il était de retour.

– Ils sont là, papa! Sauvés! Maintenant, décollons en vitesse, avant que les Estoriens ne changent d'avis.

– Nous allons retourner à Estorya, répliqua Green qui cherchait en vain du regard le reste du groupe.

Il estima que le jeune garçon les avait laissés derrière lui, dans sa hâte de venir lui faire son rapport.

Il poussa le levier et le vaisseau (il commençait à considérer l'île comme un vaisseau) s'éleva vers le cône du patrouilleur terrestre qu'il pouvait voir luire sous le soleil, à côté des murs du palais. Lorsqu'Amra et ses filles pénétrèrent en courant dans la salle et voulurent l'enlacer, il leur déclara qu'il serait vraiment heureux de toutes les embrasser, à condition que ce fût un peu plus tard. Pour l'instant, il avait un travail à achever.

Le sourire d'Amra fut remplacé par un froncement de sourcils.

– Veux-tu dire que tu as toujours l'intention de partir à bord du vaisseau de ce démon? demanda-t-elle d'une voix dure.

– Tout dépend de certains facteurs, et je ne dispose pas encore de suffisamment d'informations pour pouvoir me prononcer, répliqua-t-il, quelque peu sèchement.

Le Terrien entra en boîtant. C'était un homme grand et aux larges épaules, auquel la captivité avait fait perdre du poids. Une barbe broussailleuse donnait à son visage allongé et émacié, aux larges oreilles et au nez busqué, une certaine ressemblance avec celui de Lincoln.

– Capitaine Walzer, de la Flotte interstellaire terrienne, service de renseignements, déclara-t-il d'une voix faible.

– Alan Green, spécialiste en culture sous-marine. J'ai une longue histoire à vous raconter, mais le temps presse. J'aimerais savoir si vous pouvez piloter à vous seul ce vaisseau spatial, et si l'appareil est en état de voler. Autrement, nous ferions mieux de tout laisser tomber et de filer loin d'ici.

– Oui, je suis le pilote. Hassan faisait fonction de navigateur et de radio. Ce pauvre diable est mort sous les tortures! Les sauvages...!

– Je devine ce que vous ressentez, mais nous n'avons pas le temps de nous étendre sur ce sujet. L'appareil est-il prêt à décoller?

Walzer s'assit et inclina la tête avec lassitude. Grizquetr lui offrit du vin. L'homme en but deux gorgées et fit claquer ses lèvres avant de répondre.

– Ah, le premier verre d'alcool depuis deux ans! Oui, il est prêt à décoller immédiatement. Simple question de sécurité, vous savez. Nous étions sur le chemin du retour, lorsque nous avons trouvé ce système. Etant donné que notre travail consiste à faire un rapport sur chaque planète de type T que nous rencontrons, si nous en avons le temps, nous avons décidé d'y faire une escale, pour nous dégourdir les jambes. Nous nous trouvions dans l'espace depuis si longtemps que nous commencions à souffrir de claustrophobie et que nous étions sur le point de nous entr'égorger. Vous devez savoir ce que c'est, si vous avez déjà effectué de très longs parcours. Et on manque vraiment de place dans ces engins d'exploration. Ils ne sont pas prévus pour des longues traversées, mais la nature de notre mission nous imposait de voyager à bord d'un tel appareil... Enfin, inutile de s'étendre là-dessus.

» En bref, nous étions impatients de pouvoir respirer à nouveau de l'air pur, voir un horizon, sentir de l'herbe sous nos pieds nus, aller nager, manger de la viande fraîche et des fruits venant d'être cueillis. Nous avons fini par nous convaincre qu'il était de notre devoir de nous poser. Nous avons choisi cette ville pour la simple raison qu'elle était bien visible, plantée là, au milieu de cette planète impensable. Et, naturellement, lorsque nous sommes arrivés suffisamment près pour voir qu'elle semblait entourée d'un cercle de vaisseaux spatiaux, nous avons décidé de nous poser à côté de la cité elle-même, afin de pouvoir aller aux renseignements. Comme nous avons reçu un accueil relativement amical, nous n'avons plus été sur nos gardes, et ils en ont profité pour nous capturer. Vous connaissez la suite.

Green hocha la tête.

– Nous y sommes. Juste au-dessus du vaisseau.

Il se leva du siège et fit face aux personnes présentes.

– Mais, avant de faire encore quoi que ce soit, je pense qu'il est important de régler immédiatement une question qui me tourmente autant qu'Amra. Dites-moi, Walzer, y a-t-il suffisamment de place à bord du vaisseau pour Amra, Paxi, Soon, Grizquetr et moi-même? Ainsi que pour Inzax, si elle désire nous suivre?

Les yeux de l'homme s'écarquillèrent.

– Non, certainement pas! Il y a juste assez de place pour vous, alors ne parlons pas des autres.

Green tendit ses mains à Amra.

– Tu vois? C'est ce que j'ai toujours craint. Je vais devoir partir sans toi.

Il fit une pause, avala sa salive, puis ajouta :

– Mais je reviendrai! Je te le jure! Je parlerai de cette planète aux responsables du Service archéologique. Lorsque je leur ferai la description du Xurdimur, de ces tours en forme de fusée, des îles avec leurs machines antigrav, ils n'hésiteront pas un instant à organiser une expédition. Les chances de parvenir à résoudre le mystère posé par l'expansion de l'humanité au sein de la galaxie, à l'époque préhistorique, seront trop grandes pour qu'ils puissent y résister.

» Et je reviendrai avec eux. Je ferai de cette planète l'œuvre de ma vie. Je suis diplômé en ichtyologie et ils m'accepteront comme membre scientifique de l'expédition. Cela ne fait aucun doute!

Amra se jeta entre ses bras, en pleurant et en criant qu'elle avait toujours su qu'il ne pourrait l'abandonner. Puis, l'instant suivant, elle fut certaine qu'il faisait cette promesse simplement pour éviter une scène.

– Je connais bien les hommes, Alan Green, et toi tout particulièrement. Tu ne reviendras pas!

– Si, je reviendrai, je le jure. Si tu connais si bien la gent masculine, tu devrais savoir qu'aucun homme digne de ce nom ne pourrait envisager une seule seconde d'abandonner une femme telle que toi.

Elle sourit, en dépit de ses larmes.

– C'est ce que je voulais t'entendre dire. Mais l'attente sera si longue, Alan. Ton absence durera au moins deux ans, n'est-ce pas?

– Oui, au moins. Mais nous n'y pouvons rien. Je ne cesserai de m'inquiéter à ton sujet, pendant que je resterai loin de toi. Ou plutôt, ce serait le cas si j'ignorais où tu te trouves.

– Je peux apprendre à piloter cette île, dit-elle, à la fois en sanglotant et en souriant. Lorsque tu reviendras, je serai sans doute la reine du Xurdimur. Je prendrai contact avec les Vings et, une fois alliés, nous aurons toute cette plaine et toutes les cités qui la bordent sous notre coupe. Puis...

Green éclata de rire.

– C'est bien ce que je craignais.

Il se tourna vers Walzer.

– Ecoutez, vous êtes trop faible pour pouvoir effectuer immédiatement un voyage interstellaire. Pourquoi ne pas suivre cette île à bord de votre appareil jusqu'au moment où nous nous trouverons à bonne distance d'Estorya, disons à environ mille miles au nord? Nous vivrons sur cette île tant que vous n'aurez pas retrouvé vos forces et vaincu votre claustrophobie. Je présume que cela n'a pas dû s'arranger, dans votre cachot. Lorsque vous serez prêt, nous partirons. Entre-temps, j'aurais pu apprendre à Amra et Grizquetr ce qu'il faut faire avec cette île. Ils pourront y vivre durant mon absence. Nous capturerons des animaux sauvages qui remplaceront ceux qui sont morts à cause de la raréfaction de l'atmosphère, lorsque nous sommes montés à grande altitude. Amra pourra se promener sur le Xurdimur, ou sur toute la planète, si elle le désire. Et j'espère qu'elle ne fera pas de bêtises avant mon retour.

– Très bien, dit Walzer. Je prends le vaisseau et je vous suis.

***

Trois semaines plus tard, les deux terriens embarquaient à bord du patrouilleur et refermaient le sas derrière eux, ce sas qu'ils ne rouvriraient qu'une fois arrivés sur Terre, quatre mois plus tard, en temps objectif. Ils s'assirent dans la cabine de pilotage et Walzer se mit à presser des boutons et abaisser des interrupteurs.

Green essuya la sueur de son front, les larmes de ses yeux, et déclara :

– Ouf!

– Une belle femme, dit Walzer, compatissant. D'une rare beauté. Elle fait un sacré effet sur un homme.

– Quelque chose de comparable à s'écraser la tête la première contre une planète, répondit Green. Elle possède la faculté d'extraire jusqu'au dernier grain d'énergie contenu dans les émotions qu'elle ressent. C'est une grande actrice, qui croit à tous ses rôles.

– Ses enfants sont très bien, eux aussi, ajouta Walzer, lentement, comme s'il allait dire quelque chose qui pourrait blesser les sentiments de Green, tout en souhaitant l'épargner. Vous serez heureux de les retrouver, bien sûr.

– Bien sûr. Après tout, Paxi est ma fille. Et j'aime les autres comme s'ils étaient également mes enfants.

– Ah, soupira Walzer. Alors, vous allez vraiment revenir?

Green n'exprima ni surprise ni colère, car l'attitude de Walzer lui avait permis de savoir exactement quelles étaient ses pensées.

– Vous ne parvenez pas m'imaginer vivant sur cette planète barbare en compagnie de cette femme, n'est-ce pas? dit-il d'une voix calme. Vous estimez qu'il y a, après tout, des divergences trop importantes dans nos façons de penser, notre comportement, notre éducation. N'est-ce pas ce que vous vouliez dire?

Walzer adressa un regard oblique à Green, puis répondit avec prudence :

– Eh bien, oui, c'est exact. Mais vous êtes mieux placé que moi pour savoir ce qui vous convient le mieux. Et je dois avouer que j'admire votre courage.

Green haussa les épaules.

– Après tout ce que je viens de vivre, ce n'est pas ça qui pourrait me faire peur.

Achevé d'imprimer en avril 1992
sur les presses de l'Imprimerie Bussière
à Saint-Amand (Cher)

PRESSES POCKET - 12, avenue d'Italie - 75627 Paris Cedex 13
Tél. : 44-16-05-00

— N° d'imp. 1066. —
Dépôt légal : avril 1982.

Imprimé en France